KB115292

DRAGON ORDER OF FLAME
Lug Astal & Volearr

폭염의 용제

Dragon order
of FRAME

FANTASY FRONTIER SPIRIT
김재한 판타지 장편 소설

폭염의 용제 1

김재한 판타지 장편소설

초판 1쇄 찍은 날 § 2011년 1월 24일
초판 1쇄 펴낸 날 § 2011년 1월 31일

지은이 § 김재한
펴낸이 § 서경석

편집책임 § 박우진
편집 § 주소영

펴낸곳 § 도서출판 청어람
등록번호 § 제1081-1-89호
등록일자 § 1999. 5. 31
어람번호 § 제1-1219호

주소 § 경기도 부천시 원미구 심곡2동 163-2 서경B/D 3F (우) 420-822
전화 § 032-656-4452 팩스 § 032-656-4453
http://www.chungeoram.com
E-mail § chungeoram@chungeoram.com

ISBN 978-89-251-2420-9 04810
ISBN 978-89-251-2419-3 (세트)

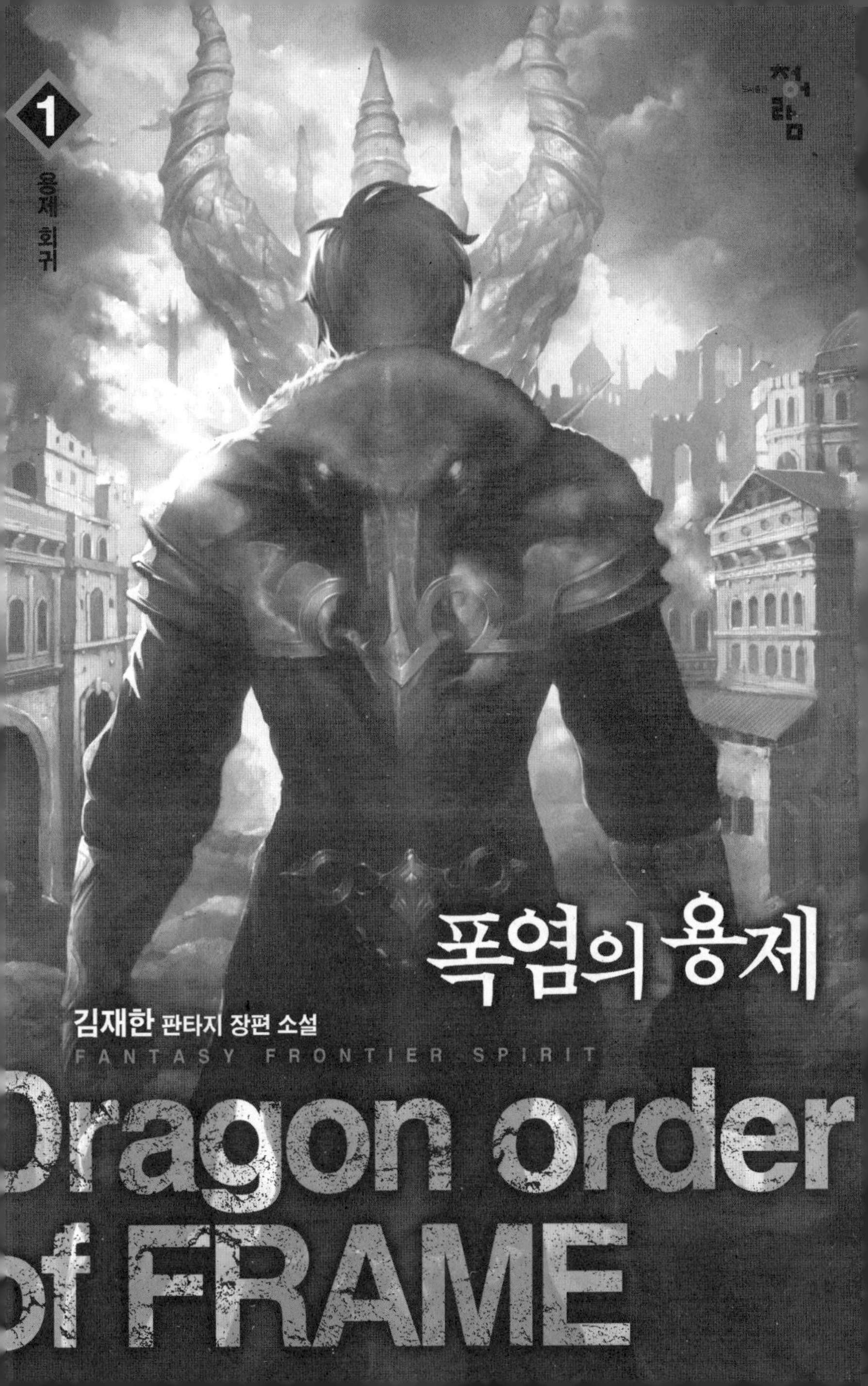
1
용제 회귀
청어람
폭염의 용제
김재한 판타지 장편 소설
FANTASY FRONTIER SPIRIT
Dragon order
of FRAME

Dragon order
of FRAME

Prologue

　루그는 불타는 도시 한가운데 서 있었다.

　바레스 왕국의 왕도 바라지아는 오늘 아침까지만 해도 번화하고 아름다운 도시였다. 그러나 몇 시간 전의 모습이 마치 환상이었던 것처럼 지금은 참혹하게 파괴되어 불타고 있었다.

　"볼카르!"

　루그는 그 대파괴의 원흉을 노려보며 외쳤다. 그의 시선이 닿은 곳에는 이질적일 정도로 선명한 붉은 머리칼을 휘날리는 청년이 있었다.

　화르르륵.

청년 볼카르의 눈에는 보기만 해도 섬뜩해지는 붉은 빛이 맺혀 일렁거리고 있었다. 그는 악귀 같은 얼굴로 루그를, 아니, 정확히는 자신을 포위한 천 명의 인간을 노려보며 이를 갈았다.

"감히 잔재주를 부리다니……."

"볼카르, 드래곤 형체를 봉인당했으니 더 이상 멋대로 굴 수 없을 거다!"

루그가 쏘아붙였다.

볼카르의 정체는 레드 드래곤이었다. 무슨 이유에서인지 뼛속까지 인간에 대한 혐오와 파멸의 의지로 가득 찬 그는 처음 모습을 드러낸 이후 두 개의 나라를 멸망시키고 이곳 바레스 왕국마저도 궁지로 몰아넣었다.

루그에게 볼카르는 용서할 수 없는 원수였다. 루그는 그 때문에 사랑하는 사람을 두 번이나 잃었다. 처음 잃었을 때는 괴로움에 몸부림쳤고, 또 한 번 잃었을 때는 남은 인생을 모두 볼카르를 죽이는 데만 쓰겠다고 결의하여 여기까지 왔다.

'라나.'

그가 사랑했던 첫 번째 여자는 아직 둥지에서 움직이지 못하고 있던 볼카르를 자유롭게 만들기 위해 애쓰던 놈들에게 죽었다.

'칼리아.'

그가 사랑했던 두 번째 여자는 볼카르가 죽였다.

어머니는 루그가 소년이었을 때 가난으로 고생하다가 병으로 죽었고, 아무 생각 없이 루그라는 이름의 사생아를 만들었던 아버지와는 결국 혈육의 정 따윈 확인할 수 없었다. 그렇기에 라나와 칼리아는 루그의 인생에서 가장 소중한 사람들이었다.

볼카르가 으르렁거렸다.

"벌레 같은 것들이 똑똑한 척 굴다니, 정말로 나를 화나게 하는구나."

살기를 뿜어내는 그를 호박색 불길이 휘감고 있었다. 물론 그의 몸을 태우는 것은 아니었다. 불의 일족이라 불리는 레드 드래곤인 그는 의지만으로도 인간을 숯덩이로 만들 수 있는 폭염을 발생시키는 게 가능했다.

루그가 말했다.

"볼카르, 너는 우리를 몰살시키기 전에는 여기서 나갈 수 없어."

볼카르는 악몽 같은 힘을 가졌지만 도시 전체를 휘감을 정도의 규모로 설치된 마법진의 힘을 뿌리칠 수는 없었다. 그의 습격을 예상한 인간들은 드래곤의 최대 무기라고 할 수 있는 드래곤 형태를 봉인하는 마법진을 설치해 두었던 것이다.

"저주받을 드래곤 녀석, 여기서 끝장을 내주겠다!"

볼카르에게 분노와 증오를 쏟아내는 것은 루그만이 아니었다. 그 자리에 있는 모든 인간들이 마찬가지였다.

볼카르가 모습을 드러낸 후 죽인 사람들의 숫자만 백만이 넘는다. 오늘 여기서 죽이지 않는다면 인간이 몰살당할 때까지 악몽의 나날이 계속될 것이다.

스스로에 대한 절대적인 자신감 때문에 덫 속으로 걸어 들어온 지금이라면 승산이 있었다. 마법진의 힘이 지속되는 동안 볼카르는 드래곤 형태로 돌아갈 수도, 바라지아를 벗어날 수도 없다. 인간의 모습이라도 그 강력함이 어디 가는 것은 아니지만 드래곤 형태일 때에 비하면 마력도, 그가 다루는 불의 힘도 현저하게 저하된다.

그리고 지금 볼카르를 포위하고 있는 천 명은 인간 중에서도 손꼽히는 강자들이다. 무슨 수를 써서라도 볼카르를 죽이겠다고 결의한 루그는 오랜 시간에 걸쳐 그를 칠 동료들을 모아왔다. 결국 각국의 권력자들조차 볼카르를 좌시할 수 없게 되자 이름난 강자 천 명이 한자리에 모여 볼카르와 자웅을 결하게 된 것이다.

"건방진 것들! 벌레 수천이 모인들 나를 어쩔 수 있을 것 같으냐!"

인간들의 의지를 읽은 볼카르가 분노했다. 그로부터 강력한 마법이 연달아 쏟아져 나오고, 인간들이 그에 맞서면서 처절한 전투가 시작되었다.

그 전투는 전설로 남을 만한 것이었다.

완전히 폐허로 변해 불타는 도시 한가운데서 인간들이 고르고 고른 천 명의 강자는 볼카르와 사투를 벌였다. 무수한 사선을 넘어온 역전의 용사들도 볼카르의 강대한 마법 앞에 하나씩 쓰러져 가고, 거대한 도시 규모로 펼쳐진 마법진조차도 조금씩 바닥을 드러내기 시작했다.

그렇게 여섯 시간이 지났을 때, 숨이 붙어 있는 이는 채 30명이 못 되었다. 그리고 그들 중 대지에 발붙이고 서 있는 것은 루그 한 사람뿐이었다.

"으윽……."

루그는 비틀거리며 볼카르를 노려보았다.

볼카르는 그와 10미터쯤 떨어진 곳에 서 있었다. 얼굴에는 지친 기색이 드러나 있었지만 그뿐, 몸에는 상처 하나 없었다.

그가 불길을 피워 올리며 차갑게 웃었다.

"벌레들치고는 제법이었다."

"개자식……!"

루그가 그를 노려보며 주먹을 쥐었다. 하지만 힘이 들어가지 않았다. 마법으로 발생시킨 진공파를 얻어맞은 루그의 몸에도 깊은 상처가 나 있었고, 거기서 흘러내린 대량의 피가 기력을 앗아가고 있었다.

"마지막까지 서 있는 것만으로도 너는 칭찬받아 마땅하다."

그렇게 말하는 볼카르의 호흡도 조금 흐트러져 있었다. 어마어마한 규모의 마법진에 의해 힘을 억압받으면서 열 시간 이상 싸웠으니 당연한 일이었다.

볼카르가 손을 들어 올렸다. 지상에서 타오르는 불꽃에서 연기와 열기가 올라가서 혼탁하게 물든 하늘을 가리키며 말한다.

"너희는 상상도 못할 대파괴의 이적으로 이 지긋지긋한 놀이를 끝내주지. 감사하게 생각해라, 너는 마지막을 목격하는 영광된 역할을 맡았으니."

쿠구구구구……!

하늘이 울리며 거대한 힘의 파동이 퍼져 나간다. 루그는 지금까지 볼카르가 무수히 사용했던 막강한 마법들을 한 차원 뛰어넘는 대파괴가 다가오고 있음을 직감할 수 있었다.

"볼카르!"

루그는 젖 먹던 힘까지 쥐어짜 내서 앞으로 달려나갔다. 볼카르와의 거리는 고작 10미터가량. 뒷일을 생각하지 않고 남은 힘을 모조리 불태워서 한순간에 거리를 좁힌다.

"멈춰라!"

루그가 땅을 박차는 순간, 볼카르의 목소리가 강력한 마력을 담고 울려 퍼졌다. 그로써 하나의 마법이 완성되며 보이지 않는 힘이 루그의 행동을 구속했다.

"웃기지 마!"

루그는 주먹을 강맹하게 내질러서 그것을 뿌리치고 계속

앞으로 나아갔다. 그러나 한 걸음 내딛는 순간, 눈앞이 아찔해지면서 균형이 무너졌다.

"크윽……."

"승패는 이미 갈렸다. 너희는 졌다. 남은 것은 잠자코 멸망을 받아들이는 것뿐."

볼카르가 오만하게 단언했다. 하지만 루그는 눈앞이 가물가물해지는 것을 느끼면서도 계속 앞으로 나아갔다. 스스로도 힘이 없어서 술주정뱅이처럼 비틀거리는 것을 알 수 있었지만 결코 멈추지 않았다.

그가 눈앞까지 다가오는데도 볼카르는 전혀 제지하지 않았다. 루그는 코앞에서 타오르는 불길의 열기를 느끼며 주먹을 들어 올렸다.

"죽어……!"

바람이 새는 듯한 목소리가 흘러나오면서 커다란 바위도 단번에 부수는 그의 주먹이 휘둘러졌다.

툭.

그러나 주먹이 닿은 곳에서 울려 퍼진 소리는 초라하기 그지없는 것이었다. 볼카르가 말했다.

"네 몸에는 나를 해할 만한 힘이 없다. 가련해서 못 봐주겠군."

그 말대로 루그에게는 한 줌의 기력도 남아 있지 않았다. 죽을힘을 다해 주먹을 내질렀는데도 그냥 손을 가져다 대는 것 같은 수준의 충격밖에 주지 못했다.

구구구구구……!

하늘에서 굉음이 울려 퍼지기 시작했다. 루그가 힘겹게 고개를 들어보니 혼탁한 하늘이 갈라지면서 거대한 불덩어리가 떨어져 내리고 있었다. 아득한 고대에 국가를 멸하는 대파괴를 불러왔다는 전설적인 마법, 멸망의 별이었다.

"이제 지저분한 손을 치우고 최후를 맞이하거라."

볼카르가 말하자 그를 휘감고 타오르던 불길이 거세졌다. 불길이 덮쳐 오는 순간, 루그는 심장의 고동 소리가 크게 증폭되어 울리는 것을 들었다.

두근!

'뭐지?'

루그는 불길이 자신을 덮치는 것을 보면서도 멍하니 의문에 잠겼다.

그러고 보니 이상했다. 눈앞에서 덮쳐 오는 불길이 이상하리만치 느리게 보였다, 마치 시간을 잡아 늘려놓기라도 한 것처럼.

〈내게 도달하는 운명을 가진 인간이여.〉

지루할 정도로 느릿하게 다가오는 불길 속에서 루그의 마음속으로 전달되어 오는 목소리가 있었다. 루그가 그 목소리가 낯설지 않다고 생각하는 순간, 목소리가 일방적으로 말을 맺었다.

〈네 운명에 도박을 걸겠다.〉

그리고 눈앞에서 새하얀 빛이 일어나 모든 것을 뒤덮었다.

급속도로 멀어져 가는 의식 속에서 루그는 결코 듣고 싶지 않은 소리가 울려 퍼지는 것을 느꼈다, 멸망의 별이 지상에 떨어져 모든 것을 파괴해 버리는 거대한 폭음이.

그 소리가 고막을 찢어버릴 듯이 울려 퍼지고, 새하얀 빛 속에서 루그의 의식이 끊어졌다.

CHAPTER 01
백작가의 사생아

폭염의 용제

1

짹, 짹…….

루그는 새들이 지저귀는 소리를 들으며 눈을 떴다. 커튼 사이로 스며들어 온 햇빛이 눈을 찌른다.

"으음……."

루그는 손을 들어 눈을 문지르며 몸을 일으켰다. 부드러운 이불의 감촉이 몸을 미끄러져 가고 몸 아래로 푹신한 침대의 감촉이 느껴진다.

뭔가 낯선 감각이었다. 이렇게 푹신한 침대의 존재는 지난 10년 동안 그하고는 거리가 멀었으니까.

'여기가 어디지?'

루그는 눈살을 찌푸리며 주변을 둘러보았다.

고급스러운 방이었다, 한눈에 돈 많은 집의 방이라는 것을 알 수 있을 정도로. 푹신한 침대와 부드러운 이불, 그리고 바닥에는 붉은 융단이 깔려 있었고, 깨끗한 벽에는 거울과 울긋불긋한 가을의 산을 그린 그림까지 걸려 있었다. 그 외에는 테이블 하나와 그 위에 놓인 꽃병이 있을 뿐, 눈에 띄는 것은 아무것도 없었다.

귀족의 기준으로 보면 무척 검소하고 황량한 방이겠지만 수백 번도 넘게 노숙을 해온 루그의 기준으로 보면 정말 사치스럽기 이를 데 없었다.

'모르겠어. 내가 왜 이런 곳에 있지?

여기가 어디인지, 자신이 어떻게 여기에 와 있는 것인지 알 수가 없었다. 천천히 기억을 되새겨 보았지만 얻은 것은 머리가 깨질 듯한 두통뿐이었다.

"으윽……."

루그는 관자놀이를 누르며 침대에서 나왔다.

〈루… 아…….〉

문득 이상한 소리가 들렸다. 마치 바람결에 들려오는, 사람이 속삭이는 것 같지만 아무런 의미도 없는 그런 소리를 닮은.

루그는 눈살을 찌푸리며 주변을 둘러보았다. 하지만 창문은 닫혀 있었고, 바람이 새어들어 오는 것 같지도 않았다.

똑똑.

누군가 방문을 노크하는 소리가 들렸다.

루그는 경계하는 눈으로 문을 바라보았다. 그의 감각은 일
반인의 그것과는 차원이 다른 기능을 가졌기에 문밖으로 다
가오는 사람의 기척도 쉽게 감지할 수 있었다. 그런데 지금은
전혀 느껴지지 않는다. 항상 숨 쉬듯이 자연스러웠던 초감각
이 사라지고, 누군가가 자신이 모르게 다가온다는 사실이 그
에게 불안감을 심어주었다.

"어머?"

한동안 대답이 없자 노크했던 사람이 그냥 문을 열고 들어
왔다. 들어와서 루그를 보고 놀란 표정을 짓는 것은 젊은 하
녀였다.

"도련님도 참. 깨셨으면 대답을 해주시지 그러셨어요."

"아, 미, 미안."

적의라고는 한 점도 찾아볼 수 없는 하녀의 말에 루그가 당
황해서 대답했다.

문을 닫고 안으로 들어와서 빵과 우유가 올라 있는 쟁반을
테이블에 놓는 하녀의 얼굴은 왠지 낯이 익었다. 루그는 아스
라한 기억을 뒤져서 그녀의 이름을 떠올려 보려고 했다. 하지
만 아무리 생각해도 알 수가 없었다.

"이름이 뭐지?"

"네?"

"당신 이름."

"메리예요. 사흘 전에도 말씀드렸는데 벌써 잊어버리셨어요?"

젊은 하녀, 메리가 투덜거렸다. 루그는 그녀의 얼굴에서 자신을 깔보는 듯한 웃음을 보았다. 메리라는 이름과 그 웃음을 보는 순간 불현듯 떠오르는 사실이 하나 있었다.

'설마?'

하지만 루그는 그 사실을 믿을 수가 없었다. 현실적으로 불가능한 일이었기 때문이다.

루그가 물었다.

"여기가 어디지?"

"네?"

"여기가 어디냐고 물었다."

"……."

메리는 별 해괴한 놈을 다 본다는 표정으로 루그를 바라보았다. 하지만 루그가 인상을 찌푸린 채 자신을 바라보자 황당해하며 물었다.

"이상한 질문을 하시네요. 도련님, 어디 아프신가요?"

"내 말에나 대답해 줘. 여기가 어디지?"

"그야 아스탈 백작가의 성이죠. 절 놀리시려는 건가요?"

메리의 목소리에는 화가 난 기색이 섞여 있었다. 하지만 곧 그녀의 표정에 비웃는 기색이 떠올랐다. 고작해야 하녀인 주제에 도련님이라 부르는 루그를 노골적으로 무시하는 표정.

그녀는 버릇없게도 어깨를 으쓱하더니 인사도 없이 나가 버렸다. 실로 무례하기 짝이 없는 행동이었지만 루그는 그녀를 붙잡지 않고 문이 닫히는 것을 바라보고만 있었다. 닫힌 문을 노려보며 생각에 잠겨 있는 그의 표정은 무섭게 굳은 채였다.

"도대체 뭐가 어떻게 된 거지?"

〈……그… 아스… 탈.〉

또다시 바람이 속삭이는 듯한 소리가 들려왔다. 흠칫한 루그는 왠지 그것이 자신의 이름처럼 들린다고 생각하며 주변을 둘러보았지만 여전히 아무것도 없었다.

불현듯 루그는 갈증을 느끼며 우유가 든 잔에 손을 뻗었다. 그리고 그것을 입가에 가져다 대는 순간, 뭔가를 떠올린 듯 눈살을 찌푸리며 행동을 멈추었다.

"…확인해 봐야겠어."

루그는 그렇게 중얼거리며 우유 잔을 다시 내려놓았다. 몸을 일으켜서 벽에 걸린 거울로 걸어갔다.

그리고 할 말을 잃고 돌처럼 굳어버렸다.

"이럴 수가……."

경악으로 숨 쉬는 것조차 멈추었던 루그는 한참 뒤에야 신음처럼 중얼거렸다.

거울에는 웬 소년의 얼굴이 비춰지고 있었다.

나이는 열서너 살 정도일까? 연갈색 머리카락에 청록색 눈동자를 가졌고, 초췌하고 깡마른 얼굴이었다. 루그는 거울 속의 소년을 한참 동안 바라보다가 천천히 손을 들어 올려 스스로의 얼굴을 만져 보았다. 당연히 거울 속의 소년 역시 그의 행동을 그대로 따라 했다.

"도대체 뭐가 어떻게 된 거지? 왜 내가 어려진 거야? 꿈을 꾸고 있는 건가?"

비로소 거울 속의 소년이 자신이라는 것을 인정한 루그가 믿을 수 없다는 듯 중얼거렸다.

아무리 봐도 뭔가 이상했다. 자신은 서른일곱 살이었고, 극한까지 단련된 육체를 갖고 있었으며, 몸도 얼굴도 무수한 실전을 겪으며 아로새겨진 흉터로 가득했다. 그런데 마치 지금까지의 삶이 거짓말이었던 것처럼 조금도 단련되지 않은 몸을 가진, 잘 먹지 못하고 자라서 깡마른 소년이 되어 있는 것이다.

〈루그… 아스… 탈.〉

또다시 바람이 속삭이는 것 같은 소리가 들려왔다. 루그는 이를 악물며 허공에다 대고 물었다.

"누구냐? 누가 내 이름을 부르는 거지?"

〈이제야 내 목소리가 들리는 모양이군.〉

루그가 그에게 말을 거는 순간, 기분 나쁜 바람 소리는 또렷한 목소리로 변했다. 깜짝 놀란 루그가 뭐라고 하기 전에 목소리가 이어졌다.

〈귀가 먹어버린 게 아닌가 의심했는데 그건 아닌 모양이야. 하긴 내 말은 귀로 듣는 것은 아닐 테니 머리에 문제가 생겼을까 의심했어야 하나?〉

"뭐? 너는 대체 누구야?"

루그가 당황하자 정체불명의 목소리가 기분 나쁘게 웃었다. 누가 들어도 명백한 비웃음이었기에 루그가 흉흉한 분노를 드러냈다.

"내 말에 대답해. 안 그러면 죽여 버릴 테다."

〈어리석은 루그 아스탈. 너는 결코 나를 죽일 수 없다. 아니, 세상 그 누구도 나를 죽일 수 없지.〉

"말장난할 기분이 아니다. 닥치고 내 앞에 모습을 드러내라."

〈그럴 수는 없지. 나는 이미 죽은 것이나 마찬가지니까. 육체가 없는 자는 다시 죽을 수 없다. 그리고 그렇기에 네 앞에 모습을 드러낼 수도 없지.〉

"뭐?"

스스로를 죽은 자라고 주장하는 목소리에 루그는 할 말을 잃고 말았다.

2

잠시 둘 사이에 침묵이 흘렀다. 다시 입을 연 것은 루그였다.

"죽었다니? 그럼 너는 망령이란 말인가? 왜 나한테 말을 건 거지? 그리고 이 상황은 대체 뭐지?"

〈루그 아스탈, 내 목소리가 어디에서 들려오고 있다고 생각하나?〉

"……."

그 말에 루그는 소름이 끼쳤다.

그럴 수밖에 없었다. 그 목소리는 다른 어디도 아닌 루그 자신의 머릿속에서 들려오는 것이었으니까.

"너, 너는 도대체 누구냐?"

〈기가 막히는군, 루그 아스탈. 나를 그토록 죽이고 싶어했던 네가 나를 기억하지 못한다고 말하니 그저 기가 막힐 따름이구나.〉

"내가 너를 죽이고 싶어했다고?"

〈기억을 되새겨 봐라, 머리 좀 아프다고 생각하길 포기하지 말고. 지금 되새기지 않으면 영영 그 기억을 잃어버릴지도 모른다. 네가 그 기억과 끈을 이을 수 있는 시간은 한정되어 있다.〉

"무슨 소리를 하는지 모르겠군. 당장 내 머릿속에서 나가."

〈나도 그럴 수 있다면 그러고 싶다. 유감스럽지만 불가능해서 문제지. 어쨌든 기억력이 좀 모자라 보이는 네가 기억을 떠올리는 데 도움이 되도록 내 이름을 말해주마. 내 이름은 볼카르.〉

"볼카르!"

그 이름을 듣는 순간, 루그 스스로도 믿을 수 없을 정도로 격렬한 분노가 끓어올랐다. 하지만 루그는 이내 화내기를 멈추고 눈살을 찌푸렸다. 가슴속에서는 활화산 같은 분노가 끓어오르는데 도대체 그 이름이 누구의 것인지 떠올릴 수가 없었다.

"으으……!"

루그는 침대에 앉은 채 머리를 붙잡고 기억을 떠올려 보려고 했다. 생각하면 생각할수록 머리를 찌르는 듯한 통증이 강해졌지만 멈추지 않는다. 조금 전이었으면 쉽게 포기했겠지만 볼카르라는 이름을 들은 이상, 그리고 그 이름이 가져다준 분노를 느낀 이상 절대 포기할 수 없었다.

"아!"

한참 동안 진땀을 흘리던 루그는 마침내 두통 너머에 있는 기억을 붙잡고 탄성을 질렀다. 막힌 둑이 터지고 물이 쏟아지듯이 기억이 홍수처럼 범람했다.

그 속에서 루그는 볼카르라는 이름의 주인을 알아낼 수 있었다.

자신이 어째서 볼카르라는 이름을 듣는 것만으로도 걷잡

을 수 없는 분노를 느꼈는지, 그리고 볼카르의 정체가 무엇인지 알 수 있었다.

"볼카르! 네놈이 어째서 내 머릿속에서 떠들고 있는 거냐! 이건 무슨 수작이지? 나는 분명히 죽었는데, 영혼을 가둬두는 사악한 마법이라도 부린 것이냐?"

물질계의 수호자라 불리는 드래곤이면서 사악에 물들어 세상에 거대한 재앙을 불러왔던 볼카르.

그 때문에 루그는 쓰레기처럼 살던 자신을 아껴주었던 스승 그레이슨을 잃었고, 사랑했던 여자를 잃었으며, 상처 입고 방황하던 자신을 치유해 준 또 한 명의 여자마저 잃었다. 그렇기에 목숨을 걸고 볼카르에게 복수하고자 했지만 결국 그 뜻을 이루지 못하고 실패했던 것이다.

그런데 어째서 자신이 살아서 이런 낯선 방에서 눈을 뜨고, 머릿속에서 볼카르가 떠들고 있는 것이란 말인가?

볼카르가 대답했다. 한숨 섞인 어조였다.

〈어리석은 의문이군. 살아서 숨 쉬면서도 스스로가 살아 있다는 것을 실감하지 못하는가?〉

"헛소리로 나를 현혹시키려고 하지 마라. 내가 마법에 무지하다고 생각하는 거냐? 정신계 마법 중에는 인간의 꿈을 조작하거나 인식을 망가뜨리는 것들이 얼마든지 있어. 드래곤인 네놈이 그런 마법을 쓰지 못할 리가 없지."

〈……〉

지극히 이성적인 루그의 지적에 볼카르가 침묵했다. 루그는 왠지 간질간질한 감정을 느끼곤 눈살을 찌푸렸다. 아무리 봐도 부자연스럽고 이질적인 이 감정은 자신의 것이라는 느낌이 들지 않았다. 마치 누군가 자신의 머릿속에다 대고 감정이라는 것을 흘려 넣는 것 같은 기분이라고나 할까? 자신의 마음이 타인의 마음에 물드는 것 같은 이 감각을 루그는 알고 있었다.

"정신 감응? 너 지금 나랑 정신 감응을 하고 있는 거냐?"

전투 시에 정신 감응 마법을 사용, 동료들의 의식을 하나로 묶어서 유기적인 대응이 가능하게 만들면 언어화되지 않는 감정도 날아들게 된다. 억제되지 않는 타인의 감정이 자신을 자극할 때의 느낌이 바로 이런 것이었다.

잠시 후 볼카르가 대답했다.

〈…그런 상태에 가깝다.〉

"이 감정은 설마… 너 진짜로 생각 못 한 거냐?"

〈흠. 그럴 리가 없지 않은가. 그냥 네 지혜를 시험해 보기 위해서…….〉

"변명을 하려면 좀 그럴듯한 변명을 하던가. 진짜 어이가 없군. 네 반응을 보니까 네 말이 사실이라고밖에 생각할 수 없어."

루그의 말에 볼카르가 재빨리 말했다.

〈너는 살아 있고, 나의 영혼은 네 몸속에 함께하고 있다.〉

"네놈의 영혼이 내 몸속에 있다고?"

순간 루그는 소름이 끼치는 것을 느꼈다. 증오스러운 원수의 영혼이 자신의 몸속에 있다니!

동시에 그의 말이 사실이라는 자각이 찾아들었다. 뭐라고 설명할 수는 없지만, 분명 볼카르는 자신 안에 있었다.

그 사실을 인정한 루그가 떠올린 생각은 볼카르가 알았으면 기겁했을 만한 것이었다.

'그럼 저놈을 죽이려면 자살하는 수밖에 없겠군. 수를 쓰지 못하도록 한 번에 죽어야 할 텐데…….'

루그가 그것을 실행에 옮길까 진지하게 고민하기 시작했을 때, 볼카르가 말을 이었다.

〈넌 인간이니까 혼란스러워하는 것이 당연하겠군. 난 관대하니까 너의 작은 머리로도 알아들을 수 있도록 상황을 설명해 주지.〉

"관대한 게 아니고 할 일이 그것밖에 없는 것 아냐?"

〈…일단 너를 죽인 볼카르와 지금 너에게 말하고 있는 나는 같은 존재이면서도 다른 존재다.〉

루그의 비아냥거림에 머릿속에서 울리는 볼카르의 목소리가 미미하게 떨렸다. 하지만 볼카르는 루그의 말을 못들은 척 무시하고 말을 이었고, 루그는 눈살을 찌푸렸다.

"무슨 말장난을 하려는 거지?"

〈말장난을 하려는 것이 아니다. 너는 드래곤이 물질계의

수호자라 불린다는 것을 알고 있겠지?〉

"알고 있다. 고대에 맺어진 맹약에 의해 마계의 마족들이 지상을 침범할 수 없도록 차원의 균열을 지키는 파수꾼이지. 하지만 그것은 인간을 지킨다는 뜻은 아니며, 인간과 드래곤이 반목하는 경우는 많다. 다만 역사상 너처럼 명확한 악의를 갖고 많은 인간을 죽인 드래곤은 없다, 볼카르."

루그는 볼카르와의 최종 결전에 참여했을 정도로 강력한 힘의 소유자였고, 그 힘을 얻는 과정에서 일반인들은 모르는 세계의 이면에 감춰진 진실들을 많이 알게 되었다. 드래곤에 대한 상세한 지식 역시 그 일부였다.

〈그렇지. 하지만 그것은 나의 뜻이 아니었다. 건방지게도 내 정신에 마성을 심은 마족의 뜻이었지.〉

"마족의 뜻?"

생각지도 못한 이야기에 루그가 눈을 크게 떴다. 볼카르가 말을 이었다.

〈내 영역을 침범한 인간들이라면 모를까, 굳이 상관도 없는 인간들에게 악의를 가질 이유가 없지 않은가. 사실 별로 신경도 안 쓰고 살아왔지. 내가 너희에게 보인 악의는 수천 년에 걸쳐 차원의 균열 너머에서 나를 해치울 준비를 하고 있던 마족들에 의해 생성된 것이다. 그들은 내 몸을 지배하여 차원의 균열을 문으로 바꾸고자 했지만 그것은 실패했고, 대신 내 의식을 완전한 마성으로 물들여 버렸지. 그래서 나는

마성에 사로잡힌 채 파멸의 의지를 불태우게 되었던 것이다.〉

볼카르는 한숨을 쉬었다.

아무리 생각해도 한심하기 그지없는 일이었다. 차라리 마족들에게 살해당했다면 모를까, 그들의 술수에 걸려서 폭주하다니. 드래곤으로서의 자각이 사라지지 않았기에 망정이지, 마족들이 바라는 대로 몸을 지배당했다면 결국 수십만의 마족 군대가 쏟아져 나와 세상을 파멸시키고 말았을 것이다.

그의 이야기를 들은 루그가 코웃음을 쳤다.

"흥! 그래서 지금 동정해 달라는 건가? 천 년도 넘게 마족에게서 세상을 보호하느라 고생했고, 그러다가 술수에 걸려서 제정신이 아닌 상태로 그랬으니 죄가 없는 거라고?"

루그는 이를 갈았다. 주체할 수 없는 분노로 몸이 덜덜 떨린다. 볼카르가 눈앞에 있다면 힘껏 주먹을 날려 머리통을 날려 버리고 싶었다.

'역시 자결밖에 답이 없나?'

볼카르의 영혼이 자신의 몸속에 있다는 것은, 어쩌면 그가 술수를 부려서 이 몸을 장악하려고 할 수도 있다는 것이다. 어째서 자신이 살아 있는 것인지는 모르겠지만 그에게 몸을 빼앗기는 사태만은 절대로 일어나서는 안 된다.

볼카르는 루그의 위험한 생각을 눈치채지 못하고 계속 말을 이었다.

〈그 정도로 구차하진 않다. 다만 지금의 상황을 머리 나쁜 너에게 이해시키기 위해 필요한 설명이었을 뿐이다. 마지막 순간을 기억하느냐?〉

"그건… 우리가 너에게 패했고, 그리고 너는 거대한 파괴의 마법으로 모든 것을 지워 버리려고 했지."

〈그전에 너는 내게 닿는 데 성공했다. 그 자리에 있던 천 명도 넘는 인간 중에서 유일하게 너만이 할 수 있었던 일이지.〉

"하지만 그건 그냥 건드리기만 한 거였어. 아무런 타격도 못 줬다고."

〈그렇다. 하지만 그것은 분명 기적이었지. 인간들이 만들어 낸 쓸데없이 거대하고 비효율적인 마법진이 나의 진신(眞身)인 드래곤의 육체와 환신(幻身)인 인간 형태의 육체를 장시간 분리시켜 둔 덕분에 나는 잠시 동안 마성에서 벗어난 상태가 될 수 있었다. 인간의 용어를 써서 말하자면 인격이 일시적으로 분리되는 상황이 벌어진 거지.〉

"인격이 일시적으로 분리돼? 그게 말이 되나?"

〈우리처럼 정신 용량이 큰 존재에게는 가능한 일이다. 어쨌든 그런 상황이 벌어진 덕분에 나는 내게 접촉한 너를 통해서 한 가지 도박을 해볼 수 있었다.〉

"그래서 나를 살렸다는 건가? 네 힘으로?"

〈비슷하다.〉

"비슷하다니, 그게 무슨 뜻이지?"

루그가 눈살을 찌푸렸다.

죽었어야 할 자신이 살아 있다. 지금 이 순간에도 그는 호흡하고 있었고, 생각하고 있었고, 세상의 감촉을 느끼고 있었다. 그런데 볼카르의 말은 그 모든 것을 애매하게 만들었다.

볼카르는 잠시 생각하더니 말했다.

〈내가 네게 사용한 것은 시공 회귀 주문이다. 이름 그대로 시간을 과거로 되돌리는 주문이지. 이 주문에 비하면 멸망의 별 따윈 하잘것없을 정도로 위대한, 신들이 정한 섭리마저 거역하는 궁극의 이적을 일으키는 주문이다. 이 주문은 불완전한 상태인 나로서는 성공을 확신할 수 없었기에 도박이라 표현한 것이다.〉

"시공 회귀 주문? 과거?"

루그는 놀라서 눈을 크게 떴다. 볼카르가 말을 이었다.

〈그렇다. 주문은 성공했다. 그러니 지금의 너는 되살아난 게 아니다. 과거로 돌아온 것이다. 거울을 보았으니 알겠지? 몇 년이나 거슬러 왔는지 알겠는가?〉

"……."

루그는 할 말을 잃었다.

시공 회귀 주문으로 과거로 돌아왔다고?

드래곤의 마법이 인간의 상상을 초월한다는 것은 익히 알고 있다. 궁극의 경지에 도달했다는 인간의 대마법사들조차 볼카르 앞에서 장난처럼 쓰러졌으니 그 사실을 믿지 않을 수 없지 않은가?

하지만 아무리 드래곤이라도 시간을 과거로 되돌리는 게 가능하다니…….

루그는 한참 동안 망연자실해 있었다. 그러다가 믿을 수 없다는 듯 손을 들어 자신의 얼굴을 만져 보았다. 아무리 거울을 들여다봐도, 얼굴을 만지작거려도 변하는 것은 없었다.

그리고 조금 전까지는 경황이 없어서 몰랐는데, 확실히 몸을 움직이는 감각이 달랐다.

'강체력(強體力)이 없다.'

루그는 신체를 강화하는 강체술(強體術)을 극한까지 연마했고, 그 결과 초인적인 힘을 얻었다. 한번 도약하면 높은 건물 위에 올라설 수 있었고, 맨손으로 바위를 부술 수도 있었다.

그런데 지금은 그런 일을 가능케 했던 힘, 강체력이 전혀 느껴지지 않는다. 항상 주변에서 일어나는 모든 일을 알려주던 초감각 역시 없었다.

질리도록 거울을 들여다보고 수십 번이나 스스로의 몸을 확인한 뒤, 수십 가지 가능성을 머릿속으로 검토한 루그는 마침내 결론을 내렸다.

"젠장. 인정할 수밖에 없군, 볼카르!"

곧바로 대답이 돌아왔다.

〈이제 상황을 이해하고 받아들일 수 있겠나?〉

"솔직히 아직도 믿기 힘들어. 하지만 믿을 수밖에 없는 상황이군. 정말로 과거로 돌아오다니……."

이런 일이 가능하리라고 누가 상상이나 했겠는가? 과거는 돌이킬 수 없고, 미래는 알 수 없다는 것이 세상의 진리다. 그런데 볼카르는 그러한 진리를 송두리째 엎어버린 것이다.

볼카르가 말했다.

〈또 한 가지 첨언해야겠군.〉

"또 뭐지?"

〈시공 회귀 주문은 분명 너를 과거로 되돌렸다.〉

"방금 전에도 말했잖아?"

〈하지만 이 과거에는 네가 이제는 사라진 일이 되어버린 미래에 대한 기억을 가졌다는 것 외에도 또 하나의 차이가 있다.〉

"그게 뭐지?"

〈그건 바로 내 영혼이 네 안에 있다는 것이다. 사실 이렇게 구차한 꼴로 네놈하고 떠들고 있어야 하는 상황 따윈 나도 질색이다.〉

"오호라, 그러서? 그럼 당장 꺼져 주시지그래? 설명도 다 들었으니 너 필요없는데?"

〈그러고 싶은 마음은 굴뚝같다만 그럴 수가 없군. 어쨌든 볼카르라는 드래곤은 분명히 이 과거에도 존재하고 있을 것

이다. 그런데 내 영혼이 여기에 있다는 것이 무엇을 의미하는 것일까?〉

볼카르의 투덜거림 섞인 말에 루그의 안색이 굳었다. 루그가 머릿속에 떠오른 가능성을 물었다.

"설마 볼카르라는 드래곤이, 그러니까 정확히는 영혼이 둘 존재한다는 건가?"

〈그렇다. 이 과거에도 마성에 지배당한 나는 존재하고 있으며, 아마 이 시점에 하던 일을 하고 있을 것이다.〉

"그렇군. 그럼… 내가 무엇을 해야 할지는 별로 고민할 필요가 없겠어."

루그는 고개를 끄덕이며 말했다. 볼카르가 물었다.

〈뭘 할 생각인가?〉

"또 하나의 네가 재앙을 일으키기 전에 없앤다. 내가 알기로 너는 전면에 모습을 드러내기 직전까지 본체가 봉인된 상태였어. 네 봉인을 풀기 위해 암약하던 비밀 조직을 쳐부수고, 내가 겪었던 일들을 없애 버리겠어."

루그는 주먹을 불끈 쥐며 결의했다. 지금 살아 숨 쉬는 것이 과거라면 자신이 겪었던 비극들이 미래에 또다시 일어난다는 의미다. 그런 일을 두 번 겪는 것은 사양이었다. 반드시 모든 비극을 미연에 방지하고, 볼카르가 재앙의 날개를 펴고 날아오르기 전에 죽여 버려야겠다.

〈너와 나의 이해가 일치하는군.〉

"뭐?"

〈내가 시공 회귀 주문을 쓰면서 이렇게 구차한 모습으로 존재를 유지한 것은 너를 통해 나의 과오를 바로잡고자 함이 었다. 루그 아스탈, 마족의 흉계에 넘어간 과거의 나를 막아 서 네가 기억하는 모든 참극을 없애라.〉

그 말에 루그는 볼카르가 시공 회귀 주문으로 자신을 과거 로 보낸 이유를 알 수 있었다. 그것이 그저 연민이나 감사 때 문에 행한 일이라면 루그는 납득할 수 없었을 것이다. 하지만 볼카르가 루그를 도구로 삼아 미쳐 버린 자신이 벌일 짓을 막 고자 하는 것은 루그도 받아들일 수 있는 이유였다.

루그가 물었다.

"왜 나였지?"

〈뭐가 말인가?〉

"어째서 미래의 기억을 가진 채 과거로 돌아올 존재로 나 를 선택한 거지? 너도 알다시피 나는 결국 네게 패했다. 할 수 있는 모든 것을 준비하고 천 명이 덤볐는데도 너를 어쩔 수 없었지."

〈하지만 오로지 너만이 내게 닿을 수 있었다. 그렇기에 그 접촉을 매개로 나는 너를 선택할 수 있었던 것이다.〉

"달리 선택의 여지는 없었다는 말이군."

〈그렇다.〉

"후우. 네 말대로 우리의 이해는 일치하는 것 같군. 그렇다면 그걸 위해서 너도 협력해 줘야겠어. 지금 이 과거에 너는 어디서 뭘 하고 있었지?"

⟨그건 모른다.⟩

"……."

루그는 순간 볼카르를 머릿속에서 끄집어내서 두들겨 패고 싶은 충동을 느꼈다. 볼카르가 흥, 하고 코웃음을 치며 말했다.

⟨지능이 낮은 인간과는 달리 드래곤은 망각을 모르는 존재이기는 하다만, 문제는 내가 마성에 사로잡힌 것은 100년 전의 일이다. 그동안의 기억은 아주 흐릿하게 남아 있다.⟩

"도움이 안 되는군."

루그는 이를 갈았다. 볼카르의 기억이 온전했다면 쉽게 비밀 조직을 찾아서 궤멸시키고, 아직 봉인에 갇힌 본체까지 찾아서 죽일 수 있었을 텐데.

"근데 널 봉인한 것은 누구지? 다른 드래곤인가?"

⟨드래곤들은 다들 차원의 균열을 막느라 바빠서 남한테 신경 쓸 여유가 없다. 마성에 물든 내가 인간들하고 싸우고 있는 것도 모르는 놈들이 태반이었을 거다.⟩

"그럴 수가 있나? 나라가 둘이나 망하고 엄청난 수의 사람들이 죽었는데?"

⟨드래곤 입장에서 보면 인간은 백만이 죽든 천만이 죽든 여전히 개미 떼처럼 많은 존재에 불과하지. 인간이 정말 멸종

직전이라면 신경을 쓰겠다만, 그렇지 않으면 별로 신경 쓸 이유가 없다.〉

"으음……."

루그는 울컥 화가 치솟는 것을 느끼면서도 반박하지 않았다. 드래곤들이 인간이 어떤 일을 당하든 무심하다는 것은 이미 알고 있었던 사실이기 때문이다.

〈가끔 평온할 때는 정신을 나누어 분체를 만들어서 외유하는 놈들이 있긴 하다만, 나는 외유해 본 게 400년 전이 마지막이군.〉

"다들 자기 거처에만 처박혀 있는 게 그런 이유인가?"

〈드래곤의 삶이라는 것은 거처에서 뒹굴며 마족이랑 싸우고, 차원의 균열을 막고, 마법 연구하는 것 외엔 할 수 있는 짓이 없다. 덕분에 2,700년 전쯤 디르커스가 외유 방법을 만들었을 때 우리 사이에서 선풍적인 인기를 끌었지.〉

그 외유 방법이란 지성체를 닮은 마법의 그릇을 만든 뒤에 거기에 의식의 일부를 나누어서 조종하는 방법이라고 한다. 드래곤의 정신력은 워낙 거대해서 자신의 몸과 동시에 인간의 몸 하나를 다루는 것 정도는 아무것도 아니라나?

〈내가 봉인되어 있었던 것은 내 스스로 한 일이다. 마성에 지배당한다는 사실을 알았을 때, 완전히 지배당하기 전에 취한 조치지. 아마 그 봉인의 조각들이 대륙 곳곳에 흩어져 있고, 그것을 모아서 봉인을 풀었을 것이다.〉

"그럼 그 봉인의 조각들을 찾아서 선점하면 되겠군. 파괴해도 되나?"

〈무작정 파괴하면 봉인이 풀린다. 그래도 빼앗기는 것보단 파괴하는 편이 낫긴 하다. 온전한 절차를 밟아서 봉인을 푸는 것에 비해 많은 힘이 소실되니까.〉

"생각해 볼 문제로군. 봉인의 조각들 위치는 아나?"

〈모른다. 하지만 찾는 방법은 안다.〉

"뭔데?"

〈특정한 마법을 쓰면 된다. 하지만 내가 마법을 쓸 수 없는 상태이니 네가 나한테 마법을 배워서 쓰면 되겠지.〉

"…나보고 마법을 배우라고?"

루그가 어처구니없어하며 물었다.

마법을 배우는 데는 선천적인 소질이 필요했다. 마력을 타고난 인간만이 마법을 배울 수 있었고, 또 학자 이상으로 머리가 똑똑해야만 대성할 수 있었다. 루그는 둘 중 어느 조건도 충족시키지 못했다.

그 점을 이야기하자 볼카르가 말했다.

〈그건 진짜 마법이 뭔지도 모르는 우매한 인간들의 기준이고, 내 기준으로 인간이 마력을 가질 수 있게 하는 것 정도는 어렵지 않은 일이다. 물론 내가 마법을 쓸 수 없으니 약간 귀찮은 절차가 필요하겠지만.〉

"흠, 마법이라……. 좋아, 너를 죽이는 데 도움이 된다면 익히는 게 좋겠지."

〈그 말은 내 심경을 복잡하게 만드는군. 하지만 내 업보니까 관대하게 들어주지.〉

"알면 됐다."

루그가 흥, 하고 코웃음을 치자 볼카르가 덧붙였다.

〈내게 마법을 배우면 너는 인간의 마법사 따위와는 비교도 안 되는 강대한 힘을 갖게 될 것이다. 그 힘으로 과거의 내가 일으킬 과오를 막아라. 내 가르침을 모두 소화해 낼 수만 있다면 봉인을 찾아서 파괴하는 것은 물론, 그 과정을 통해서 내 힘을 최대한 소진시키는 것이 가능할 것이다.〉

"과거의 너는 미쳐 있어서 그런지 제 발로 함정에 걸어 들어오는 멍청한 짓을 하긴 했어도 그 힘은 끔찍한 수준이었지. 약화시킬 수 있다면 반드시 그렇게 할 거야."

루그는 그렇게 말한 뒤 우유 잔에 손을 가져갔다. 그리고 그 잔을 한동안 들여다보더니 슬쩍 한 모금을 입에 머금었다.

삼키지는 않고 입에 머금고 있노라니 예상했던 반응이 왔다, 혀는 물론이고 입안이 살짝 찌릿찌릿한 느낌이.

루그는 눈살을 찌푸리며 창문을 열고 입에 머금었던 우유를 뱉었다. 그리고 잔에 남은 것도 밖에다가 부어버렸다.

〈왜 아까운 음식을 버리지?〉

"이건 사람이 먹어도 되는 음식이 아니기 때문이지."

〈멀쩡한 우유로 보인다만. 적어도 썩은 것 같지는 않았다.〉

"그렇게 보이지만 사실은 아니란 말이지. 볼카르, 내가 몇 년이나 시간을 돌아온 것인지 물었지?"

⟨알고 있는 건가?⟩

"그래. 이제 확실히 기억났다. 아까 그 하녀 메리, 그리고 이 우유의 맛… 이건 정말 내 인생에서 잊을 수 없는 기억 중의 하나지."

이날은 평생 잊지 못할 더러운 경험을 하게 되는 날이었다. 그렇기에 루그는 자신을 무시하고 비웃던 메리의 인상을 어렴풋이나마 기억하고 있었다.

"22년이다. 내가 마지막으로 너와 싸웠을 때 나는 서른일곱 살이었고, 그때는 대륙력 699년 8월 4일이었지. 그리고 지금의 나는 열다섯 살이고, 여기는 아스탈 백작의 성이며, 시기는 아마 4월일 거야. 정확한 날짜까지는 기억나지 않는군."

루그는 쓴웃음을 지으며 빵을 들어 올렸다. 이 빵을 보고 있노라니 예전의 기억이 조금씩 되살아난다. 그 기억들은 아주 기분 나쁜 것들이었다. 루그는 입술을 깨물며 화풀이를 하듯 빵을 수십 조각으로 찢어서 창밖으로 뿌려 버렸다.

⟨그 빵도 못 먹을 빵인가?⟩

"빵은 어떤지 모르겠지만 우유에는 확실히 약한 독이 들어 있어. 내 기억대로라면 아마 오늘이 내가 이 성에 들어온 지 일주일이 되는 날이었을 거야. 이날, 나는 아침에 메리라는 하녀가 가져다준 빵과 우유를 먹고 지독한 복통이 일어나서 하루 종일 설사를 했지."

사실 루그의 기억력이 22년 전의 일을 자세하게 기억할 정도로 좋은 것은 아니다. 하지만 이 성에 들어와서 고생했던 때의 기억은 생생하게 남아 있었다. 특히 인생에서 처음으로 독을 먹고 고생한 일은 지금 생각해도 이가 갈리는 기억이었다.

"그래서 완전히 시체 같은 꼴로 아버지를 만났어. 덕분에 좋지 않은 인상이 박혔던 것 같은데… 그 점은 확신하진 못하겠지만, 어쨌든 그랬던 기억이 나는군."

루그는 그때의 기분이 되살아난 듯 으르렁거렸다.

또 생각나는 것이 있었다.

이 성에 들어온 지 사흘째 되는 날, 루그는 보는 사람이 없는 복도 한구석에서 이복동생이자 가문의 후계자인 마빈을 만났다. 그리고 마빈에게 붙잡혀 온갖 모욕적인 말을 듣고 얼굴을 제외한 모든 곳을 구타당해서 다음날까지는 물조차 제대로 삼키지 못하고 아파했었다.

'하필이면 열다섯 살이라니…….'

인상을 찌푸리고 있는 루그에게 볼카르가 물었다.

〈집안에서 독이라니, 도대체 무슨 일을 겪은 건가? 설명해 주지 않겠나?〉

"좀 복잡한 상황이지."

루그는 한숨을 쉬며 침대에 걸터앉아서 과거를 회상했다.

3

루그는 아스탈 백작의 사생아였다.

바람기가 심했던 아스탈 백작은 부인 외에도 두 명의 첩을 두었으면서도 성의 하녀들을 비롯해 이 여자, 저 여자를 건드려서 추문을 일으키곤 했다.

루그는 그런 바람기의 결과물이었다.

그동안 아스탈 백작과 동침하고 그의 아이를 임신한 여자는 많았다.

하지만 대부분은 아스탈 백작 부인이 임신 단계에서 돈을 쥐어주고 처리하거나, 주제 모르고 첩으로 들어오겠다고 설치며 끝까지 버티는 경우에는 쥐도 새도 모르게 없애 버렸다. 그렇게 하기 전에 아스탈 백작이 덜컥 받아들인 것이 두 명의 첩이었다.

"그리고 내 존재는 그녀에게 있어서는 대형 사고란 말이지."

백작의 아이를 임신했으면서도 첩이 될 생각도 하지 않고, 그렇다고 아이를 지우는 대신 돈을 받을 생각도 하지 않았던 여자. 끝까지 백작에게 아이의 존재를 알리지 않고 가난 속에서 병들어서 죽어간 그녀가 루그의 어머니 리나르였다.

그렇기에 백작 부인은 루그가 열다섯 살이 될 때까지 그 존재를 모르고 있었다. 그러다가 리나르는 임종의 순간, 백작이 곤란해지면 들고 찾아오라고 한 정표를 루그의 손에 들려서 아스탈 백작가로 보낸 것이다.

당연히 아스탈 백작가는 발칵 뒤집혔다.

하필이면 백작이 성에 머무르던 날 루그가 찾아왔다는 것이 그러한 혼란을 만들었다. 백작이 집에 없었다면 백작 부인은 루그가 찾아왔다는 사실 자체를 묻고 죽여 버리거나, 아니면 돈을 쥐어주고 먼 곳으로 가버리라고 했을 것이다.

하지만 백작은 자신과 닮은 루그가 정표를 들고 찾아온 것을 보고 대뜸 그를 아들로 인정해 버렸다. 덕분에 백작가의 모든 사람들이 루그의 존재를 알게 되었고, 그렇게 커다란 혼란을 야기시킨 백작은 그 다음날 일을 보러 나가 버려서 실로 미묘한 상황이 연출되었다.

"그래서 한동안 고민하던 백작 부인은 결국 나를 제거하기로 결심해. 오늘 물에 탄 약한 독으로 앓아눕게 해서 아버지를 만나지 못하게 하는 것이 그 시작이지."

〈이해할 수 없군.〉

볼카르가 의문을 제기했다.

〈백작이 자식으로 인정했다고 해도 너는 사생아 아닌가? 인간들은 항상 발정기의 짐승처럼 문란한 주제에 괴상한 법도를 지녀서 귀족 가문에서 사생아는 가문의 일원으로 인정받지 못하는 것으로 아는데.〉

"항상 발정기의 짐승처럼 문란하다라……. 그 표현 참 적절한데? 보통은 그렇지. 나도 그래서 별 기대는 안 했고, 그냥 성에서 하인 생활이라도 할 수 있으면 좋겠다고 생각했어. 내가 전에 살던 곳은 빈민가라서 정말 살기 어려웠거든. 백작가의 하인이 될 수 있다면 정말 꿈같은 행운이지."

그런데 이곳 탈린 왕국에는 생각지도 못한 법이 존재하고 있었다. 그것은 힘으로 왕위를 찬탈한 3대 전의 국왕이 자신의 처지를 정당화하기 위해 만든 법이었다.

"그건 바로 사생아라도 장자이고 가주가 가문의 일원으로 인정한다면 귀족으로서의 권리를 갖게 된다는 거야. 잘하면 가주 직을 계승하는 것까지도 가능하지."

〈이상하군. 인간들이 그런 법을 만들다니.〉

"3대 전의 국왕은 원래 왕의 사생아였거든. 하지만 전쟁터에서 활약한 공으로 기사가 되었고, 그리고 놀라운 전공을 착착 더해서 결국은 왕실에서도 영향력이 큰 영주가 되었지."

그리고 왕이 후계자를 정하지 않고 서거하는 일이 벌어졌고, 왕위 계승자들이 서로 왕이 되고자 피비린내 나는 혈투를 벌였다. 그런데 그 혈투가 진행되는 사이 거의 모든 왕위 계승자가 죽어버리는 사태가 벌어지고 만다.

"…그래서 그가 왕이 된 거지. 왕위에 오른 그는 자신의 입지를 확고하게 다지고, 정당화하는 의미에서 아까 전에 말한

법을 만들었어."

그래서 루그는 잘하면 차기 백작이 될 수도 있는, 백작 부인 입장에서는 절대 용서할 수 없는 독충 같은 존재가 된 것이다. 그녀가 루그를 제거하고자 하는 일은 13년간이나 속을 썩여온 남편의 권리를 아들에게 온전히 세습시키고자 하는 몸부림이었다.

"물론 그런 사정을 이해한다고 내가 호락호락 당해줄 수는 없었지. 그쪽에서 나를 죽이려고 하니 나도 울컥했고, 또 없던 욕심이 생겼어."

아스탈 백작은 어머니로 하여금 자신을 낳게 만들었으면서도 한 번도 얼굴을 비추지 않았다. 그래서 어머니는 가난 속에서 병들어서 고통스럽게 죽어갔다.

그런 어머니를 지켜본 루그는 아스탈 백작에게 부정을 기대하지 않았다. 그를 아버지라고 여겨본 적도 없었다. 다만 고된 삶을 어떻게든 해줄 실낱같은 희망으로 생각했을 뿐이다.

그런 상황에서 백작 부인이 독살스럽게 자신을 죽이려고 하니 마음속에서 분노와 증오가 끓어올랐다. 잘못의 원흉은 아스탈 백작이거늘 어찌 죄없는 자신을 해하려고 하는가?

그렇게 생각하자 그녀와 마빈을 망쳐 버리고 싶어졌고, 할 수 있는 모든 방법으로 그녀와 싸웠다.

〈그래서 어떻게 되었나?〉

"어떻게 되긴, 사이좋게 다 망했지."

〈망해?〉

"해도 되는 일, 안 되는 일을 안 가리고 9년 정도 싸우다 보니까 사람들은 죽고, 외부의 승냥이 같은 놈들을 끌어들여서 이것저것 뜯어먹게 하고, 그러다가 결국 옆 동네 영주한테 다 털려서 가문이 완전히 몰락했어. 아버지가 마물 토벌을 나갔다가 큰 부상을 입어서 긴 침대 생활을 하게 된 것도 혼란을 가중시켰지. 생각해 보면 나도 정말 독했어."

지금 생각해 보면 신기할 지경이다. 아무것도 모르던 뒷골목의 애송이가 귀족 가문을 차지하겠다고 아등바등 9년이나 싸울 수 있었다니.

〈내가 보기엔 별로 신기하진 않군.〉

"왜 그렇게 생각하지?"

〈너는 인간의 몸으로 드래곤인 나를 죽이려고 하지 않았나? 그런 터무니없는 일을 하려고 한 인간이 고작 그런 일을 못하겠다고 도망칠 리는 없겠지.〉

"그러고 보니 그러네."

루그는 픽 웃고 말았다. 그는 절대적인 힘을 가진 드래곤을 죽이려고 했던 인간이다. 비록 과거로 돌아와서 없는 일이 되긴 했지만 이제부터 또 같은 일을, 이번에는 반드시 성공시키려고 하고 있지 않은가?

드래곤을 죽이는 일에 비하면 백작 부인과의 암투는 하찮은 것이다. 그렇게 생각하자 웃음이 나왔다.

"하하하! 아, 정말 우습군. 그 일들이 다 없던 일이 되어버리다니……. 이렇게 되면 내가 너를 미워하는 것조차 이상해."

루그가 겪은 모든 비극은 없던 일이 되어버렸다. 심지어 백작 부인과의 암투조차도 아직 일어나지 않은 일이다.

'어머니도 살아 계셨다면…….'

과한 욕심이라는 것은 알지만, 좀 더 과거로 돌아갔으면 얼마나 좋았을까 하는 생각이 들었다. 지금으로부터 2년이나 3년 전으로만 돌아갔어도 자신은 어머니가 병들어 죽는 것을 보지 않아도 됐을지도 모른다.

〈나도 얼마나 과거로 돌아갈지는 알 수 없었다. 생각보다 많이 돌아오긴 했지만.〉

"아니, 그 부분은 너를 탓할 일은 아니지. 어쨌든 지금도 네 이름을 생각하면 울화가 끓어오른다만, 이런 기회를 준 것만은 감사하도록 하마."

루그는 복잡한 기분으로 볼카르에게 감사했다. 그에게 감사를 할 날이 오다니, 정말이지, 지금까지는 꿈에도 상상할 수 없었던 일이다.

볼카르가 말했다.

〈딱히 감사를 받으려고 한 일은 아니다. 나는 나의 과오를 지우고 싶었을 뿐이니.〉

"흥! 뻣뻣하긴. 너 같은 놈이랑 한 몸에 동거를 해야 하다니 벌써부터 짜증이 나는군."

확실히 남의 영혼이 자신의 몸속에 있다는 것은 생각만 해도 짜증나는 일이다. 무슨 일을 하든 혼자만의 비밀 따위 간직할 수 없다는 것 아닌가?

루그는 눈살을 찌푸리며 투덜거린 다음 할 일을 정했다.

4

아스탈 백작 부인은 요즘 내내 심기가 불편했다. 갑자기 열다섯 살이나 된 백작의 사생아가 나타났으니 그럴 수밖에 없었다.

"그 녀석이 아무렇지도 않다고?"

그녀는 집사의 보고를 받고 불쾌한 듯 물었다. 집사가 대답했다.

"네. 분명히 음식을 먹은 것 같은데 아무렇지도 않았다는군요."

"약을 분명히 탔고?"

"네. 그 점은 확인했습니다."

"어떻게 된 거지?"

백작 부인은 눈살을 찌푸렸다.

오늘 저녁이면 백작이 성으로 돌아온다. 그렇기에 그녀는 약한 독으로 루그에게 따끔한 맛을 보여줘서 주제 파악을 하게 만들고, 백작에게는 나쁜 인상을 심어줄 생각이었다.

그런데 분명히 약을 먹었을 녀석이 아무렇지도 않다니 어떻게 된 것일까?

"혹시 그 녀석이 강체술이라도 연마했나?"

주로 무가에 비전으로 내려오는 비술, 강체술을 연마하면 초인적인 육체 능력을 갖게 된다. 신체가 보통 인간보다 훨씬 강건해지는 만큼 약한 독 따위는 별 영향 없이 이겨내는 것도 가능했다.

집사가 고개를 저었다.

"그럴 리가요. 빈민가에서 굴러먹고 자란 천한 것이 어떻게 강체술을 익히겠습니까?"

"그이가 가르쳐 줬다거나……."

"그러셨을 것 같지는 않습니다. 그리고 강체술은 기초를 터득하는 데만도 한참 시간이 걸리니 며칠 만에 독을 먹고도 아무렇지도 않은 몸이 되었을 리는 없지요. 며칠 전에는 마빈 도련님께 맞아서 그 다음날까지 제대로 먹지도 마시지도 못했다고 하던데요."

"마빈이 그런 일을?"

백작 부인이 눈썹을 치켜떴다. 집사는 자신이 말실수했다 싶어서 움츠러들었지만 그녀는 홍, 하고 코웃음을 쳤다.

"역시 내 아들다워. 뭘 해야 하는지 알고 있군. 그럼 어떻게 된 거지?"

"가장 가능성이 높은 것은 음식을 먹으려다가 변덕이 생겨서 그냥 창밖에 버린 게 아닐까 싶습니다만."

"확실히 그렇게 생각할 수밖에 없군. 하지만 왜 그랬을까?"

"아직도 음식을 먹을 만한 상태가 아닌지도 모르지요. 그래서 창밖에 새들이 있는 걸 보고 줬다거나… 좀 말도 안 되는 가정 같기는 합니다만, 달리 생각할 만한 가능성이 없는 것 같습니다."

"우습긴 하지만 확실히 그런 것 같아."

천한 것 주제에 우유에 벌레라도 빠진 것을 못마땅해하며 버렸을 수도 있다. 그렇게 생각하자 백작 부인의 가슴속에서 불쾌감이 끓어올랐다.

"감히 주제도 모르고."

"내일 다시 약을 탈까요?"

"그만둬. 그이가 있는 동안엔 눈에 띄는 짓은 하지 않는 게 좋아."

백작은 기사들을 이끌고 영지에 나타난 마물들을 토벌하러 나갔다가 돌아오고 있었다. 또 문제가 생기기 전에는 한동안 성에 머물 것이고, 루그에게 신경을 쓸 테니 그동안에는 아무런 수작도 부리지 않는 편이 좋았다.

한숨을 쉬는 백작 부인에게 집사가 물었다.

"그럼 그 약만 탈까요?"

"그렇게 해."

집사가 말하는 약은 효과가 아주 미미하지만, 먹을 때마다 몸에 누적되어서 서서히 사람을 죽음으로 몰고 가는 독이었다. 한두 번 먹어서는 아무런 효과도 없고 몇 년에 걸쳐서 계속 먹여야 하긴 했지만 확실한 살해 수단이라고 할 수 있었다.

백작 부인이 코웃음을 쳤다.

"천한 것 주제에 제법 운이 좋구나. 하지만 그 운이 언제까지 갈까?"

5

그날 저녁, 영지를 어지럽히던 마물들을 토벌한 아스탈 백작이 귀환하자 성에서는 기사들을 위한 연회가 열렸다. 이 연회에는 아스탈 백작의 친족들 모두가 참여했기에 루그 역시 하녀들의 도움을 받아 의젓한 차림으로 나가야 했다.

"별로 달갑지 않은데."

〈연회에 나가는 것이 말인가?〉

"아버지라는 사람을 보는 것이. 대충 13년 만에 다시 보는군."

아스탈 백작은 호탕하고 남자다운 성격이었지만 집안을

관리하는 능력은 형편없는 이였다. 그와 결혼한 부인의 마음고생은 정말 이만저만이 아니었을 것이다. 지금 와서 생각하면 백작 부인의 입장이 이해되면서 동정심이 일었다.

"하아, 지나가고 나면 다 추억이란 건가. 그때는 정말 필사적이었는데, 지금 생각하면 정말 바보 같기만 하니."

그 후에 겪은 일들이 워낙 강렬해서 그런지 백작가에서 보낸 9년은 그냥 좀 나쁜 기억 정도로만 여겨졌다. 이제는 백작 부인과 암투를 벌일 생각도 없었다.

'저쪽에선 나를 그냥 놔두고 싶지 않겠지만, 되도록 빨리 어떻게 할지 정해야겠군.'

루그는 가문의 재산과 권리에는 전혀 욕심이 없었다. 이곳에 있을 때는 몰랐지만, 이후 세상에 나가 성장한 그에게 그 정도는 하찮은 것에 불과했으니까.

비록 지금은 그때 가졌던 힘도, 재산도 없었지만 상관없었다. 그의 머릿속에는 자신이 어떻게 해서 힘을 얻었나 하는 과정이 기억되어 있었고, 힘을 키우는 것은 시간만 있으면 얼마든지 가능했다.

'지름길을 가는 거야. 그리고 더 큰 힘을 가져서 볼카르를 죽인다.'

전생 22년에 걸쳐 손에 넣었던 힘을 빠르게 되찾고, 그 이상의 힘을 손에 넣는다. 그래야만 앞으로 일어날 비극을 막고 사랑하는 사람을 지킬 수 있었다. 그걸 생각하면 아스탈 백작가 따윈 신경 쓸 가치도, 여유도 없었다.

"오, 루그. 잘 지냈느냐?"

루그가 연회장에 들어서자 곧바로 백작이 알아보고 다가왔다. 그는 이미 술에 취했는지 얼굴이 불그스름해져 있었다.

백작이 루그에게 말을 걸자 연회장에 있던 이들이 모두 시선을 던졌다. 그들이 수군거렸다.

"정말 백작님과 닮긴 했군. 백작님 어렸을 때랑 판박이야."

"그러게. 마빈 도련님보다도 훨씬 더······."

"골치 아프게 됐어."

연갈색 머리칼에 청록색 눈동자를 가진 루그는 확실히 백작과 많이 닮았다. 백작 부인이 낳은 아들 마빈보다도 훨씬.

'확실히 내 얼굴이랑 닮았군.'

루그는 13년 만에 보는 아버지의 얼굴을 자세히 관찰했다. 22년 후, 수많은 일들을 겪으며 나이를 먹고, 상처 입은 자신의 얼굴은 분명 백작의 것과 닮았다. 다만 백작보다 훨씬 험난한 삶을 살아왔고, 지쳐 있다는 느낌이 들 뿐.

백작이 물었다.

"그래, 지내기는 어땠느냐? 다들 잘해주더냐?"

"네. 아버님께서 신경 써주신 덕에 다들 많이 배려해 주어서 불편함없이 지낼 수 있었습니다."

그 말에 백작이 묘한 표정을 지었다.

의아함을 느끼던 루그는 순간 아차 했다. 열다섯 살일 때의 자신은 빈민가에서 굴러먹던, 예의는커녕 글도 읽을 줄 모르는 애송이였다. 그런데 성에 들어온 지 일주일 만에 이렇게 점잖은 말투를 사용하니 백작이 당혹감을 느낄 수밖에.

백작이 허허 웃었다.

"그새 예법을 좀 배운 모양이구나. 적응이 빠른걸. 역시 내 아들다워."

물론 루그는 이곳에 머무는 동안 예법 따윈 배운 적도 없었다. 백작의 명령에 따라 시중들 하인들이 붙기는 했지만 그 외에는 철저하게 방치 상태였다.

루그는 속으로 쓴웃음을 지으며 대답했다.

"백작 부인께서 많이 신경 써주신 덕분입니다."

"오, 당신이 루그를 챙겨주었나 보구려."

백작이 놀랍다는 듯 백작 부인을 바라보았다.

방금 전까지 뒤에서 불편한 심기를 드러내며 루그를 쏘아보던 백작 부인은 루그가 생각지도 못한 말을 하자 당황해하고 있었다. 루그는 그녀에게 씩 웃어주고는 시선을 다른 곳으로 돌렸다.

'마빈.'

자신의 배다른 동생이 기사들 사이에 있었다.

이때의 마빈은 루그보다 두 살 어린 열세 살이었다. 하지만 귀족답게 잘 먹고 자랐고, 또 일찌감치 기사가 되기 위한 교육을 받아왔기 때문에 루그와 비슷할 정도로 키가 컸다. 그리고 체격은 훨씬 더 균형 잡혀 있었다.

어려서부터 가주가 되기 위한 교육을 받아온 마빈은 루그의 존재가 의미하는 바를 분명하게 알았다. 그렇기에 자신을 따르는 하인들과 기사들까지 동원해서 몇 번이나 루그를 폭행해 가면서 쫓아내려고 시도했었다.

'뭐, 이제는 그런 일을 당해줄 이유가 없지.'

예전에는 마빈을 미워했지만 지금은 그런 마음도 생기지 않는다. 그저 태어나면서부터 가주가 되기 위해 교육받으며 자라서 자신을 적대하게 되는 그 녀석이 우습게 여겨질 뿐이었다.

'당분간은 마주치지 않게 조심해야겠군.'

백작 부인은 당분간 손을 쓰지 않지만 마빈은 다르다. 보는 눈이 없을 때, 혹은 자신과 백작 부인의 입김이 강한 이들만 있을 때 루그와 마주치면 무조건 붙잡아서 폭행했다. 마빈에게 맞아서 사경을 헤맨 적도 한두 번이 아니었고, 겨우 살아났다 싶으면 하인들에게서 차라리 죽어버리는 게 나았을 거라는 소리나 들으면서 속에서 시커먼 증오를 키웠다.

지금 이 몸으로는 절대 마빈과 대적할 수 없었다. 비쩍 마른데다가 제대로 단련도 안 된 몸이고, 강체술은 전혀 연마하지 않은 상태니까.

그에 비해 마빈은 몇 년 동안 강체술을 연마하여 이미 성인

장정을 우습게 볼 정도의 완력을 가진 상태였다. 제대로 맞서려면 루그도 한동안 강체술에 매진해야만 했다.

'골치 아픈데. 문제는 시간이야.'

이미 루그는 이곳에 오기 전 몇 시간 동안 강체술 연마를 시작했다. 시공 회귀 전의 그는 왕국의 이름난 기사들 중에도 적수를 찾기 어려울 정도로 강체술을 연마한 강자였다. 그렇기에 원래는 기본적인 단련법을 사용하기 시작해서 두 달은 지나야 한다는, 체내에 존재하는 보이지 않는 기운을 감지하는 기감(氣感)을 각성하는 단계에 한나절 만에 도달할 수 있었다.

하지만 그렇게 기초 단계를 빠르게 터득한다고 해도 몸을 강하게 만드는 강체력을 쌓고 그것을 응용하는 기술을 터득하려면 시간이 필요했다. 아무리 과거의 기억을 갖고 있다고 해도 허약한 몸이 한순간에 과거의 것처럼 강해지는 것은 아니니까.

'그냥 내일 아침에 여길 나가 버릴까?'

그럼 백작 부인과 싸울 일도 없을 테니 골치 아픈 일은 사라질 것이다.

하지만 루그는 그 생각을 곧바로 철회했다. 9년 동안이나 백작 부인과 싸웠던 그는 그녀의 성격을 누구보다도 잘 알고 있었다.

백작 부인은 철두철미한 것을 좋아하는 성격이다. 아마 자

신이 나가 버리면 확실하게 처리하기 위한 인원을 보낼 것이
다. 그리고 지금의 자신에게는 그들의 위협에서 몸을 지킬 만
한 힘이 없었다.

'정말 싫지만 당분간은 이 사람의 비호 아래 있어야 한단
말이지.'

루그는 술에 취해 기사들과 웃고 떠드는 아스탈 백작을 보
며 한숨을 쉬었다. 예나 지금이나 그가 아버지라는 생각은 별
로 안 들지만, 어쨌거나 최소한의 힘을 기를 때까지는 신세를
져야만 할 것 같았다.

6

〈왜 그런 조악한 기술에 매달리지?〉

연회 다음날, 루그가 방에서 강체술 기초 훈련을 하고 있는
데 볼카르가 불쑥 말했다. 루그가 눈썹을 치켜뜨며 물었다.

"조악한 기술?"

〈그렇다. 내게 마법을 배우면 될 것을 왜 그런 기술에 매달
리나?〉

"이봐, 마법이 대단한 기술이라는 것은 인정하지만 어째서
강체술이 조악한 기술이라는 거야? 이 힘이 아니었으면 너랑
싸울 마음을 먹지도 못했어."

〈마법사들이 잔뜩 모여서, 그것도 한 도시 규모로 마법진

을 만들고 운용하지 않았다면 너는 나한테 다가올 수도 없었을 것이다. 아니, 애당초 싸움이 성립하지 않았겠지. 적에게 다가갈 수조차 없는 기술에 무슨 가치가 있다는 거지?〉

"큭……."

루그의 말문이 막혔다.

볼카르의 말은 사실이었다. 바레스 왕국의 왕도 바라지아 전체를 휘감을 정도의 규모로 설치된 마법진으로 볼카르의 드래곤 형태를 봉인하고, 그를 도시 안에 묶어두지 않았다면 싸울 엄두도 내지 못했을 것이다. 드래곤 형태의 볼카르가 쓰는 궁극 마법들은 산을 날려 버리고 수백 명의 인간을 일거에 쓸어버릴 수 있는 위력을 자랑했으니까.

〈위대한 마법에 비하면 그런 기술 따윈 어린애 장난에 불과하다.〉

"젠장. 잘났다. 하지만 나는 마법을 익힐 수 없는 체질이고, 지금부터 네게 마법을 기초부터 배우기 시작하면 언제 제대로 된 마법을 쓸 수 있게 될지 몰라. 그리고 나는 몸을 써서 싸우는 타입이라고. 이제 와서 비리비리한 마법사 짓 따윈 못해."

〈아무래도 너는 내가 가르쳐 주려는 마법을 인간의 기준으로 생각하고 있는 것 같군.〉

"뭐?"

한숨 섞인 볼카르의 말에 루그가 눈살을 찌푸렸다. 볼카르가 말을 이었다.

〈위대한 마법에 불가능한 일은 없다. 인간의 유치한 기술, 인간의 마법 같지도 않은 마법으로 할 수 있는 일 따위, 모두 다 할 수 있는 것이 당연한 일. 네가 내게 마법을 배운다면 너는 그 조악한 기술… 강체술이라고 하던가? 그것을 극한까지 연마하는 것보다 더욱 육체를 강화할 수 있을 것이고, 정신을 가속할 수 있을 것이며, 비교할 수 없을 정도로 강대한 위력을 내면서 동시에 섬세한 제어력까지 가질 수 있을 것이다. 네가 이상으로 삼는 모든 것을 갖추는 게 가능하다는 이야기지.〉

"마법으로 그런 게 된다고? 그게 말이 돼?"

〈나는 마법의 종사인 드래곤. 내 마법과 인간의 마법 따윌 비교하지 마라.〉

"……"

너무 오만하게 단정 지으니 뭐라고 반박할 말이 떠오르지 않았다. 어쨌든 볼카르는 대마법사라고 불리던 이들을 장난처럼 쓰러뜨렸고, 일거에 도시를 파괴해 버렸던 무시무시한 힘의 소유자였다. 드래곤 형태를 봉인하고 그 마력을 크게 제약시킨 후에도 그에게 다가가는 것조차 힘들 정도였다.

하지만 반박을 못한다고 해서 그의 말에 수긍한다는 뜻은 아니다. 오랜 시간 연마하여 자부심을 갖게 된 강체술을 무시하는 볼카르의 말에 루그의 속은 부글부글 끓고 있었다, 볼카르가 눈앞에 있었으면 당장 멱살 잡고 주먹 한 방 날리고 싶을 정도로.

그런 루그의 감정이 전달된 것일까? 볼카르가 흠흠, 하고 헛기침을 하더니 조금 누그러진 태도로 말했다.

〈뭐, 강체술이라는 기술도 나름 재미있는 구석이 있다, 마법과는 다른 관점에서 힘을 다룬다는 점에서. 인간은 날 때부터 허약하니 체내의 기운을 그런 식으로 증폭시킨다는 발상은 괜찮아 보인다. 인간 자체는 마력을 타고나는 몇몇 특이한 개체를 제외하면 에너지를 인식하고 다루는 능력이 없지. 그런데 특이한 방법을 개발해서 없던 에너지 인식 능력을 갖고 그것을 발전시키는 것은 흥미로워.〉

"흠. 그래, 마법이 아무리 잘났어도 강체술은 인간의 특성에 맞춰서 발전해 온 심오한……."

〈마치 벼룩이 하늘을 나는 것을 보는 것 같아서 감탄하지 않을 수 없다.〉

"…웬일로 삐뚤어진 소리 안 하고 잘나가나 했다. 젠장. 근데 드래곤은 마법을 자유자재로 다루잖아. 원소력도 쓰고. 강체술도 그거하고 비슷한 맥락 아닌가?"

루그가 혀를 차며 물었다. 볼카르가 대답했다.

〈전혀 다르다. 드래곤은 마력을 인식하고 다루는 것이 아주 당연하다. 속성력도 마찬가지지. 그것을 어떻게 활용할지 연구할 뿐, 너희처럼 특정한 방법을 이용해서 몸에 잠들어 있는 기능을 일깨운다는 것은 아주 생소한 방식이다.)

드래곤에게는 마력이나 속성력을 인지하고 다루는 것이 특별히 신경 써서 개발할 필요가 없는, 말하자면 오감처럼 기본적으로 가진 능력이었다. 하지만 인간은 그렇지 않은데 훈련을 통해 그러한 능력을 가지게 되니 신기할 수밖에. 그것은 볼카르 입장에서 보면 귀머거리가 훈련을 통해서 청각을 갖게 되는 것과 같은 일이었다.

"그런가? 하긴 날 때부터 터무니없이 강할 테니 더 강해지기 위한 방법은 마법 말고는 필요없겠군."

루그는 어깨를 으쓱한 다음 다시 훈련에 들어가려고 했다. 볼카르가 투덜거렸다.

〈하지만 마법을 익히면 필요없는 기술이라는 것에는 변함이 없다. 마법을 익혀라. 내가 직접 마법을 쓸 수 없으니 좀 돌아가게 되긴 하겠지만 그리 오랜 시간은 걸리지 않을…….〉

"시끄러워. 난 당장 써먹을 기술이 필요하다고. 네게 마법을 배우는 것은 내가 쌓아올렸던 것을 되찾고 나서나 생각할 일이야."

루그는 더 이상 볼카르가 마법에 대해서 뭐라고 하든 들은 척도 하지 않았다. 볼카르는 계속 투덜거렸지만 묵묵히 몸을 움직이는 데만 열중했다.

열다섯 살의 그는 강체술을 터득하지 않은 것은 물론, 체력적으로도 형편없었다. 그렇기에 강체술의 기초 동작과 호흡을 반복하여 체내의 기운을 인지하고 증폭시키는 훈련을 끝내고 나면 체력 단련을 해야 했다.

"하아, 죽겠군. 진짜 약해빠졌네."

아무리 달려도 지치지 않고, 사흘 밤낮을 싸우고도 여력이 남았던 서른일곱 살의 그와는 달리 열다섯 살의 몸은 정말 약하기 그지없었다.

팔굽혀펴기를 스무 번쯤 하니 팔이 후들거려서 더 이상 할 수 없었고, 주먹질과 발차기를 10분쯤 하니 숨이 턱까지 차서 죽을 것 같았다. 유연성도 부족해서 다리를 찢으려고 하니 반 조금 넘게 벌려질 뿐, 그 이상은 가랑이가 찢어질 것처럼 아파서 벌릴 수가 없었다.

이런 몸을 단시간 내에 쓸 만하게 만들어놓을 수 있을까?

'불가능할 것도 없지.'

루그는 오전에는 강체술을 연마하고, 하녀가 가져다주는 점심을 먹은 척한 뒤에 창문을 열고 밖으로 나갔다. 그의 방은 2층에 있었고, 아래는 풀밭이었기에 창틀을 잡고 매달린 후에 뛰어내리면 다치지 않고 착지할 수 있었다.

"도둑놈도 아니고 이것 참."

문을 놔두고 이런 식으로 나온 이유는 마빈과 마주치지 않기 위해서였다. 마빈은 아마 성안에서 자신과 만나기를 벼르고 있을 터이다.

루그는 주변에 사람이 없나 살펴본 후에 조용히 주방 쪽으로 향했다. 점심때의 바쁜 시간이 지나갔을 테니 지금은 별로 사람이 없을 터다.

"역시 빵은 많이 남네."

루그는 주방에 사람이 없는 틈을 타서 빵과 고기 조각, 그리고 마실 것을 갖고 나왔다. 볼카르가 물었다.

〈왜 갖다 주는 식사를 하지 않고 음식을 훔치지?〉

"그야 갖다 주는 식사에는 뭐가 들어 있을지 모르니까 그렇지. 어제만 해도 먹으면 안 되는 약이 들어 있었다니까 그러네."

〈백작의 눈이 있으니 독약은 못 넣을 것 아닌가?〉

"독약이라는 게 종류가 한 가지만 있는 게 아니거든. 먹을 때는 별 효과가 없지만 조금씩 누적되어 가면서 마치 병에 걸린 것처럼 몸 상태를 악화시키는 것도 있고, 죽이지는 않고 그냥 소화불량이나 복통을 일으키는 것도 있어. 아니면 몸살을 일으킬 수도 있고. 워낙 그런 수작을 자주 당했기 때문에 방심할 수 없다고. 백작 부인은 나를 괴롭혀서 기를 꺾어놓고 여기서 나가고 싶게 만들고 싶어하니까."

〈인간들은 몸이 허약하다 보니 별 걱정을 다 해야 하는군.〉

"허약해서 미안하네. 드래곤은 병에 걸리거나 건강이 나빠지는 일이 없나?"

〈없다. 모자라고 허약한 인간들과 달리 우리의 몸 상태는

부상을 당하지 않는 한 언제나 완전하게 관리되지.〉

"진짜 편리하겠군."

루그는 혀를 차며 성 뒤에 있는 숲 속으로 향했다. 9년 동안이나 이곳에서 살아봤기 때문에 비밀 장소 한두 군데 정도는 갖고 있었고, 이번에도 같은 장소를 이용할 생각이었다.

"딱 좋아."

산책용으로 터놓은 길 대신 풀숲을 지나서 목적지에 도착한 루그가 미소를 지었다. 볼카르가 물었다.

〈아무것도 없는 곳이군. 특별히 기운이 강하거나 한 것도 아니고.〉

세상에는 간혹 마법사들이 '기운이 강하다'고 표현하는 땅이 있다. 가장 알기 쉬운 예를 들어보자면, 북쪽의 추운 지방에는 빙설의 기운이 강하고, 화산지대는 불의 기운이 강하다. 그런 장소들은 특정한 마법을 터득하거나 강체술을 연마할 때도 유리하게 작용하는 경우가 있었다.

〈정말로 평범하기 그지없는데 뭐가 좋다는 건가?〉

"아무것도 없다는 것이 좋은 거야. 누구도 오지 않을 테니까."

그 말대로 아무것도 없는 곳이었다. 그저 나무들 사이에 절묘하게 형성된 공터일 뿐.

하지만 남의 눈을 피해 강체술을 연마하고 몸을 단련해야 할 루그에게는 정말 안성맞춤인 장소였다.

'예전에도 여기서 강체술을 연마했었지. 그때는 정말 필사적이었는데.'

루그는 공터를 둘러보며 나무들을 확인했다. 예전에는 백작 부인과 마빈의 손길이 닿지 않는 이곳에서 검술과 강체술을 연습했었다. 그때는 그들에게 당한 일 때문에 독기로 가득 차 있었고, 빨리 강해지지 않으면 언제 살해당할지 모른다는 두려움으로 거의 자기 학대에 가까운 훈련을 계속했던 기억이 난다.

'뭐 사실 그걸 갖고 학대니 뭐니 하는 것도 웃기는 일이었지만.'

루그는 그때의 자신을 떠올리며 피식 웃었다. 가문을 나간 후, 스승 그레이슨을 만나서 받았던 훈련에 비하면 이곳에서 스스로 행한 훈련 따윈 아무것도 아니었다. 백작에게 가르침을 받을 때도 이러다 죽겠다고 생각할 정도로 힘들었지만 지금 돌이켜 보면 다 할 만한 수준이었다.

"그때 남긴 흔적이 꽤 많았는데 다 새것처럼 보송보송하군."

루그가 나무들을 살펴보며 말하자 볼카르가 의아해하며 물었다.

〈새것처럼 보송보송하다니, 다 충분히 나이를 먹어서 자란 나무들 아닌가?〉

"그런 의미가 아니라… 내가 남긴 흔적들이 없다는 거지. 새삼 과거로 돌아왔다는 게 실감나는데."

아무도 믿을 수 없는 상황에서 필사적으로 몸부림치며 남긴 흔적들. 이곳에는 검을 휘두르다 남긴 흔적들이 가득 남아 있었다. 하지만 지금은 그때의 일들이 모두 꿈이었던 것처럼 아무것도 찾아볼 수 없었다.

"이제 과거와는 다른 흔적을 남겨야지."

루그는 볼카르가 이해할 수 없는 말을 중얼거리면서 심호흡을 했다. 그리고 마음을 가라앉히고 강체술 연마에 들어갔다.

'일단 기감을 찾는 것은 하루 만에 됐어. 몇 번만 반복하면 이제 완전히 자리 잡겠지.'

기감을 활성화하고 체내에 존재하는 기운을 일정량까지 증폭시키는 것이 제1단계.

그리고 그 기운을 자신이 원하는 대로 움직여 일정한 흐름을 만들어내는 것이 제2단계였다.

루그는 과거에 아스탈 백작으로부터 처음 강체술을 배웠을 때 기감을 얻는 데 2개월 정도가 걸렸고, 1단계를 완료하는 데 반년 이상이 걸렸다. 그리고 2단계를 완료하는 데는 거기서 다시 1년 이상이 걸렸다.

루그의 설명을 들은 볼카르가 흥미를 보이며 물었다.

〈그럼 제3단계는 뭔가?〉

"3단계는 응용이야. 2단계의 성과가 단순히 증폭되고 누적된 기운이 일정한 흐름으로 흐르면서 신체를 강화시켜 주는 것이라면, 3단계에서는 그 흐름의 일부를 섬세하게 조작해서 원하는 효과를 얻는 것을 말하지."

〈어떤 효과를 낼 수 있지?〉

"가장 알기 쉬운 효과를 말하라면, 허공으로 뛰어올랐다가 허공에서 한 번 더 뛰어오르는 게 가능하지. 그게 아니면 물 위를 달리거나 아니면 벽을 거꾸로 걸어 올라갈 수도 있고. 이것도 저것도 꽤 많이 연습해야 할 수 있는 기술이지만."

〈마법도 안 쓰는 인간들이 이상한 움직임을 보이는 게 다 그런 기술 덕분이었군. 그럼 제4단계도 있는가?〉

"제4단계는 보통 강검(强劍)이라고 부르지."

강체술의 효과는 인간이 가진 본연의 능력을 강화하는 것을 기본으로 한다. 하지만 제4단계에 이르면 신체에 접촉한 물건도 강화할 수 있었다.

강체술을 터득한 이들 중 가장 수가 많은 것이 기사였고, 그들이 가장 즐겨 쓰는 무기가 검이었기에 이 기술은 보통 강검이라 불린다. 검의 강도와 예리함을 놀라울 정도로 증폭시켜서 바위조차도 무 썰 듯이 베어 넘길 수 있게 하는 기술이었다.

〈딱히 마법이 안 걸린 검으로도 그런 파괴력을 내는 것이 그 기술 덕분이었나? 그럼 제5단계는?〉

"그건 기격(氣擊)이라고 불러. 체내의 기운을 밖으로 뽑아내서 목표를 자극하는 기술을 쓰는 경지지. 내가 이전에 도달했던 경지이기도 해. 존재하지 않는 자극을 느끼게 만들거나, 혹은 타인의 강체력을 뒤틀어놓는 기술이지. 반대로 뒤틀린 강체력을 안정시켜 줄 수도 있고. 그걸 잘 이용하면 나는 딱히 상대를 때리지 않았는데 상대는 내가 때렸다고 느낀다던가, 뭐 그런 효과를 낼 수 있어."

〈흥미롭군. 왠지 마지막 싸움에서 경험해 본 것 같기도 한데. 혹시 제6단계도 있나?〉

"물론. 6단계는 속성력을 다루는 것이야. 자신이 다루는 힘에 마치 마법처럼 불이나 냉기, 뇌전의 힘 등을 부여할 수 있지. 물론 거기에 종속되는 것은 아니고 언제든지 속성력을 쓰지 않는 상태로 전환할 수도 있고. 이게 현실적으로는 강체술의 최고 경지로 일컬어지곤 해."

〈그렇다는 것은, 사실은 그 위 단계가 있다는 소린가?〉

"7단계가 존재해. 6단계를 터득한 이들은 손에 꼽을 정도로는 있지. 하지만 7단계는 그저 역사로만 기록된 전설적인 경지야. 적어도 당대에 7단계에 도달한 인간이 있다는 것은 들어본 적이 없었어."

〈그 7단계가 어떤 경지이기에?〉

"자신의 기운으로 심상에 그려낸 것을 현실로 끄집어내는 심상 구현의 경지. 하지만 이게 실제로 어떤 형태인지는 나도 몰라. 조금 전에 말했다시피 살아서 활동하는 이 중에서 그 경지에 오른 놈은 못 봤거든."

〈그 경지에 오르는 것이 가능하긴 한가?〉

"내 스승님께서 그 경지에 거의 근접하셨지만 완성하기 전에 돌아가셨지. 그리고 기록을 보면 그 경지에 오른 이들이 있었다는 것만은 확실해."

〈대단하군.〉

볼카르가 웬일로 진지하게 감탄했다.

〈그 정도면 내게 배울 마법의 중급 수준은 되겠어.〉

"……."

루그는 자기도 모르게 주먹을 불끈 쥐었다. 진짜 이놈을 어떻게 한 대 팰 수 있는 방법이 없을까?

〈하지만 역시 궁극적인 도달점이 그곳이라면 거기까지 가는 데만도 엄청난 노력과 시간이 필요하겠지. 게다가 과거의 너도 고작 5단계에 머물렀다고 하지 않았나. 마법을 배우는 쪽이 훨씬 효율적이고 궁극적인 도달점 역시 높다.〉

과거 루그의 강체술 경지는 제5단계였다. 백작가에 머무르는 동안 아스탈 백작에게서 3단계까지 배웠고, 이후에 스승 그레이슨을 만나 혹독한 교육을 받은 끝에 5단계에 도달했다.

울컥했지만 반박할 말을 찾지 못한 루그는 화제를 돌리기 위해 물었다.

"그런데 나도 마력을 가질 수 있게 한다더니, 그건 어떻게 해야 하지?"

그 말에 볼카르가 귀가 솔깃해진 듯 기뻐하며 물었다.

〈마법을 배울 생각이 든 건가?〉

"생각이야 있지. 다만 강체술을 익힌 후에 배울 뿐."

〈마법을 익히고 나면 시간 낭비를 한 것을 후회하게 될 거

다. 네가 가려는 길은 내게 마법을 배우면 다 가능한 일이란 말이다.〉

"그건 네 생각이고, 내 생각은 다르거든?"

둘은 또 그 문제로 독설을 주고받으며 티격태격했다.

그러다가 볼카르가 진저리를 치며 말했다.

〈쯧. 역시 인간의 어리석음이란 구제할 수 없는 본능의 문제란 말인가.〉

"마족의 수작에 넘어가서 미쳐 날뛴 바보 드래곤이 그런 소릴 해봤자 하나도 잘나 보인다."

〈그, 그건 불가항력이었다.〉

"구차하긴. 어쨌든 어떻게 내 체질을 마법사 체질로 바꿀 것인지나 말해봐."

〈두 가지 방법이 있다. 아주 빠른 방법과 조금 느리지만 어쨌든 인간의 상식으론 놀랍게 빠른 방법이다.〉

"…두 번째는 도대체 무슨 뜻이야? 얼마나 걸리는데?"

〈두 달 정도 걸린다.〉

"그럼 아주 빠른 방법은?"

〈늦어도 일주일, 빠르면 사흘이면 된다.〉

"호오, 고작 그 정도 시간 만에 인간의 선천적인 체질을 바꾸는 게 가능하다고? 어떤 방법인데?"

〈그건 어제오늘 상황을 보고 나서 생각한 것인데, 지금 네 처지로는 좀 쓰기 어려운 방법이다.〉

"무슨 뜻이지?"

〈너는 가난하지 않은가? 힘도 없고 돈도 없고 신분도 없고 권력도 없고… 하여튼 뭐, 아무것도 가진 게 없지.〉

"…사실이긴 하다만 네놈한테 들으니 엄청 기분이 나쁘다?"

〈진실을 이야기해 주면 화를 내는 것이 인간이 가진 본질적인 편협함이지. 어쨌든 타고나지 않은 인간이 마력을 가지려면 특수한 약초들을 특수한 방법으로 정제해서 특수한 방법으로 사용해야 한다.〉

"한마디로 돈이 든다는 소리군. 좋아, 그럼 한동안은 강체술에만 전념하지."

〈굳이 그 방법에만 매달릴 필요는 없지 않은가. 두 달 동안 내게 마법의 기초 이론을 배우면서 체질을 바꾸면…….〉

"두 달이라……. 그동안 백작 부인하고 마빈한테 묵사발 나서 쫓겨날걸. 지금 상황에서 그렇게 시간이 걸리는 방법 따윈 아무런 의미도 없어. 강체술을 완벽하게 연마한 후에 나중에 용병질을 하든 뭘 하든 해서 돈을 벌어 첫 번째 방법을 쓰겠어."

루그는 과거에 2개월이 걸렸던 기감을 얻는 과정을 단 하루 만에 뛰어넘었다. 그렇기에 반년 이상이 걸렸던 1단계 완료를 한 달 이내로 잡았다.

오후 내내 강체술과 기초 체력 훈련을 한 루그는 땀을 식힌 후에 성으로 돌아갔다. 다행히 돌아가는 길에도 마빈과는 마주치지 않았다.

7

"너도 검술을 배워봐야 하지 않겠니?"

아스탈 백작이 그렇게 물은 것은 루그가 회귀한 지 일주일이 지났을 때다. 그동안 루그는 방과 숲 속 비밀 장소만을 오락가락하면서 훈련을 계속하고 있었다.

"너도 앞으로 우리 가문 사람으로 살아가려면 응당 검술을 배워야 할 거란다. 적어도 기사 서임 받기에 부끄럽지 않을 정도로는 되어야 기사들이 뒤에서 뭐라고 하지 않겠지."

그 말에 루그는 속으로 실소를 머금었다, 물론 속으로만.

그럴 수밖에 없는 것이, 백작은 지금 루그에게 기사 서임은 해주겠다고 말하고 있는 것이다. 나이 많은 사생아가 등장하는 바람에 부인과 후계자는 속이 타들어가고 있을 텐데 그들을 다독일 생각은 하지 않고 무작정 루그에게 뭔가를 주려고만 하다니. 그것이 오히려 그들에게 위기감을 느끼게 만들어서 루그를 위험하게 할 수도 있다는 사실은 생각도 못하는 것 같았다.

생각해 보면 이전에도 백작이 루그가 가문에 자리 잡을 수 있는 세심한 배려는 없이 이런 별생각없는 호의만 계속 보여준 것이 돌이킬 수 없는 파국을 불러왔다. 그때나 지금이나 그는 변함이 없는 모양이다.

"아버지, 조금 생각해 볼 시간을 주시지 않겠습니까? 실은 아직도 이곳이 많이 낯설어서……."

"아, 물론 당장 시작하자는 이야기는 아니다. 충분히 생각해 보고 결정하렴."

백작은 재촉하지 않고 미소만 지었다. 루그가 아버지라고 부르면서 귀족 자제 같은 공손한 어투를 사용하는 것이 기분 좋은 모양이었다. 잘 먹이고 입혀놓으니 하루가 다르게 자신을 닮은 외모가 빛을 발하는 루그가 보기 좋기도 했을 것이다. 문제는 그에게만 그렇게 보인다는 거지만.

백작이 물러가고 나자 볼카르가 물었다.

〈왜 그의 제안을 받아들이지 않았지?〉

"뭘? 검술을 배우라는 것?"

〈그래. 너한테는 좋은 기회 아닌가? 공식적으로 지원을 받으면서 훈련할 수 있을 텐데…….〉

"그렇지 않아. 여태까지 봤으니까 알겠지만 나는 검을 쓰지 않는다고. 뭐, 무기는 이것저것 쓰는 법을 익히긴 했지만 근본적으로 나는 맨손 격투술을 사용해."

루그는 검사가 아니었다. 그의 유파는 무기를 들지 않고 맨손으로 싸울 때 극한까지 힘을 발휘할 수 있는 특이한 강체술을 연마해 온 '오더 시그마'였다. 그렇기에 볼카르와 최후의 결전을 벌였을 때도 루그는 맨손이었다.

〈이상하군. 무기를 쓰는 쪽이 더 강한 것이 당연하지 않

은가?〉

"보통은 그렇지. 하지만 오더 시그마의 강체술은 무기를 쓰지 않을 때 진정한 힘을 발휘할 수 있는 특별판이야. 나한테는 검이 필요없어."

루그는 딱 잘라 말했다.

이전에도 그는 맨손으로 수없이 많은 검사들을 쓰러뜨렸다. 그의 손은 검을 쳐서 부러뜨릴 수 있으며, 그의 주먹은 바위조차 부술 수 있으니 검이 필요치 않았다.

"다만 그 진정한 힘을 발휘하려면 강체술이 적어도 4단계에 진입해야 하지. 갈 길이 멀어."

루그가 터득한 강체술은 힘의 흐름이 안정되는 시점부터 일반적인 강체술과는 좀 다른 효과를 발휘한다. 그렇기에 아직도 갈 길이 멀었다.

문득 볼카르가 말했다.

〈너는 왠지 과거의 강체술을 되찾기 전까지는 타인에게 뭔가를 받는 것을 고집스럽게 거부하는 것 같군.〉

"……"

그 말에 루그가 흠칫했다.

볼카르가 말했다.

〈내가 마법을 가르쳐 준다는 것도 마다하고, 부친이 검술을 가르쳐 주겠다는 것도 싫어하고. 그렇게 강체술을 완성하는 것이 중요한가?〉

"그러는 너는 마법에 대한 자부심이 대단하잖아?"

〈마법은 위대한 힘이다.〉

"누가 뭐래? 드래곤은 어떨지 모르지만 인간은 자신이 쌓아올린 것을 소중하게 생각하는 것이 당연한 거야. 내게 있어서 오더 시그마의 강체술은 단순한 기술이 아니야. 수십 년 동안 쌓아올린 내 인생 그 자체다. 그리고……"

루그는 불끈 쥔 자신의 주먹을 보며 감상에 젖은 표정을 지었다. 과거의 기억이 떠오르며 가슴이 욱신거린다.

"…쓰레기처럼 살던 내게 사람답게 사는 법을 가르쳐 준 인연의 증표이기도 하지. 그러니까 무슨 일이 있어도 나는 강체술을 포기하지 않아."

가문을 나와서 하루하루 충동적으로 쓰레기처럼 살아가던 그를 구원해 준 것은 스승 그레이슨과의 만남이었다. 그리고 그레이슨이 소중하게 보살피던 라나와의 인연이 시궁창 속에서 뒹굴던 그의 영혼을 양지로 끌어올려 주었다.

루그의 강체술은, 이제는 되돌려진 시간 속에서 사라져 버린 그들과의 인연이 존재했다는 것을 증명해 주는 이정표다. 비록 그 끝에 존재했던 비극이 사라졌음을 기꺼워한다고 하더라도, 자신이 소중하게 간직했던 보석 같은 추억을 상실했다는 것을 상기할 때마다 가슴이 욱신거렸다. 그렇기에 루그는 날이 갈수록, 자신이 과거로 돌아왔다는 사실을 실감할수록 더욱 강체술에 집착하게 되었다.

"대충 3단계를 완성할 때쯤에는 이 집을 떠날 생각이야. 그 정도만 되면 백작 부인이 보낼 추적자들을 걱정하지 않아도 될 테니까."

그전까지는 몸을 사리면서 이 집에 붙어 있는 수밖에 없다. 루그는 자신의 묘하게 꼬인 처지를 생각하며 쓴웃음을 짓고 말았다.

8

백작이 또다시 영지에 발생한 일을 처리하러 성을 떠난 것은 루그가 회귀한 지 20일째 되는 날이었다. 그동안 루그는 검술 훈련을 피하는 대신 백작에게 직접 궁술을 배우기 시작했고, 백작이 초빙한 선생에게 예법을 배웠다.

사실 루그는 9년간 백작가에서 살았고, 따라서 예법은 아주 잘 알고 있었기 때문에 딱히 배울 것이 없었다. 예법 선생은 루그가 알려주는 예법을 전부 그 자리에서 소화하는 것을 보고 놀람을 금치 못했다.

궁술 역시 비슷했다. 루그의 솜씨가 아주 뛰어나진 않지만 초심자 수준의 교육에서는 딱히 얻을 것이 없었다. 그냥 뭐든지 해주고 싶어서 안달이 난 백작에게 어울려 주고 있을 뿐이었다.

'이크.'

백작이 성을 떠난 다음날, 루그는 마침내 우려하던 사태를 만나고 말았다.

주방으로 가서 음식이나 집어먹어야겠다고 생각하고 방을 나섰는데 복도에서 마빈과 딱 마주치고 만 것이다.

"……."

두 사람 사이에 침묵이 흘렀다.

마빈은 루그와 별로 닮은 기색이 없었다. 머리도 좀 칙칙한 금발이었고, 눈매는 험악해서 위압감이 있었다. 굳이 닮은 점을 찾아보라면 청록색 눈동자 정도일까?

마빈은 불쾌한 기색을 역력히 드러내며 루그를 바라보았고, 루그는 그가 어떻게 나올까 반응을 살폈다.

루그가 과거와 다르게 행동한 탓에 이제 과거와는 다른 하루하루가 계속되고 있었다. 여기서 마빈이 어떻게 행동할지는 실제로 겪어보는 수밖에 없다.

'대충 예상이 되긴 하지만.'

예전에 겪어본 마빈은 성미가 급하고 욱하는 기질이 있었다. 아직 열세 살의 어린 나이지만 치열한 강체술과 검술 훈련을 받아왔고, 마물들을 상대로 실전을 겪기까지 해서 손속이 잔인했다. 마빈에게 맞아서 앓아누웠던 적이 몇 번인지 기억도 안 날 정도였다.

'뭐, 여기서는 없던 일이니 그걸로 원한을 불태우는 것도 우스운 짓이지. 게다가 애잖아?'

루그는 울컥하는 마음을 가라앉혔다. 자신은 몸은 열다섯 살의 소년이지만 알맹이는 어른이다. 열세 살짜리한테 발끈해서 드잡이를 하는 것도 웃기는 짓이었다.

물론 그것도 상대가 가만히 넘어가 줄 때나 가능한 일이었다.

"천한 것 주제에 멍청하니 서서 나를 바라보다니 뭐 하는 짓이지? 당장 옆으로 비켜서서 고개를 조아릴 것이지, 지난번 가르침이 충분하지 않았나 보군."

"……."

"잘못을 했으면 맞아야지. 이번에는 확실하게 네 주제를 가르쳐 주마."

루그가 어처구니가 없어서 바라보고 있자니 마빈이 곧바로 행동에 나섰다. 성큼 다가들면서 손을 뻗어서 루그의 멱살을 움켜쥐려고 한 것이다.

'역시 빠르군.'

체격은 비슷하지만 마빈 쪽이 훨씬 단련된 몸을 가졌고, 체내에 담고 있는 강체력도 루그보다 압도적으로 많다. 그렇기에 손을 뻗어오는 속도가 거의 보이지 않을 정도로 빨랐다.

팍!

하지만 루그는 반응했다. 슬쩍 옆으로 비키면서 마빈의 손을 쳐내 버렸다.

"잘못은 얼어 죽을."

루그가 투덜거렸다. 아무리 애랑 드잡이할 생각이 없다고 해도 맞아줄 수는 없지 않은가? 루그도 성깔 더럽다는 이야기를 밥 먹듯이 듣고 산 몸이었다.

마빈이 놀라서 중얼거렸다.

"쳐냈어? 어떻게?"

20일 동안 강체술을 연마하고 체력을 단련했다고 해도 마빈에 비하면 루그는 여전히 비리비리한 몸의 소유자였다. 그런데 전광석화처럼 뻗어오는 마빈의 손을 쳐냈으니 놀랄 수밖에.

그것은 루그가 맨손으로 무기를 든 자들을 상대하기 위해 맨손 격투술을 극한까지 연마했던 과거를 가졌기 때문에 가능한 일이었다. 비록 상대가 자신보다 훨씬 빠르고 강하다고 하더라도 사전에 몸의 중심이 어떻게 이동하는지를 보고 움직임을 예측하면 반응할 수 있다.

'여러 번 통하지는 않겠지. 하지만 이 녀석은 검술은 뛰어날지 몰라도 체술은 별로다. 몸을 빼는 것 정도는 가능해.'

검을 쓰는 기사들에게 있어서 체술은 있어도 그만, 없어도 그만인 기술이었다. 그렇기에 기본적인 것을 익혀둘 뿐 전문성이 부족했다. 아직 미숙한 마빈의 경우는 그런 경향이 더욱 두드러졌다.

루그가 말했다.

"내가 보기 싫은 마음은 이해하겠다만, 난 너랑 쓸데없이 얼굴 붉히기 싫다. 그냥 갈 길이나 가."

"건방진 놈!"

마빈이 발끈해서 달려들었다. 미리 그의 움직임을 예상하고 있던 루그는 훌쩍 뛰어서 뒤로 물러났다. 한 번, 두 번, 세 번까지 마빈의 주먹을 피하자 아래층으로 내려가는 계단이 나타난다.

'지금!'

루그는 손을 들어 마빈의 주먹을 비껴냈다.

팍!

"큭!"

하지만 밀어내는 힘이 부족해서 주먹이 볼을 치고 지나갔다. 화끈한 통증이 느껴졌지만 루그는 흔들리지 않고 옆으로 몸을 던졌다. 계단 난간을 잡고 거기에 몸을 올리자 둥글게 이어진 난간을 따라서 몸이 죽 미끄러져 갔다.

"이 자식! 도망가는 거냐!"

"그럼 내가 거기 버티고 서서 너한테 맞아주랴?"

순식간에 아래층에 도달한 루그는 그렇게 비아냥거려 주고는 후다닥 달아나 버렸다. 마빈의 주먹에 맞은 얼굴이 화끈거렸다.

"아윽, 내가 쥐방울만 한 놈한테 맞다니."

완벽하게 막아냈다고 생각했는데 힘과 속도에서 눌려서 맞아버리다니, 이가 갈릴 정도로 굴욕적이었다. 스스로를 어떻게 단련해야 하는지 완벽하게 숙지하고 있는 상태에서 행한 20일간의 단련은 지름길을 달리듯이 빠른 성장을 가져다 주었지만 그래도 아직 마빈을 상대하기에는 역부족이었다.

"그냥 조용히 넘어가려고 했더니 안 되겠군. 내가 똑같은 잘못을 반복하지는 않겠다만, 그래도 네놈 버릇은 고쳐 주고 떠나야겠다."

어른스럽게 분쟁을 피하고 떠나려고 했지만 열세 살짜리 꼬맹이한테 한 대 맞아보니 속에서 열불이 끓어올랐다. 원래 루그는 남에게 맞았을 때 참고 넘어가는 성격이 아니었다. 적어도 당한 만큼 갚아주지 않으면 직성이 풀리지 않는다.

볼카르가 불난 집에 부채질하는 소리를 했다.

〈슬프군. 나를 죽여야 할 인간이 덜떨어진 꼬맹이한테 맞고 질질 짜다니. 그러게 내게 마법을 배웠으면 이런 일 따위 없었을 것 아닌가.〉

"닥쳐! 그리고 너한테 마법을 배우고 있었으면 아예 붙잡혀서 두들겨 맞고 있었을 거다."

루그는 이를 갈며 주방으로 가서 몰래 빵과 고기 몇 점을 집어먹은 뒤 숲의 훈련장으로 향했다. 오늘부터 훈련 강도를 두 배로 높여야겠다고 결심하면서.

CHAPTER 02
용제의 의미

폭염의 용제

1

　루그가 성에 들어온 지 한 달 보름, 그러니까 회귀한 지는 한 달 하고 일주일쯤 지났을 때, 마빈이 백작 부인에게 말했다.

　"어머니, 그놈이 이상해요."

　"뭐가 이상하다는 것이냐?"

　"그놈 진짜 검술이고 뭐고 아무것도 안 배운 놈 맞아요?"

　"빈민가에서 굴러먹은 놈이 뭘 알겠느냐? 아마 글도 모를 게다."

　"그렇겠죠?"

　마빈은 혼란스러워 보였다. 백작 부인이 물었다.

"무슨 일이 있었기에 그러느냐?"

"그러니까……."

마빈은 조금 머뭇거리다가 지금까지 자신이 루그를 혼내주려고 했던 일들을 백작 부인에게 털어놓았다.

마빈은 루그가 성에 들어온 지 사흘째 되는 날, 그를 흠씬 두들겨 패서 먹은 것을 다 게워놓게 만들었다. 그 후 다른 이들의 시선이 없는 곳에서 직접 마주쳐서 혼내주려고 했던 것이 세 번, 그리고 하인들을 시켜서 매질을 하려고 했던 것이 두 번이다.

"그런 일을 했단 말이냐?"

"네. 어머니께 허락을 받지 않고 한 것은 죄송합니다. 하지만 그런 놈이 우리 가문의 일원이랍시고 거들먹거리는 것은 볼 수가 없어서……."

"아니, 나무랄 생각은 없다. 눈치없는 목격자가 생겨서 구설수에 오르지만 않는다면 잘한 일이다."

백작 부인은 오히려 마빈을 칭찬했다.

"그런데 결과가 어떻게 되었기에 이상하다고 말하는 것이냐?"

"그게… 처음 이후로는 한 번도 당하질 않았습니다."

마빈은 맨 처음 루그를 두들겨 팼던 때 이후로는 아무 짓도 하지 못했다. 루그는 놀랍도록 날렵하게 마빈의 공격을 피해서 달아났고, 언제나 성질 돋우는 말을 남기며 사라져 버렸다.

하인들을 동원했을 때는 좀 더 처참한 결과가 나왔다. 처음에는 세 명의 하인을 상대로 한 명의 콧등을 주저앉힌 뒤에 달아났다. 그리고 열흘 후, 이번에는 네 명의 하인을 전부 때려눕힌 후 유유하게 그 자리를 떠났다.

"전문적으로 무술을 훈련받지 않고서야 그럴 수 있을 리가 없습니다. 하지만 처음에 두들겨 맞을 때는 정말 아무것도 모르는 놈이었는데……."

루그를 혼내주기 위해 동원된 하인들은 다들 힘깨나 쓴다는 녀석들이었다. 그런데 루그의 털끝 하나 건드려 보지 못하고 당한 것이다.

백작 부인이 눈살을 찌푸렸다.

"이상하구나, 정말 이상해. 네 말대로라면 잠깐 사이에 사람이 완전히 바뀌었다는 것 아니냐?"

"그렇습니다. 처음에는 정말 벌벌 떨면서 그만 해달라고 사정했으니까요. 그런데 다음에 봤을 때는 완전히 태도가 바뀌었습니다. 마치 다른 사람이 된 것처럼."

루그의 변화가 너무 급격해서 마빈은 혼란스러워할 수밖에 없었다. 사람이 그렇게 빠르게 바뀔 수 있는 것일까?

'아니면 처음 나한테 맞았을 때는 연기를 한 것일까?'

가장 납득이 가는 답은 그것이었다. 하지만 그것조차도 도대체 왜 그랬을까 하는 의문이 남는다. 그때는 반항도 못하고 신나게 두들겨 맞으면서 눈물콧물을 쥐어짰던 것이다.

백작 부인이 말했다.

"아무래도 그놈이 우리가 생각했던 것보다 훨씬 위험한 놈 같구나. 네 아버지가 생각없이 일을 벌이기 전에 어떻게든 치워 버려야 할 텐데……."

"아버지께서는 도대체 무슨 생각을 하시는지 모르겠습니다."

마빈이 한숨을 쉬었다.

어려서부터 가문의 후계자가 되기 위해 힘든 교육을 받으며 자라왔는데, 아버지가 사고를 쳐서 태어났다는 천한 것이 떡하니 나타나서 주제도 모르고 한자리 해먹겠다고 하는 걸 보니 살의가 끓어올랐다. 아버지가 가문의 일원으로 받아들이지만 않았어도 이런 일은 없었을 것을.

백작 부인이 마빈의 볼을 쓰다듬었다.

"걱정 말거라. 그래 봤자 천한 것의 씨앗이다. 네 아버지가 좀 앞뒤 가리지 않고 생각하시는 분이긴 하다만, 최소한의 분별력은 있으시니 걱정하는 사태가 벌어지진 않을 것이다."

"혹시 아버지께서 미리 그놈의 존재를 아시고 손을 쓰셨던 것이 아닐까요? 만약 이곳에 오기 전에 아버지가 따로 사람을 보내 훈련을 시켰다거나……."

"불가능한 일은 아니구나. 그렇다면 처음 본 날 덥석 아들로 인정한 것도 이해가 가지."

아스탈 백작은 원체 충동적인 행동을 많이 하긴 했지만, 루그를 받아들인 것은 너무 심한 일이었다. 하지만 만약 미리 루그의 존재를 알고 있었고 가문에 들이기 위해 준비를 했다면 납득이 간다.

"네 아버지가 그렇게 수완이 좋을 것 같지는 않다만, 만약 그렇다면 큰일이다. 정말로, 진지하게 가문의 일원으로 받아들일 결심이라면······."

"어머니, 걱정 마세요. 만약 아버지께서 그런 뜻을 갖고 계신다고 해도 그놈이 가문의 재산과 권리를 더럽히도록 좌시하지 않을 겁니다."

마빈이 흉흉한 표정을 지으며 말했다.

백작 부인은 한숨을 쉬며 마빈의 어깨를 토닥여 주었다. 그런 그녀를 보며 마빈은 가슴이 아려오는 것을 느꼈다. 어머니에 대한 배려라고는 눈곱만큼도 없이 충동적으로 사고를 치고 수습도 제대로 못하는 아버지. 기사로서는 존경스러운 인물이지만 한 집안의 가장으로서는 실격이었고, 어머니가 마음고생을 하는 것을 볼 때마다 마빈은 이가 갈렸다.

'아버지, 언젠가 대가를 치르실 때가 올 겁니다.'

자신이 가문을 잇고 나면 더 이상 아버지가 멋대로 행동하게 놔두진 않을 것이다. 마빈은 그렇게 결의를 다졌다.

2

쉬쉬쉬쉬쉭!

한적한 숲 속에 바람을 가르는 소리가 울려 퍼졌다. 웃통을 벗은 소년이 허공에다가 주먹질을 하고 있는데 그 속도와 예리함이 보통이 아니었다. 한 방만 제대로 맞아도 머리통이 날아가지 않을까 생각될 정도였다.

"후우! 이제 좀 각이 잡히는군."

한동안 다채로운 권격을 날리던 소년 루그가 땀에 젖은 머리를 쓸어 넘기며 숨을 골랐다.

회귀한 지 대략 40일 정도 지났다. 루그는 목표한 한 달보다 나흘이나 빠른 26일 만에 강체술의 1단계를 완료했고, 2단계에 진입해 있었다. 이전에 2단계를 완료하기까지 1년 이상이 걸렸기 때문에 이번에는 반년 정도를 잡고 있었는데, 정작 2단계를 연마하기 시작하자 그것이 터무니없는 오산이었음을 깨닫게 되었다.

"거참, 미리 '안다'는 게 이렇게까지 극단적인 차이를 낳을 줄이야."

놀랍게도 루그는 이미 강체술 2단계를 거의 완성해 가고 있었다.

예전에 2개월이 걸렸던 기감을 일깨우는 과정이 한나절 만에 끝난 이유는 간단하다.

본래 인간은 눈에 보이지도 않고 만져지지도 않는 것이 존재한다는 것을 믿기 어려워한다. 그리고 자신에게 존재하지 않는 능력을 믿고, 그것을 자신이 가질 수 있다고 확신하는 데 많은 시간을 허비한다.

하지만 루그는 이미 한번 기감을 가졌기 때문에 그 과정을 쉽게 건너뛰어 버렸던 것이다.

1단계를 완성하는 데 26일이 걸린 이유는 체내의 기운을 일정량까지 늘려야 하기 때문이다. 기감의 존재를 알고, 최적의 강체술 운용법을 알고 있는 루그는 예전에 반년이 걸렸던 일을 일곱 배나 빠르게 해치울 수 있었다.

2단계의 진도가 빠른 이유도 비슷하다.

2단계는 강체술을 익힐 때 가장 중요한 기초다. 강체술은 강체력이 어떤 패턴으로 흐르느냐에 따라서 다른 효력을 발휘하고, 그렇기에 여러 가문들과 유파들은 오랜 세월에 걸쳐 독자적인 흐름을 완성해 왔다.

그렇기에 이 흐름을 명확하게 알고, 체내의 강체력이 항상 같은 패턴으로 흐르게 안정시키는 데는 시간이 걸릴 수밖에 없다. 스승이 아무리 말로 잘 설명해 준다고 해도 본인이 경험하기 전에는 완전한 이해가 불가능한 일이기 때문이다.

루그는 이미 그 흐름을 완벽하게 이해하고 있었다. 그렇기에 허무할 정도로 쉽게 2단계를 완성해 가는 중이었다.

"예전의 1년 8개월 과정을 이번에는 50일도 안 되어서 끝내게 생겼군. 하긴, 내 몸이 예전에 비해 어린 것도 이런 차이를 만드는 원인이겠지."

〈나이가 어리면 강체술을 익힐 때 유리한가?〉

"아무래도 다 자란 후보다는 한 살이라도 어릴 때 시작하는 편이 유리해. 스승님 말씀으로는, 어릴 때는 머리가 굳지 않아서 학습력도 뛰어나고, 또 체내의 기운도 오염되지 않고 깨끗해서 강체력을 키우기 좋다는군. 내가 알기로는 마빈 그놈이 다섯 살 때부터 강체술을 익히기 시작했을걸. 무가의 자식이라면 대체로 그 정도에는 시작한다고 하더라고."

〈인간의 몸은 정말 성능이 나쁘고 불안정하군. 수명이 짧아서 그런지 지나치게 변화무쌍해.〉

"오래 살아서 좋겠수. 근데 넌 몇 살이야?"

〈내 나이 말인가?〉

"드래곤들은 다 수천 년을 산다고 하잖아. 정말이야? 나무도 천 년을 살기 어렵고, 오래 산다는 엘프도 고작해야 2, 300년을 사는데……."

〈내 삶이 시작된 후 네게 시공 회귀 주문을 쓰기 직전까지의 시간만을 이야기한다면 8,347년 7개월 하고도 6일이다.〉

"……."

루그는 기가 막혀서 입을 쩍 벌렸다.

세상에. 수백 년을 살아간다고 해도 놀랄 판인데 천 년도, 이천 년도 아니고 8,000년 이상을 살았다고?

"지, 진짜 오래 살았네."

〈인간 기준으로 보면 그렇지. 드래곤의 나이는 다들 그 정

도 된다.〉

"다들이라니? 새로 태어나는 어린 드래곤들도 있을 거 아 냐?"

〈없다.〉

"응?"

〈너는 우리에 대해서 뭔가 착각을 하고 있군. 아니면 인간 전체의 착각인가? 드래곤은 인간처럼 짧은 수명 동안 뭔가를 기록하고 자손을 남겨 후대에 이어가는 존재가 아니다. 우리 는 하나로서 완전한 개체이며, 그렇기에 자손이라는 개념이 존재하지 않는다. 우리는 처음 다수가 태어난 시기 이래로는 지금까지 조금씩 줄어들기만 했지 늘어나지 않았다.〉

"잠깐. 그럼 언젠가는 드래곤이 모두 사라진다는 말이야?"

〈그렇게 될 거다. 물질계의 수호자라고 불리는 이유는, 물 질계를 수호할 필요가 없어지면 존재 이유가 사라진다는 의 미지. 언젠가 이 세계는 안정되어 차원의 균열이 사라질 것이 고, 마족들도 함부로 이 세계를 넘볼 수 없게 되면, 그리고 나 서 천 년쯤 지나면 아마 인간들은 드래곤을 전설 속의 존재로 만 기억하게 될 거다.〉

"그런……."

루그는 뭐라고 말할 수 없는 기분을 느꼈다. 자손도 남기지 않고 혼자 존재하다가 언젠가 할 일이 끝나면 사라져 간다니, 그건 마치…….

"도구 같잖아."

〈올바른 표현이군, 별로 듣기 좋진 않다만.〉

볼카르는 흥, 하고 웃더니 더 이상 말을 하지 않았다. 그의 말을 기다리던 루그는 한숨을 쉬고는 몸을 일으켰다.

"하긴 드래곤이 모두 사라진다 한들 슬퍼해 줘야 할 이유가 없군. 어차피 나는 그중 하나를 죽이려고 하는 입장이고."

〈개인적으로, 지금 이 순간 나와 동일한 존재가 있다는 것이 매우 불쾌하니 네가 그놈을 죽이는 것을 허락하마. 영광으로 생각하고 가서 죽이도록.〉

"…그거 뭔가 자살하고 싶어서 안달난 사람의 대사 같아."

〈자살이라……. 신선한 이야기다. 타인에 의해 또 다른 내가 죽는 것을 자살이라고 정의하고, 그걸 도와서 성취할 수 있다면 색다른 즐거움을 느낄 수 있을지도 모르겠다.〉

"미친 드래곤 같으니."

루그는 투덜거리면서 다시 훈련에 매진했다.

3

마빈과 백작 부인에게는 매우 유감스럽게도 루그는 백작이 다시 돌아올 때까지 단 한 번도 그들의 생각대로 움직여 주지 않았다. 그리고 그 기간 동안 놀라울 정도로 신체를 단련시켰다.

"이 정도면 슬슬 마빈 그놈이랑 해볼 만하겠는데."

루그는 연못의 수면에 얼굴을 비춰보며 미소 지었다.

지난 52일간 하루 열 시간 가까이 강체술과 맨손 격투술을 연마한 결과 루그의 몸은 상당히 튼튼하게 변해 있었다.

성장기의 소년답게 키도 좀 자란 것 같았고, 빈민가에 있을 때보다 훨씬 잘 먹고 지내서 그런지 빼빼 말랐던 몸에 살이 붙으면서 그것이 근육으로 변했다. 강체술은 이미 2단계를 완성해서 3단계에 진입했고, 신체 능력도 놀랍도록 상승해 있었다.

물론 아직도 신체 능력만 보면 마빈이 루그보다 훨씬 위일 것이다. 루그는 강체술의 기술 수준을 빠르게 향상시켰을 뿐, 그 기술을 구사하기 위해 필요한 강체력은 여전히 일천했기 때문이다. 52일간 쌓아올린 것을 다섯 살 때부터 8년 이상, 그것도 무가의 후계자답게 효능 좋은 비약까지 먹어가면서 훈련한 것과 비교할 수는 없었다.

"하지만 싸움이란 힘만 갖고 결과가 정해지는 것은 아닌 법."

〈널 남들이 보면 미친놈이라고 생각할지도 모르겠군.〉

"뭐? 왜?"

〈그야 혼잣말을 하는 버릇이 꽤 심각하게 들었으니 말이다. 인간 기준으로 보면 그게 정상적인 행동은 아니지 않던가? 요즘은 딱히 나한테 말을 걸려고 하지 않아도 혼자서 중

얼거리는 일이 많아졌다.〉

"헉! 그렇단 말야?"

지금까지 알아차리지 못했던 자신의 변화에 루그는 간담이 서늘해졌다.

볼카르의 영혼이 루그의 몸속에 있다고 하나 둘의 대화는 어디까지나 말을 통해 이루어졌다. 볼카르는 루그의 생각을 읽을 수 없었고, 루그도 볼카르의 생각을 읽을 수 없었다. 이따금씩 서로의 감정이 미미하게 전달되긴 했지만 그뿐이다. 루그는 육성으로, 그리고 볼카르는 정신파로 '말한다'는 행위를 거쳐야만 서로에게 뜻을 전하는 게 가능했다.

그러다 보니 루그는 아무도 없는 곳에서 볼카르에게 말을 건네는 일이 많아졌고, 그것이 점점 혼잣말을 하는 버릇으로 이어지고 있었다.

"확실히 잘 생각해 보니까 요즘 그냥 생각만 해도 될 것을 혼잣말로 중얼거리는 경우가 많아진 것 같군."

자신의 행동을 돌아보던 루그는 몸을 부르르 떨었다. 볼카르가 말해줬기에 망정이지, 그렇지 않았으면 남들 앞에서 실수할 뻔했다.

"앞으로 조심해야겠네. 끄응."

루그는 일찌감치 훈련을 마치고 벗어뒀던 웃옷을 걸쳤다.

오늘은 백작이 마물 토벌을 마치고 성으로 돌아오는 날이다. 미리 준비하고 있다가 그를 반기는 정도의 성의는 보일 생각이었다.

　그날 저녁, 돌아오는 백작 일행의 분위기는 그리 좋지 않았다. 기사들의 수가 눈에 띄게 줄어든 게 아닌데도 그랬다.
　"무슨 일 있었나요, 여보?"
　백작 부인이 말에서 내리는 백작에게 다가가서 물었다.
　원래 그녀는 백작이 치는 사고들에 질려서 항상 거리를 두고 대했지만, 루그가 나타난 후로는 조금이라도 친밀하게 보이려고 애를 쓰고 있었다. 그래야 백작이 자신의 말을 들어주고 루그를 마빈과 경쟁시키는 얼토당토않은 짓을 벌이지 않을 것 아닌가?
　"홀렌과 자이더가 죽었소."
　"아……."
　그 말에 백작 부인은 백작과 기사들이 침울해하는 이유를 알 수 있었다. 두 사람은 백작을 모신 지 10년이 넘는 베테랑 기사였고, 다른 기사들에게 존경받는 선배였다. 그런 그들이 죽었으니 다들 침울해할 수밖에.
　"내일 정식으로 장례를 치를 거요. 오늘은 살아 있는 자들을 위해 술잔을 들어야겠지."
　백작은 그렇게 말하고 연회장으로 들어가다가 루그를 발견했다. 백작이 웃으면서 물었다.
　"루그, 잘 지냈느냐?"

그는 그렇게 말하고는 멈칫했다. 그러다가 쓴웃음을 지었다.

"왠지 널 볼 때마다 이런 이야기만 하는 것 같구나."

"힘든 일을 하고 오시니 당연한 일이죠. 다치신 데는 없습니까?"

"없구나. 마물들이 무섭긴 해도 나는 꽤 강하단다."

루그도 그 사실을 잘 알고 있었다. 아스탈 백작은 적어도 기사로서는 모두에게 존경받을 만한 이였다.

그는 넓지만 척박한 땅에서 영지민들을 위해 목숨을 걸고 싸우는 것을 꺼리지 않았고, 이런 촌구석에 머무르고 있다는 것을 믿을 수 없을 정도로 강한 무력을 가졌다. 루그는 예전에 아스탈 백작이 눈이 뒤집혀 폭주하는 오우거를 일격에 죽이는 것을 보고 경악한 적도 있었다.

'사나이답고 좋은 사람이긴 한데 철만 좀 들었어도.'

루그는 속으로 한숨을 쉬었다.

백작은 결코 심성이 나쁜 사람이 아니었고, 루그에게도 잘해주려고 노력했다. 사생아가 찾아온 그날, 예전에 며칠 동안 스쳐 가듯 마음을 주었던 여성에게 남긴 정표를 가졌다는 것과 자신을 닮았다는 이유만으로 아들이라 인정하고 아버지라 부르라고 했을 정도다. 그가 그러라고 하지 않았더라면 루그는 그를 계속 백작님이라고 불러야 했을 것이고, 백작 부인과 마빈이 무슨 짓을 하든 아무것도 할 수 없었을 것이다.

혼히 신들은 공평하다고들 말한다. 극단적인 강점과 약점을 함께 갖고 있어서 결국 사생아와 후계자의 다툼 때문에 가문을 말아먹었던 그를 생각하면 그 말이 맞는 것 같았다.

'하긴 나도 남 말 할 처지는 아니다마는.'

루그는 자신의 과거를 떠올리며 쓴웃음을 지었다. 지금 생각해 보면 어른스럽고 현명하게 처신해 본 적은 없는 것 같았다. 항상 격정적으로 살았고, 그래서 후회하고 아파한 적이 많았다. 어쩌면 그런 부분은 아스탈 백작을 닮아서 그런 것인지도 모르겠다.

루그가 말했다.

"몸은 괜찮으셔도 마음을 다치신 것 같군요."

"……."

뜻밖의 말에 아스탈 백작은 멈칫했다. 루그는 속을 알 수 없는 눈으로 그를 올려다보고 있었다.

"가끔은 술을 마시고 시름을 잊기보다는 사람한테 기대서 우는 편이 좋을 수도 있습니다, 아버지. 아무리 강한 사람이라도 상처받고 눈물을 흘릴 수 있으니까요."

"루그, 너……."

"저도 돌아가신 어머니한테 그러고 싶었던 적이 있으니까요."

루그는 죽은 리나르 앞에서는 항상 밝게 행동하려고 애썼다. 그녀 앞에서는 아파도 웃었고, 힘들어도 웃으면서 아들이 불행하지 않다고 주장하고 싶어했다. 하지만 그녀가 죽은 후에는 한 번쯤 그녀에게 안겨서 펑펑 울면서 속내를 털어놓았으면 좋았을 거라는 후회가 남았다.

"오늘은 백작 부인과 마빈에게 양보하죠. 이만 들어가 보겠습니다."

루그는 한쪽 눈을 찡긋해 보이고는 복도를 돌아서 사라져 버렸다. 그 모습을 멍청하니 바라보고 있던 아스탈 백작이 중얼거렸다.

"정말로 알 수 없는 녀석이구나. 리나르 너는 저 녀석을 어떻게 키운 거지?"

백작은 알 수 없는 루그의 행동거지와 또 한 가지를 간파했다. 그것은 바로 루그의 몸에서 흘러나오고 있는 강체력의 파동이었다.

'이해할 수가 없군. 도대체 누가 저 녀석에게 강체술을 가르쳤나?'

아무리 루그가 폭발적으로 성장하고 있다고 해도, 백작은 이미 그가 먼 훗날에 도달해야 할 영역에 와 있는 사람이다. 그리고 적어도 무술에 관한 한 백작은 탁월한 재능과 기량의 소유자였다. 그렇기에 루그의 기척만으로도 강체술을 익히고 있음을 알아보았다.

"당분간 지켜봐야겠어."

백작은 그렇게 중얼거리며 연회장으로 향했다.

그날 밤, 루그가 침대에 누워서 천장을 바라보고 있는데 볼카르가 불쑥 물었다.

〈아는 사람이 죽는다는 것은 어떤 기분이지?〉

"음? 그거야… 슬프고, 아프고, 힘들지."

루그는 살면서 많은 사람을 잃었다.

생각해 보면 죽도록 단련하고 필사적으로 싸웠지만 지켜낸 것은 아무것도 없었다. 매번 잃고, 잃고, 또 잃다가 결국엔 모든 것을 잃고 말았다. 그래서 더 이상 아무것도 바라지 않고 오로지 복수만을 바라며 목숨을 내던졌다.

백작 역시 같은 아픔을 맛보았을 것이다. 그는 약한 이들을 위해 기꺼이 목숨을 걸고 싸워왔지만, 그 과정에서 죽어간 친구들을 보며 슬퍼하고 상처받아 왔을 것이다.

〈그런가. 인간은 그래서 동족을 죽인 자에게 격렬한 감정을 드러내는 거군.〉

"그건 당연한 것 아냐?"

〈너희에게는 당연하겠지만 나에게는 그렇지 않다. 사실 내가 너희가 어떤 기분을 느끼는지 이해하는 것은 영원히 불가능한 일일지도 모르지. 나에게는 인간들이 그토록 귀하게 여기는 가족이나 친척이 없고, 심지어 다른 드래곤이 죽었다는

것을 알아도 별로 슬픔을 못 느끼니까.〉

"어……."

〈나는 인간들의 반응을 생존과 번성을 위한 욕망으로 이해해 왔다. 사회가 파괴당하고, 더 윤택한 삶을 살 수 있는 기반이 파괴되면서 종족의 생존이 위협받기 때문에 그들이 그토록 필사적으로 싸우는 것이라고.〉

"그것도 틀린 말은 아니야."

〈그게 전부가 아니라는 것도 알겠다.〉

볼카르는 그렇게 말하고는 침묵했다. 대화가 그렇게 끊어지자 거북함을 느낀 루그가 물었다.

"드래곤은 자손을 낳지 않는다고 말했지?"

〈그렇다.〉

"그럼 용족이라는 것들은 대체 뭐야? 와이번이라든지, 드레이크라든지, 드래코니안이라든지 하는 것들."

세상에 존재하는 수많은 마물 중에서 용족이라 불리는 것들이 있었다. 그것들은 모두 조금씩 드래곤을 닮은 형상을 갖고 있으며, 다른 마물들과 비교할 때 강력한 힘을, 혹은 뛰어난 지능을 가졌다.

볼카르가 대답했다.

〈그건 우리의 피로부터 태어난, 종속된 운명을 가진 찌꺼기들이다.〉

"드래곤의 피로부터?"

〈그렇다. 그래서 드래곤은 모든 용족의 근원이며, 또한 그들을 지배하는 용제(龍帝)인 것이지.〉

모든 용족은 용제인 드래곤에게 절대적으로 복종한다. 작은 드래곤이라 불리는 드레이크도, 인간만큼 현명하다는 드래코니안도, 흉포한 와이번도 드래곤이 명하면 손익을 따지지 않고 무조건 따르게 되어 있다. 그것은 그들이 드래곤의 피로부터 태어나 종속될 운명을 지닌 존재들이기 때문이었다.

"용제……."

〈그것은 드래곤을 가리키는 말이기도 하지만, 드래고닉 피어로 용족을 복종시키는 모든 존재를 가리키는 말이기도 하지. 가끔 그런 존재가 나타난다. 우리와 이어진 인간 중에서, 그리고 용족들 중에서. 어쩌면 너도 용제가 될 수 있을지도 모른다.〉

"내가? 어떻게?"

〈네 몸이 내 영혼을 담고 있으니 말이다. 마법을 쓸 수 있는 체질로 몸을 개선하는 김에 드래고닉 피어를 가질 수 있는지 시험해 보는 것도 좋을지 모르지.〉

"용족들을 복종시키는 존재가 된다니 꿈같은 이야기인데, 되면 좋겠군. 만약 내가 용제가 되면 와이번을 복종시켜서 타고 날아다닐 수도 있을 것 아냐? 전설에나 등장하는 비룡기사가 되면 엄청 멋지겠지?"

〈하여튼 머리 작은 인간답게 생각하는 수준이 낮군. 하긴,

인간이 용제가 된다 한들 할 수 있는 일은 그 정도일지도 모르지.〉

"우와, 너 또 울컥하게 만든다? 그럼 위대하신 드래곤께서는 그 힘을 갖고 뭘 할 수 있었는데?"

〈그건…….〉

볼카르는 그답지 않게 즉시 대답하지 못하고 잠시 생각에 잠겼다.

〈…드래코니안들에게 자질구레한 일들을 처리하게 하고, 혼자서 하기 힘든 마법 실험을 돕게 한다든지.〉

"오, 위대하신 분의 발상은 정말 위대할 정도로 빈곤하군. 드래코니안이면 인간과 동등한 지성체로 알려져 있는데 그런 존재의 쓰임새를 노예로 정의하다니. 이야, 진짜 오크들이랑 어느 쪽이 저능한지 겨루어도 지지 않을 것 같은 수준의 발상인걸."

〈…….〉

볼카르가 침묵하자 루그는 득의만만해져서 웃었다. 늘 한 번씩 볼카르가 비아냥거리는 말에 울컥하곤 했던 것을 갚아주고 나니 그렇게 후련할 수가 없었다.

루그가 말했다.

"만약 내가 용제가 될 수 있다면, 이곳에 있는 너와 싸우는 데 도움이 되겠지. 용족 중에는 강력한 힘을 가진 존재들이 많으니까."

〈용족 따위가 드래곤과 싸우는 데 도움이 된다고 생각하는 가?〉

"강한 인간만큼은 도움이 되겠지. 잊지 마, 볼카르. 인간이 단신으로 네게 맞설 수는 없어. 수천, 수만 명이 뭉쳐서 싸우는 수밖에 없지. 그리고 그것은 인간에게만 해당되는 이야기가 아니야."

〈그 점은 네 말이 옳군.〉

"그리고 기억이 안 나는 것 같은데, 너는 혼자서 활동한 게 아니었다고. 봉인을 풀기 위해 비밀 조직을 수하로 부렸잖아."

이전에 루그가 볼카르가 부리는 비밀 조직과 싸웠을 때, 그 조직원 중에는 용족이 상당수 끼어 있었다. 그것은 아마도 볼카르가 용제로서 그들을 지배하고 있었기 때문이리라. 루그도 그들과 싸우면서 굉장히 고생했었다. 지성이 모자란 괴물에 가까운 용족들도 무섭지만, 드래코니안처럼 인간과 비슷한 기술과 마법까지 사용하는 자들의 힘은 다시 맞서기도 싫을 정도였다.

〈눈에는 눈, 이에는 이라는 건가? 용제가 되어 용족으로 용족을 막아보겠다?〉

"물론 가능하다면 그럴 거라는 말이야. 내가 용제가 될 수 있을지 없을지도 모르는데 확정지어서 말할 수는 없지. 다만 용제의 힘으로 용족을 수족으로 부릴 수 있다면 나 역시 이해득실을 따지지 않고 내 일을 돕는 부하들을 만들어서 목적을

이룰 수 있지 않겠어? 혼자 뛰는 것보다는 여럿이서 뛰는 게
유리한 것은 당연지사야."

〈쓸 만한 생각이다. 네가 그런 생각을 하다니 놀랍군. 직진
하는 법밖에 모르는 바보인 줄 알았는데.〉

"흥. 책상 앞에 앉아서 쫑알거리는 머리랑 세상 사는 지혜
를 떠올리는 머리는 다른 거라고."

루그는 입술을 삐죽이며 투덜거리고는 눈을 감았다.

그날 밤 루그는 자신이 잃어버린 사람들을 만나는 꿈을 꾸
었다.

5

며칠 후, 백작은 루그를 밖으로 불렀다. 루그가 무슨 일인
가 해서 나가보니 그가 무장한 채 말을 타고 기다리고 있었
다. 그리고 그 옆에 마빈이 불만 가득한 얼굴로 말에 오르는
중이었다.

"아버지, 어디 나가시려는 겁니까?"

그 말에 마빈이 눈을 부라렸다. 사생아인 루그가 백작을 아
버지라고 부르는 것 자체가 그의 속을 뒤집어놓는 모양이었
다. 루그는 노골적으로 비아냥거리는 웃음을 지어준 다음 백
작의 대답을 기다렸다.

"너희도 함께 갈 거다. 혹시 말은 탈 줄 아느냐?"

"잘은 못 타는데요."

루그는 못 탄다고 할까 하다가 그러면 백작이 타는 법을 가르쳐 주겠다고 할 것 같아서 그냥 탈 줄 안다고 대답했다. 백작이 조금 놀라는 표정으로 물었다.

"호오, 말을 탈 줄 안다니, 누구에게 배웠느냐?"

"아는 사람에게 배웠어요. 예전에 마시장에서 심부름을 한 적이 있었는데 거기 관리인이 기분 내키면 종종 태워줬거든요."

물론 거짓말이었다. 루그도 산전수전 다 겪었기 때문에 그럴싸한 거짓말을 생각해 내는 것쯤은 쉬운 일이었다.

백작이 웃었다.

"허허, 내가 가르쳐 줄 게 하나 줄었구나. 조금 서운한걸."

'사실은 당신이 가르쳐 줬지요.'

이전에 루그에게 말 타는 법을 가르쳐 준 것은 백작이었다. 그가 가르치는 법이 거칠어서 대책없이 질주하는 말 위에서 비명을 지르고, 결국은 몇 번이나 낙마했던 기억이 남아 있다.

루그는 적당한 말을 한 마리 골라서 그 위에 올랐다. 백작의 옆으로 말을 몰아 다가가니 마빈이 눈을 부라렸다. 슬쩍 옆으로 다가와서 으르렁거림 섞인 목소리로 속삭인다.

"말을 타는 법을 배운 경위마저도 천한 것답구나. 건방진 짓은 그만두는 게 좋아. 가까운 시일 내에 진짜 무서운 맛을 보여주마."

"하아."

루그는 한숨을 쉬었다. 그리고 뚱한 표정으로 머리를 긁적인 다음 마빈에게 속삭였다.

"있잖아, 마빈."

"내 이름 함부로 부르지 마라."

"난 말이지, 솔직히 애들 상대하는 거 별로 안 좋아해. 다들 떼쟁이들이라서 아무리 타일러도 잘 안 들어먹거든. 엄청 피곤해. 그러니까 외로워서 징징거릴 사람이 필요하면 다른 사람 찾아봐. 떠받들어 주는 사람 주변에 많잖아?"

"뭐라고?"

"똥오줌도 못 가리는 애새끼 상대하기에는 내가 좀 바쁘다. 그러니까 닥치라고, 꼬맹아."

루그는 그렇게 말하며 마빈의 머리를 잡고 자신의 눈앞에 들이댔다. 워낙 전광석화 같은 움직임이라 말 위에서 몸을 기울이고 있던 마빈은 자신이 무슨 일을 당하는지조차 알 수 없었다.

"무, 무슨……."

마빈은 당황했다. 루그는 칼날 같은 눈빛으로 그를 쏘아보고 있었다. 살기마저 드러나는 그 표정은 빈민가에서 굴러먹는 열다섯 살짜리 소년의 것이 아니었다. 목숨을 건 사투를 질리도록 경험한 남자만이 지을 수 있는 표정이었다.

"잘 들어. 날 때리면 때리는 대로 맞아주고 질질 짜면서 꺼

저 줄 놈으로 생각하나 본데, 그렇게 생각하고 행동할수록 네가 힘들어질 뿐이야. 세상이 다 네 길가에 싸질러 놓은 개똥만도 못한 머리로 생각한 대로 굴러가는 게 아니거든? 난 너희가 생각하는 것과는 달리 아무런 욕심도 없고 여기서 바라는 것도 별로 없어. 그러니까 날 건드리지 마라."

"루그? 마빈?'

그때 백작이 두 사람을 돌아보았다. 루그는 잽싸게 마빈의 머리를 잡은 손을 어깨로 옮겨서 어깨동무를 하며 웃었다.

"마빈이 제 등자가 비뚤어졌다고 고쳐 줬어요."

"아, 그러냐? 너희, 의외로 빨리 사이가 좋아진 것 같구나."

루그도 마빈도 '그럴 리가 있나!' 라고 생각했지만 억지로 웃으면서 넘어갔다. 마빈도 바보같이 루그에게 애정을 보이려고 애쓰는 아버지 앞에서 대놓고 으르렁거리는 게 좋지 않다는 것 정도는 알고 있었다. 루그는 마빈에게 거슬리는 웃음을 지어 보이고는 백작을 따라서 말을 달리기 시작했다.

성을 빠져나오자 마빈이 물었다.

"아버지, 호위 한 명 없이 나가도 괜찮겠습니까?"

"괜찮다. 너는 이 아비를 누구라고 생각하는 거냐?"

백작이 껄껄 웃으며 가슴을 탕탕 쳤다. 검 한 자루만 들면 세상에 무서울 게 없는 백작이었다. 어렸을 적부터 기사가 되기 위해 훈련받은 마빈은 백작이 얼마나 무시무시한 기량의 소유자인지 잘 알고 있었기에 입을 다물었다.

"루그, 꽤 잘 타는구나!"

"이 녀석이 성격이 좋아서 그렇죠."

루그는 말의 목을 쓰다듬으며 겸양을 떨었다. 제법 속도를 내서 구불구불한 길을 달리고, 언덕을 몇 개나 넘는 동안에도 루그는 흐트러짐없이 말을 몰고 있었다. 말을 타본 경험이 풍부하지 않으면 있을 수 없는 일이었다.

'이 자식, 도대체 정체가 뭐지?'

마빈은 그런 루그를 보며 혼란스러워했다. 보면 볼수록 루그가 어떤 놈인지 알 수가 없었다.

빈민가에서 구르면서 자란 천한 놈 주제에 누구에게도 주눅 들지 않았고, 자신의 손을 피할 정도로 몸놀림이 빨랐으며, 힘 좀 쓰는 하인 네 명을 모조리 때려눕힐 만큼 싸움에 강했다. 거기에 서민의 형편으로는 꿈도 못 꿀 정도로 비싼 말을 다루는 법까지 능숙하니 점점 더 그 정체를 알 수가 없었다.

"워, 워."

30분쯤 달렸을까? 아들 둘을 이끌고 언덕에 올라선 백작이 말을 멈추었다.

'아, 여긴…….'

루그는 언덕 위에서 저 너머를 바라보며 숨을 삼켰다.

기억에 남아 있는 광경이었다. 아마도 이날과는 다른 날에 온 것 같지만, 분명히 이전에도 백작은 그와 마빈을 데리고 이곳에 온 적이 있었다.

이 언덕 위에서는 뒤를 돌아보면 백작의 성과 그곳을 중심으로 한 마을을 볼 수 있었다. 그리고 저편으로는 들판과 숲이 드넓게 펼쳐져 있어 탁 트인 기분이 들었다.

백작이 말했다.

"루그야, 보아라. 이것이 우리 아스탈 영지다."

아스탈 영지의 넓이는 광활했다. 하지만 그 대부분은 사람이 살기에는 너무 척박하고 쓸모가 없는 땅이었다. 특별한 자원이 나는 것도 아니었고, 농사를 지을 수 있는 곳도 적었기 때문에 인구도 그리 많지 않았다.

게다가 쓸모있는 땅은 위험했다. 곳곳에 마물들의 위협이 도사리고 있었고, 그래서 백작은 영지를 돌며 싸움의 나날을 보내는 일이 잦았다.

아스탈 백작은 집안을 다스리는 데는 절망적으로 재주가 없었지만, 영지민들에게는 존경받는 영주였다. 자신들이 위험에 빠질 때마다 목숨을 걸고 싸워주니 그럴 수밖에. 아스탈 백작령의 젊은이들은 백작에게 인정받아 기사가 되기를 꿈꾸었고, 그와 함께 싸우다 죽는 것을 명예롭게 여겼다.

"나는 이 땅을 지키기 위해 싸웠고, 앞으로도 그럴 것이다. 그리고 내가 죽은 후에는 너희가 그리해야 한다."

백작은 미소 지으며 자신의 아들들을 바라보았다. 오랫동안 보아온 아들과 새롭게 생긴 아들을. 그의 눈에 둘은 많이 닮아 보였다. 하지만 고집스러운 표정을 짓고 있는 마빈과 달리 루그는 보면 볼수록 이질적인 느낌이 든다.

'리나르하고는 닮지 않았어.'

루그는 리나르를 닮지 않았다. 백작의 기억 속에 남아 있는 리나르는 눈웃음이 매력적인 여성이었다. 말은 별로 없었지만 대신 사람의 말을 가만히 들어주고 편안한 기분을 느끼게 해주었다.

만약 자신이 떠난 후 그녀가 루그를 임신했다는 사실을 알았다면 백작은 기꺼이 그녀를 첩으로 들였을 것이다. 그는 누군가를 책임지는 데 인색하지 않았다. 남자라면 응당 자신이 정을 준 여자를 책임져야 하는 법이라고 생각했다.

하지만 혹시나 해서 정표까지 주고 떠났는데도 그녀는 그를 찾지 않았다. 오랜 시간이 흐르는 동안 백작은 그녀를 잊었고, 그리고 자신을 찾아온 루그가 건네는 정표를 보고서야 다시 기억할 수 있었다.

"너희가 서로를 별로 탐탁지 않게 생각한다는 것을 안다."

백작의 말에 마빈은 흠칫 놀랐고, 루그는 쓴웃음을 지었다. 백작은 둘의 반응을 주의 깊게 살피면서 말을 이었다.

"하지만 어쨌든 너희는 형제다. 마빈, 나는 네가 라딘과 마라냐에게 그랬듯이 루그도 네 형제로 여겼으면 좋겠구나."

"아버지……."

마빈이 복잡한 심경을 드러내며 말했다. 백작이 말했다.

"너희의 할아버지, 내 아버지께서는 내가 열네 살 때 돌아가셨다. 어머니는 나 외에는 누님만을 낳으셨는데, 내게는 형제가 둘 더 있었지. 둘 다 루그처럼 나와는 다른 어머니를 가진 녀석들이었다. 그게 누군지 마빈 너는 알고 있겠지."

'나도 알고 있어요.'

루그는 쓴웃음을 지었다.

마빈이 대답했다.

"랜들 자작과 바라프 자작이시지요."

둘은 아스탈 백작령에 속한 작은 영지를 책임지는 이들이었다.

그리고 라딘과 마라냐는 백작의 두 첩이 낳은 아들과 딸이었다.

마빈은 관대하게 그 둘을 자신의 동생으로, 하지만 정실로부터 태어난 장자인 자신보다는 격이 떨어지는 존재로 인정했다. 백작은 그 점을 이야기하며 마빈에게 루그 역시 형제로 받아들이라고 하고 있는 것이다.

마빈의 표정이 굳어지는 것을 보며 루그는 속으로 한숨을 쉬었다.

'아버지, 당신은 예나 지금이나 정말 부인과 자식 마음을 모르시는군요. 하긴 내 마음도 몰랐지.'

예전에 백작은 집안이 엉망이 되고, 그 자신은 마물들과 싸우다가 입은 부상과 백작령을 노리는 승냥이 같은 무리가 먹인 독 때문에 쇠약해져 가는 동안에도 루그와 백작 부인, 그리고 마빈이 싸우는 이유를 이해하지 못했다. 그가 정말로 세 사람을 이해하였더라면 그런 파국은 찾아오지 않았을 것이다.

'당신 형제들이랑 내가 같나? 라딘과 마라냐랑 내가 같나? 그런 훈계를 늘어놓고 아버지보다는, 그 아버지 때문에 고생하는 어머니를 가깝게 느끼는 아들이 받아들이라고 하는 게 문제지.'

백작의 형제인 두 사생아도, 그리고 백작의 첩이 낳은 자식들도 루그와 같은 경우로 생각할 수는 없다. 루그는 첩으로 인정받지도 못한 어머니의 배에서 난 사생아였으며, 그런 주제에 마빈의 후계자 지위를 위협할 수도 있는 장자였기 때문이다.

이런 존재를 관대하게 받아들이라고 하는 것은 무리였다. 그러려면 최소한 백작이 마빈을 후계자로 삼을 것을 확실하게 하고 집안에서 루그가 어떤 위치에 있어야 할지 뚜렷하게 정리를 해줘야 했다. 하지만 백작은 집안이 다 망할 때까지도 그 일을 하지 않았고, 이번에도 마찬가지일 것 같았다.

이전 생에서 루그가 백작을 찾아왔을 때는 많은 것을 바라지 않았다. 백작가의 하인으로라도 살 수 있으면 만족할 수 있었다.

하지만 백작이 루그를 자식으로 인정하며 애정과 호의를 보이려고 노력할수록 그는 자신이 좀 더 많은 것을 가져도 된다고 생각하게 되었고, 여기에 백작 부인과 마빈의 핍박이 더해지자 모든 것을 갖고 싶다는 생각에 폭주하고 말았다. 3대

전의 사생아 출신 국왕이 만들어낸 비정상적인 법과 상황이 결국 9년에 걸친 비극을 만들었다.

'여기서 발작하지 않는 게 참 어른스러운 행동이지. 마빈, 지금 생각해 보니 너는 좀 애늙은이 같다.'

마빈은 불만 가득한 표정이었지만 입을 꾹 다물었을 뿐 아무런 말도 하지 않았다. 그런 아들을 바라보던 백작이 결국 한숨을 쉰다. 그는 루그를 바라보며 쓴웃음을 지었다.

"루그, 네가 이해하거라. 네 동생이 아직 많이 혼란스러워서 그럴 게다."

'그럴 리가 있나요.'

루그는 얼굴은 웃고 있었지만 마음 같아서는 이 양반을 한 대 쳐서 쓰러뜨린 후에 뭘 잘못했는지, 어떻게 해야 하는지 일장 연설을 늘어놓고 싶었다. 답답해서 미치겠다. 진짜 자기한테 호의를 보이는 아버지만 아니었어도……. 철이 들었어도 벌써 들었어야 할 나이이거늘 어쩌면 이렇게…….

'나이?'

속으로 혀를 끌끌 차던 루그는 문득 한 가지 사실을 깨달았다. 루그는 기가 막혀하며 백작의 얼굴을 바라보았다.

'그러고 보니까 이 양반, 지금은 나보다 어리잖아?'

루그가 열다섯이었을 때 백작의 나이는 서른넷이었다. 즉, 서른일곱에 죽은 루그보다 백작이 더 나이가 어리다. 물론 루그의 육체적인 나이는 열다섯이었지만 이전의 기억을 고스란히 갖고 있는 만큼 정신적으로 그보다 연상이라고 인식할 수 있었다.

'그렇군.'

루그는 그 사실을 깨닫자 더더욱 허탈해졌다. 미래를 알고 있기에, 그리고 이제는 자신과 싸웠던 이들의 입장을 이해할 수 있는 어른이 되었기에 지금의 이 상황이 너무나 씁쓸하게 느껴졌다.

'아버지, 아무도 당신에게 가르쳐 주지 않은 것을 가르쳐 줄 수 있는 사람은 나밖에 없을 것 같군요.'

비록 마지막까지 그를 아버지로 여기기 어려웠지만, 그가 자신에게 애정과 호의를 주었음은 분명하다. 루그는 그에게 은혜를 갚기 위해서라도 이 집안이 같은 꼴을 겪지 않도록 해 줘야 한다고 생각했다.

원래는 백작 부인이 보낼 추적자를 걱정하지 않아도 될 정도로만 힘을 키우면 훌쩍 떠나 버리려고 했는데 이제는 목표가 바뀌었다. 끝맺음은 확실히 하고 갈 것이다.

세 사람은 결국 아무것도 정리된 것 없이 말을 타고 성으로 돌아왔다. 마빈은 죽일 듯이 루그를 쏘아보고는 가버렸고, 루그는 혀를 차며 자신의 방으로 돌아와서 강체술을 연마했다.

CHAPTER 03
충돌

폭염의 용제

1

"있잖아, 볼카르."

〈왜 그러나?〉

"내가 지금 하고 있는 일을 성장이라고 해야 할까, 회복이라고 해야 할까?"

루그가 진지하게 물었다.

그는 지금 벽에 달라붙어서 한 손으로 팔굽혀펴기를 하고 있었다. 이렇게만 말하면 이상할 게 없겠지만 문제는 그가 땅에 발을 붙이고 있지 않다는 점이다. 바닥에서 1미터쯤 떨어진 곳에서 왼발 끝과 왼손바닥만을 벽에다 붙인 채 팔굽혀펴기를 하고 있는 것이다. 손발에 끈끈이라도 붙였나 의심하고 싶어지는 상황이었다.

그것은 강체술의 응용 기술 중 하나였다. 강체술 3단계에 진입한 루그는 이전에 터득하고 있었던 갖가지 응용 기술들을 지금의 자신에게 맞도록 하나씩 하나씩 꼼꼼하게 훈련하고 있었다.

〈굳이 그걸 구분해야 하는가? 네 육체를 기준으로 본다면 성장일 것이고, 정신을 기준으로 본다면 회복이겠지.〉

"그렇게 말하면 머쓱해지잖아. 사실 구분할 필요는 없겠지. 그 둘이 뒤섞인 것일 테니까. 솔직히 성장이라고 하기에는 너무 빠르고, 회복이라고 하기엔 너무 느려. 참으로 우스운 상황이다."

열다섯 살로 회귀한 지 고작 두 달하고도 2주일째에 접어들었을 뿐이다. 그런데 벌써 강체술 3단계를 연마하고 있으니 남들이 들었으면 절대 진실이라 믿어주지 않을 것이다.

게다가 더 재미있는 것은 3단계에 들어서자마자 진도가 미친 듯이 빨라졌다는 사실이었다.

"3단계에는 사실 완성이라는 개념이 존재하지 않아."

몸 안에 존재하는 강체력의 흐름 그 일부를 조작하여 자신이 원하는 결과를 만들어내는 것. 단순히 신체 능력을 강화하는 것을 넘어 갖가지 응용 기술을 사용하는 것이 강체술 3단계였다.

응용 기술을 어느 정도 사용할 수 있게 되는 것이 3단계의 완성이라고는 아무도 말하지 않는다. 4단계로 넘어가도 3단계의 숙련도는 계속해서 늘어가는 것이다. 어떤 의미에서는 4단계 역시 3단계의 일부라고 할 수 있었다.

"그리고 그렇기 때문에 내 기술은 이미 완숙해졌지. 많은 강체력을 필요로 하는 기술은 못 쓰지만 그렇지 않은 기술들은 예전과 다름없는 수준으로 쓸 수 있으니까."

몇몇 기술들을 강체력이 부족해서 쓸 수 없는 것은, 말하자면 팔 힘이 부족하기 때문에 무거운 것을 들지 못하는 상황과도 같았다. 루그가 아무리 빠르게 성장해도 강체력만큼은 강체술을 연마한 시간에 비례하여 조금씩 커지게 마련이다. 남들보다 빨리 1, 2단계를 완성한 만큼 커지는 속도가 빠르긴 하겠지만 그래 봤자 몇 년 정도 앞서간 것에 불과하다.

루그가 단번에 4단계로 진입하지 못하는 것 역시 그것이 문제였다. 보통 강검이라고들 부르는 4단계로 진입하려면 일정량 이상의 강체력을 가져야 했다. 그것은 검 대신 육체를 강화하는 특성을 가진 루그의 강체술 역시 마찬가지였다.

〈그럼 오늘부터 네 동생을 눌러주는 데는 문제없는 거냐?〉

"당연하지. 강체력은 마빈 그놈이 위겠지만 그래 봤자 지금의 내 상대는 안 돼. 싸우는 게 아니고 데리고 놀아주는 수준이지."

루그는 자신만만했다.

백작은 어제 루그를 찾아와서 검술 훈련을 받으라고 말했다. 이제 집안 분위기에도 충분히 적응했을 테니 무가의 자식으로서 검술을 배워야 한다고 말한 것이다. 설령 앞으로 기사가 되지 않는다고 하더라도 검술은 필수적으로 익혀둬야 하는 교양이었다.

지난번에 한번 말하고 나서 충분히 생각할 말미를 주었기 때문에 루그도 거절할 수 없었다. 게다가 이제는 마빈과 언제 어느 곳에서 마주쳐도 전혀 두려워하지 않아도 되었다.

"원래는 이 수준에 이르는 순간 훌쩍 떠나려고 했는데…뭐, 할 일은 하고 가야겠지?"

〈할 일이라는 게 뭐냐?〉

"철없는 아버지한테 세상의 도리를 가르쳐 주는 것."

루그는 그렇게 말하면서 훈련장으로 향했다.

2

훈련장은 백작의 성 뒤쪽에 있었다. 백작 휘하의 기사들도 훈련하는 넓은 훈련장이었다.

'아버지도 참. 처음 검술을 가르치면서 기사들한테 나를 소개할 생각을 하다니.'

보통은 남들 눈이 없는 곳에서 개인 교습을 시켜줘야 할 것 같은데, 백작은 기사들이 모여 있는 곳으로 루그를 불러들였다. 루그는 백작이 선물한 연습용 검을 허리에 차고 그들 앞에 가서 섰다.

"루그, 왔구나."

백작은 아침 식사를 마친 후부터 훈련에 매진하여 기분 좋게 땀을 흘린 후였다. 루그는 한쪽 구석에 쓰러져서 신음하고 있는 기사 몇 명을 보며 혀를 찼다.

'아이고, 역시 과격하시구만.'

백작은 기사들과 대련할 때 상당히 과격하게 했다. 목숨의 위협을 느끼지 못하는 대련이라면 실전에 도움이 되지 않는다는 것이 그의 지론이었다. 그래서 백작과 대련하면 사이에서 팔다리가 부러지거나, 혹은 의식이 끊어지는 경우가 많았다.

'나도 꽤 아픈 꼴을 많이 당했지.'

백작 입장에서는 미숙한 루그와 대련할 때 사정을 많이 봐줬지만, 그래도 그 결과가 기절, 혹은 구토, 혹은 골절이고 보면 봐주나 안 봐주나 뭐가 다른지 따지고 싶어진다.

물론 이제는 그런 꼴을 당할 생각이 없었다. 아직 백작과 맞상대할 정도는 못 된다 해도 호락호락 당할 정도는 아니니까.

'검으로는 자신없긴 하지만.'

백작가를 나온 후로도 검술을 사용하긴 했지만 별로 크게 늘진 않았다. 예전의 힘을 회복한다 해도 검술로는 백작을 이길 자신이 없었다.

'마빈.'

루그는 기사들 사이에서 마빈의 얼굴을 발견했다. 훈련용 보호구를 차고 있는 마빈은 루그를 발견하자마자 눈을 부라렸다. 루그가 흐흥, 하고 비웃음을 흘릴 때 백작이 말했다.

"검을 뽑아보거라."

루그는 그 말에 따라 검을 뽑았다.

연습용 검은 장식 없이 투박했고 아무것도 벨 수 없도록 날을 죽여놓았다. 잠시 그 검을 바라보고 있노라니 백작이 말했다.

"검을 휘둘러 보아라. 네가 생각하는 검술의 이미지대로."

"그냥 제 마음대로요?"

"그래."

백작의 말에 루그는 일부러 엉거주춤한 자세를 취하고는 어설프게 검을 휘둘렀다. 한번 검을 휘두르고 나자 볼카르가 논평했다.

〈굉장히 해괴한 동작이군.〉

그 말대로였다. 차라리 완전한 초심자라면 모를까, 루그는 몇 년간 검술을 열심히 훈련한 적이 있는 숙련자였다. 그런 주제에 어설픈 척해보려고 하다 보니 뭐라고 말하기 어려울 정도로 해괴하고 우스꽝스러운 동작이 나왔다.

"풋."

그 꼴을 본 마빈이 자기도 모르게 웃음을 흘렸다. 마빈만이 아니고 기사들 중에서도 참지 못하고 웃음을 흘린 자가 몇 있었다.

'쩝. 역시 망신당하는 게 기분 좋진 않군.'

루그는 머리를 긁적였다.

백작은 말없이 루그를 바라보고 있었다. 다른 사람과는 달리 굉장히 진지한 얼굴이라서 부담스러웠다.

백작이 말했다.

"어설프구나."

"아, 죄송합니다. 검술은 배워본 적이 없어서……."

"루그야, 아버지 눈은 옹이구멍이 아니란다. 아무것도 배우지 않은 척하려면 좀 더 그럴싸한 연기를 하지 그러느냐."

"……."

루그는 흠칫했다. 하지만 곧 쩝 하고 입맛을 다셨다. 이 정도로 어설프게 미숙한 흉내를 냈는데 백작 정도의 달인이 못 알아본다면 그것도 말이 안 되는 일일 것이다. 무예라는 것은 몸에 각인되는 법이라 한번 숙달되면 어설픈 척하기가 더 어렵다.

백작이 말을 이었다.

"제대로 실력을 보여다오."

"그러죠."

루그는 한숨을 쉬고는 제대로 자세를 잡았다. 그리고 날카로운 내려치기를 선보였다.

쉬잉!

백작은 물론이고 지켜보던 기사들의 눈이 이채를 띠었다. 루그가 보여준 한 동작은 적어도 몇 년은 제대로 검술을 연마해야 가능한 예리함을 내포하고 있었던 것이다.

백작이 말했다.

"다른 동작도 보여다오."

"네."

루그는 백작의 말대로 다른 동작을 선보였다. 연이어 행한 다섯 개의 동작은 루그가 백작가를 나간 후에 터득한 검술 벨가라타의 기본 동작이었다. 백작의 눈썰미 때문에 검술을 익히고 있었다는 것은 들켰지만, 아스탈 백작가의 가전 검술을 안다는 사실을 알릴 수는 없기 때문에 그렇게 한 것이다.

"흠. 누구에게 배웠는지는 몰라도 꽤 잘 배웠군. 벨가라타냐?"

"네."

벨가라타는 약 200년 전, 원래 용병 출신이었던 검호(劍豪) 벨가르가 창안한 검술로, 그가 기사가 되고 영주가 된 후에도 인연을 맺고 있던 용병들을 통해서 널리 퍼져 나갔다. 현재 유서 깊은 무가에서 독점하고 있지 않은 무술 중에는 가장 수준 높은 것 중 하나였다.

루그가 벨가라타를 익히게 된 것은 난전에 대응하는 능력이 강하며 한 손으로 쓰는 검, 양손으로 쓰는 검, 그리고 검과 방패를 드는 스타일에 이르기까지 기술의 폭이 넓기 때문이었다. 난전 시에 한 손으로는 강체술의 비기를 사용하고, 다른 한 손으로는 검, 혹은 방패를 들어서 대응력을 넓히는 방법으로 사용했던 것이다.

백작이 물었다.

"강체술은 누구에게 배웠느냐?"

"……."

이번에는 루그도 당황했다. 검술은 그렇다 치고, 강체술을 익힌 것을 꿰뚫어 볼 줄은 몰랐기 때문이다. 자신은 방금 검을 휘두를 때도 강체력을 사용하지 않고 일반적인 근력만 발휘했고, 강체력의 파동이 과도하게 새어나가지 않도록 항상 주의하고 있었다. 그런데 어떻게 알아차린 것일까?

백작이 웃었다.

"다른 사람이라면 모를까, 너 정도로 기척을 흘리고 있으면 내 눈을 피할 순 없단다."

"…검술을 가르쳐 주신 분께 같이 배웠습니다."

"누구냐? 기사였느냐?"

"아닙니다. 스승님의 분부 때문에 이름은 말씀드릴 수 없습니다만, 기사는 아니셨습니다."

루그는 백작이 자신이 생각했던 것보다 더 뛰어난 실력을 가졌을지도 모른다고 생각하며 식은땀을 흘렸다. 백작이 말했다.

"그렇구나. 어디 한번 실력을 보자. 누가 루그와 한번 대련해 보지 않겠나?"

"아버지, 제가 하겠습니다."

백작이 말하자마자 기다렸다는 듯 나선 것은 마빈이었다. 마빈은 활활 타오르는 눈으로 루그를 쏘아보며 의욕을 불태우고 있었다.

백작이 허락했다.

"좋다. 루그에게도 훈련용 보호구를 가져다주도록. 이 기회에 형제끼리 서로의 실력을 보는 것도 괜찮겠지."

루그는 쓴웃음을 지으며 마빈을 바라보았다. 오늘 이곳에 나오면서 바라 마지않았던 상황이다. 어떻게 하면 마빈과 대련하는 상황을 만들 수 있을까 고민했는데 이렇게 쉽게 풀릴 줄이야.

〈검술은 자신없다더니, 검술로 겨뤄도 괜찮은 건가?〉

"그건 나랑 비슷한 수준의 달인과 겨루면 그렇다는 거고, 마빈 정도야 검으로 싸우든 창으로 싸우든 문제없지."

루그는 속삭이는 목소리로 대답하고는 마빈과 마주 보고 섰다. 두 사람이 자세를 잡고 대치하자 백작이 대련의 시작을 알렸다.

"시작해라."

"하앗!"

마빈은 백작의 말이 떨어지기가 무섭게 돌진해 왔다. 땅을 박차고 한 호흡 만에 거리를 좁히는 돌진력, 그리고 그 기세를 이용해 날리는 내려치기는 훌륭한 것이었다. 시작하자마자 덮쳐 오는 이런 공격은 어지간히 실력이 있지 않으면 뭐가 뭔지도 모르고 맞아버릴 것이다.

하지만 루그는 사전에 마빈의 호흡과 기세를 읽고 있었다. 마빈이 돌격을 시작하는 순간, 기다렸다는 듯 옆으로 슬쩍 물러나며 그것을 피했다. 마빈의 공격이 빗나가면서 두 사람의 거리가 숨결이 닿을 정도로 가깝게 줄어들었다.

검을 휘둘러서 상대를 칠 수 있는 거리는 아니다. 마빈은 그 사실을 깨닫고 물러나면서 공격하려고 했다. 하지만 루그는 예상과 다르게 오히려 바짝 붙어오면서 속삭였다.

"운이 없었다고 생각해라, 마빈."

"뭐?"

쾅!

순간 루그가 어깨로 마빈의 턱을 올려쳤다. 훈련용 헬멧을 쓰고 있긴 했지만 뇌가 뒤흔들리는 파괴력이었다.

흔들리는 마빈의 옆구리에 루그의 오른발 돌려차기가 작렬했다. 마빈의 몸이 꺾이면서 밀려나는 순간, 루그가 검을 들어서 마빈의 목에다 가져다댔다.

"승부 끝."

아직도 정신을 못 차리고 있는 마빈의 머리 위로 루그의 차가운 한마디가 떨어져 내렸다.

다들 놀라서 할 말을 잃은 채 두 사람을 바라보았다. 어려서부터 기사가 되기 위해 훈련받아 온 마빈의 기량은 정규 기사들과도 대등하게 싸울 수 있을 정도로 훌륭했다. 그런데 이렇게 쉽게 승부가 나다니?

루그가 백작을 돌아보며 물었다.

"이 정도면 되겠죠?"

"아, 그래."

백작도 설마 이렇게 간단하게 승부가 날 줄은 몰랐다. 백작 자신이 직접 검술의 기초를 가르치고 훈련시킨 마빈을 이렇게 쉽게 제압할 줄이야.

"됐다고? 누구 맘대로!"

루그가 검을 물리는 순간, 마빈이 괴성을 지르며 달려들었다. 올려치기로 루그를 물러나게 한 다음 곧바로 뒤쫓아가며 내려치기, 하지만 그것까지도 루그가 가볍게 피해내자 무리해서 옆으로 베기로 전환한다.

루그와 시선을 마주하는 순간, 마빈은 그가 한숨을 쉬는 것 같다고 생각했다. 그리고…….

쩍!

팔등에서 둔탁한 통증이 느껴지며 마빈의 검이 날아가 버렸다.

"아악!"

"졌다고 추태를 부려봤자 얻을 수 있는 것은 아무것도 없어, 마빈."

"개자식! 감히 누구한테 훈계를 하는 거야!"

루그가 느긋하게 던진 한마디에 마빈의 눈이 뒤집어졌다. 마빈은 검이 있든 없든 신경 쓰지 않고 루그에게 달려들었다. 날리는 주먹을 루그가 가볍게 피하자 아예 루그의 다리를 덮쳐서 쓰러뜨렸다.

"이런."

루그는 난처한 표정으로 마빈과 함께 땅을 굴렀다. 백작이 호통을 쳤다.

"마빈! 그만하지 못하겠느냐!"

하지만 그의 목소리는 마빈에게 닿지 않았다. 땅을 두 바퀴 뒹군 루그와 마빈의 상태는 백작도, 기사들도 전혀 생각지 못한 것이었다.

"껵, 꺼억, 끄르르륵……."

루그는 팔로 마빈의 목을 감고 조르고 있었다. 조르는 힘이 어찌나 강했는지 마빈은 입에 게거품을 물고 괴로워했다. 루그는 괴로워하는 배다른 동생을 보며 피식 웃었다.

"좀 자라, 마빈."

루그가 조르는 힘을 약간 높이면서 몸을 한 바퀴 굴리자 마빈은 그대로 의식이 끊어지고 말았다. 루그는 기절한 마빈을 풀어주고는 몸을 일으키며 속삭였다.

"이 정도로 망신 줄 생각은 없었는데, 뭐, 네가 자초한 거니까 날 원망하진 마라. 물론 원망하겠지만."

의식이 끊어진 마빈은 그 말을 들을 수 없었다.

사실 무기를 든 달인들을 맨손으로 상대해서 쓰러뜨려 온 루그에게 덤벼드는 것은 죽고 싶어서 환장한 짓이었다. 마빈이 첫 번째 주먹질을 했을 때 루그는 마음만 먹으면 반격을 날려서 마빈의 머리통을 날려 버릴 수도 있었다. 그리고 태클을 걸어왔을 때도 무릎차기 한 방으로 목을 꺾어놓을 수도 있었다. 하지만 일부러 같이 넘어져 준 뒤 몸을 굴리면서 목 조르기를 거는 '부드러운' 방법을 써서 제압한 것이다.

백작이 아연해하며 물었다.

"루그 너, 맨손 격투술도 배웠느냐?"

"네."

루그는 대수롭지 않다는 듯 마빈을 바로 눕혀주며 대답했다.

백작이 기가 막혀서 웃었다.

"허허, 네 스승이 누군지 모르지만 정말 대단하구나. 무가에서 훈련받은 것도 아니면서 네 나이에 그런 실력을 갖기는 어려울 텐데."

"좀 사람을 험하게 굴리는 분이었죠."

루그는 과거에 스승 그레이슨이 자신을 훈련시켰던 시간을 회상하며 대답했다. 그 시절의 훈련은 진짜 지옥 훈련이라는 말이 그렇게 어울릴 수가 없었다.

백작이 말했다.

"하지만 과거에 어떤 기술을 배웠든 간에, 이제는 우리 가문의 기술을 배우도록 해라. 검술은 물론이고 강체술도 말이다. 네 나이면 강체력의 흐름을 변화시켜서 우리 가문의 것으로 바꾸는 게 충분히 가능하다."

백작의 말은 사실이었다. 루그도 그에게 배워서 3단계까지 연마했던 강체술을 스승 그레이슨을 만난 뒤에 기초부터 뜯어고치는 과정을 겪었고, 그 후에야 4단계에 도달했으니까.

그러나 루그는 단호하게 대답했다.

"죄송하지만 아버지, 그 말씀은 따를 수 없습니다."

"뭐라고?"

백작의 눈썹이 꿈틀거렸다.

자신의 핏줄이라면 당연히 가문의 기술을 익혀야 한다. 수백 년 동안 이어져 온 가문의 강체술과 검술이야말로 아스탈의 이름을 잇는 자들을 증명해 주는 자부심이다. 그런 생각을 하고 있던 백작이니만큼 루그의 반항이 불쾌할 수밖에 없었다.

루그는 그의 눈을 똑바로 바라보며 분명하게 말했다.

"아무리 아버지의 말씀이라고 해도 스승님은 제 목숨을 구해주신 은인이며, 저는 그분이 가르쳐 주신 오더 시그마의 기술을 보물로 생각합니다. 가문의 검술은 익히겠으나 오더 시그마의 강체술을 버릴 수는 없습니다. 그리고 가문의 강체술은 후계자인 마빈이 이으면 되니 굳이 이제 와서 제가 배울 필요는 없지 않습니까?"

그 말에 기사들이 술렁거렸다. 마빈과 반목하고 있다는 것이 확연히 드러난 루그가 당연하다는 듯 마빈을 후계자라고 이야기하고 있으니 그럴 수밖에 없었다.

술렁이는 기사들 속에서 백작은 잠시 동안 루그를 노려보았다. 루그 역시 지지 않고 그의 시선을 맞받았다.

잠시 후, 백작이 말했다.

"그래, 내 아들이라면 그 정도 고집은 있어야겠지."

"……."

백작이 미소를 지었음에도 불구하고 루그는 표정을 풀지 않았다. 그것은 그의 몸에서 뿜어져 나오는 위압감이 점점 더 강해지고 있었기 때문이다.

스르릉.

"어디 아들과 한번 검을 나누어보자꾸나. 루그, 네 고집이 얼마나 쓸모있는 것인지 내게 증명해 보아라."

"후우."

루그는 한숨을 쉬었다. 역시 백작의 성격상 이럴 거라고 예상은 했다. 다른 일에는 한없이 너그러웠지만 무예에 있어서만큼은 바위처럼 고집스러운 사람이었으니.

루그는 각오를 굳히고 고개를 끄덕였다.

"그러겠습니다."

3

〈검으로 싸울 생각인가?〉

볼카르가 물었다. 루그는 백작을 상대로 검과 방패를 준비
하고 있었다.

"어쩔 수 없어. 아직 강체술이 4단계에 도달하지 못했으니
맨손으로 아버지와 툭탁거리는 건 무리야."

루그가 익힌 오더 시그마의 강체술은 4단계에 진입해야만
비로소 그 진가가 드러난다. 그전까지는 여느 강체술과 다를
바가 없는지라 무기를 사용하는 쪽이 더 효율적이었다.

백작이 물었다.

"준비됐느냐?"

"네."

루그는 대답하고는 자세를 잡았다. 방패를 앞에 두고 검을
뒤로 빼는 방어적인 자세였다.

아직 미숙한 아들과의 대련인만큼 백작도 강검을 사용하
진 않을 것이다. 만약 그가 강검을 사용한다면 방패가 있든
없든 통째로 두 동강 나버릴 테니까.

"어디, 실력을 보자꾸나."

터엉!

백작의 검이 섬전처럼 날아들었다. 루그는 방패를 들어 그

것을 막으면서 한발 물러났다.

'역시 묵직하군. 하지만 방패는 초심자가 들어도 달인의 검을 막을 수 있는 도구!'

방패는 그저 들고 있는 것만으로도 상당한 넓이를 보호할 수 있었다. 방패를 든 상대와 싸우면서 방패를 피해서 검을 찔러 넣는 것은 실력 차가 상당하더라도 힘든 일이다.

텅! 터엉! 투학!

백작은 그런 묘기를 선보이지 않고 정중하기 이를 데 없는 공격을 가해왔다. 검격 사이사이에 약간의 틈을 두는 것으로 보아 그가 사정을 봐주고 있다는 것을 알 수 있었다.

서너 번 정도 백작의 검격을 막아낸 루그는, 다음번 일격이 날아드는 타이밍을 읽고 앞으로 달려들었다. 충분히 뻗어내지 못한 검격이 약간 비스듬하게 든 방패의 표면을 스쳐 지나간다. 그리고 루그의 몸이 백작의 품으로 파고들면서 섬전 같은 검격이 백작을 노렸다.

투학!

하지만 백작은 몸을 옆으로 빼면서 루그의 검격을 비스듬히 쳐냈다. 루그는 한순간 균형을 잃고 휘청거렸고, 그 순간 휘둘러졌던 백작의 검이 되돌아오면서 루그의 머리를 노렸다.

'인정사정없으시군!'

루그는 순간 몸을 비틀며 어깨로 그 공격을 비껴냈다. 보호구를 차고 있기에 부릴 수 있는 재주였다.

투학!

그리고 몸을 핑그르르 돌려 균형을 회복하면서 백작의 품으로 파고든다. 검의 간격 안쪽으로 파고든 상태에서 좁은 거리를 방패로 밀고 들어가서 밀어치는 공격이었다.

"음!"

과연 이 공격에는 백작도 놀랐는지 재빨리 뒤로 물러나서 간격을 회복한다. 바로 그 순간 루그의 호흡이 폭발했다.

"핫!"

루그의 발이 땅을 박차면서 놀라운 속도로 백작에게 뛰어들었다. 방금 전까지 돌진해 오는 것보다 세 배는 빠른 속도였고, 백작이 물러나는 것보다도 더 빠른 속도였다.

터엉!

백작은 전광석화 같은 검격으로 루그의 방패를 쳐서 돌진을 막았다. 방금 전까지 사정을 봐주던 일격보다 훨씬 더 큰 힘이 실려 있는 공격이었다. 내장이 뒤흔들리는 충격과 함께 루그의 몸이 허공으로 붕 떠올랐다.

'이익!'

순간 루그의 발이 움직였다. 놀랍게도 허공을 박차고 다시금 백작에게 뛰어들며 검을 찔러온다. 예상치 못한 움직임에 백작이 놀라면서 검을 휘둘러 루그의 검을 막는다. 검과 검이 부딪치는 순간, 루그는 검을 놔버렸다. 당연히 느껴져야 할 반발력이 없자 백작의 균형이 약간이나마 무너진다.

'들어간다!'

바로 그 틈을 노려서 루그가 죽 뻗어낸 방패가 백작의 머리를 노렸다. 아무리 백작이라고 해도 피할 수 없을 것 같은 공격이었다.

그러나 순간 백작의 움직임이 무시무시하게 빨라졌다. 몸을 앞으로 숙이면서 루그의 방패 공격을 피하더니 손을 죽 뻗어왔다. 그의 주먹이 루그의 팔 아래쪽을 강타, 그대로 튕겨 올리자 루그의 몸이 허공에서 뒤로 빙글 돌았다.

투학!

시원스러운 타격음이 울리며 백작의 몸이 옆으로 튕겨 나갔다. 루그가 뒤로 몸을 돌리는 힘을 역으로 이용, 그대로 발차기를 날려서 백작의 팔을 걸어찼던 것이다. 그리고 그 반동을 이용해서 착지하며 방패를 놓고 맨손으로 뛰어들었다.

자세가 흐트러진 백작의 눈앞에 불타오르는 루그의 눈동자가 나타나고, 강맹한 주먹이 날아가서 그의 얼굴에 꽂혔다.

쾅!

폭음이 울리며 루그의 몸이 허공으로 치솟았다.

"크악!"

루그는 비명을 지르며 날아가 버렸다. 주먹이 백작의 얼굴을 강타한다고 여긴 순간, 백작이 보이지도 않을 정도로 빠르게 반격을 날렸던 것이다. 그 반격이 어찌나 강렬했던지 날이 없는 연습용 검인데도 루그의 상반신 보호구가 박살 나버리고 몸통이 얕게 베어지면서 피가 흩뿌려졌다.

"이런! 루그!"

반사적으로 진심 어린 일격을 날려 버린 백작은 날아가는 루그를 보고 퍼뜩 정신을 차렸다. 그가 질풍처럼 달려가서 떨어져 내리는 루그를 붙잡았다.

"괜찮으냐?"

"괘, 괜찮다고 하긴 어려울 것 같군요. 으윽."

루그가 덜덜 떨리는 목소리로 대답했다. 얕게 베였다고는 하나 루그의 몸은 피투성이가 되어 있었고, 충격 때문에 내상을 입었다.

백작은 입술을 깨물며 루그를 땅에 조심스럽게 눕혔다. 그리고 기사들에게 말했다.

"한 명은 빨리 가서 약과 붕대를 가져오고, 또 한 명은 라디 사제님을 모셔오도록."

"알겠습니다."

기사들은 백작의 명령이 떨어지기가 무섭게 달려나갔다. 백작은 루그의 몸에 손을 대고 눈을 감았다. 그가 호흡을 한 번 하자 잔뜩 흐트러져 있던 루그의 강체력이 조금씩 안정을 찾아가기 시작했다.

〈호오?〉

백작으로부터 루그에게 전해지는 힘의 흐름과 그 효과를

파악한 볼카르가 흥미로워하는 기색을 보였다. 반면 루그는 놀라고 있었다.

'이런. 이 양반 강체력이 생각한 것 이상으로 강하잖아? 이 정도면…….'

백작의 나이, 그리고 그가 어려서부터 전통있는 무가의 후계자로서 강체력을 증진시키는 효과가 있는 비전의 약을 먹었을 것을 감안할 때 상당량의 강체력을 갖고 있는 것은 당연한 일이다. 하지만 지금 그에게서 전달되어 오는 강체력은 루그의 예상을 뛰어넘고 있었다. 이 정도면 적어도 50년 정도는 착실하게 연마해야 쌓을 수 있는 수준인 것 같았다.

'끄응. 아무리 경지가 4단계에 머물렀다고 해도 강체력이 이 정도로 크다면 육체 능력과 감각 모두 5단계와도 자웅을 결해볼 수준일 텐데. 내가 강체술을 익혔다는 것을 쉽게 알아차릴 만하군.'

많은 강체력을 가졌다는 것은 그만큼 기감이 예민하다는 이야기도 된다. 루그가 아무리 강체력을 숨기려고 주의해도 아직 경지가 낮다 보니 무의식중에 흘러나가는 기운이 있었다. 백작 정도의 강체력을 가졌고 그것을 자유자재로 다룰 수 있는 기량을 가진 이라면 그것만으로도 강체술을 익히고 있음을 파악할 수 있는 것이다.

'곤란한데. 내가 4단계에 도달해도 이기기 힘들겠어. 5단계라면… 해볼 만은 하겠지만 역시 강체력의 차이가 너무 커.'

강체술 4단계를 연마하는 자가 5단계를 연마하는 자에게 이길 수 없다는 법은 없다. 강체술의 경지가 높은 것과 전투력이 높은 것은 또 별개의 문제다. 그것은 마치 신체 능력이 더 높은 자가 반드시 승리하지는 않는 것과 같다.

루그가 비정상적으로 빠른 성장을 이루었다고는 해도 몸에 지닌 강체력은 미약했다. 백작의 강체력은 루그의 것과 비교할 때 스무 배 이상 컸다.

'강한 줄은 알았지만 이 정도일 줄이야. 생각을 바꿔야겠어.'

루그는 몸 상태가 안정되어 가는 것을 느끼며 그런 생각을 했다. 그러다가 문득 씩 웃으며 말했다.

"아버지가 힘 조절을 못하게 만들 정도면 제 고집도 좀 쓸모있는 편 아닌가요?"

"……."

눈을 감고 있던 백작의 눈썹이 꿈틀거렸다. 그는 루그의 몸속에 작용하던 힘을 거두어들이고는 눈을 떴다.

잠시 후, 그가 한숨 섞인 목소리로 말했다.

"인정할 수밖에 없겠구나. 나를 그 정도까지 몰아붙였으니, 쓸 만한 실력이었다. 아무래도 실전을 많이 겪어본 것 같은데……."

"그럭저럭요."

루그는 눈을 감으며 대답했다. 백작은 척박한 영지를 지키느라 무수한 실전을 겪어온 남자였다. 그러나 루그 역시 그에게 지지 않을 정도로 많은 실전을 겪었다.

백작은 루그의 실력을 얕보고 있었다. 그렇기에 생각지도 못한 기술을 연달아 사용하는 루그에게 허를 찔리고 만 것이다. 그가 루그의 실력을 알고 있었다면 결코 이런 일이 벌어지지 않았으리라.

'4단계에 도달하기만 하면 떠나야지. 오래 있어봐야 좋을 것도 없어.'

그 정도만 힘을 길러도 자신이 목적하는 바는 이룰 수 있으리라. 지금 진도로 보건대 한두 달 정도면 그럭저럭 4단계에 진입할 수 있을 것 같았다.

볼카르가 말했다.

〈아무리 봐도 네 실력으로 그를 때려눕히는 것은 어려울 것 같아 보이는데, 뭔가 비책이 있나?〉

"있으면 좋겠는데, 없다. 어떻게든 작전을 세워서 해결해 보는 수밖에."

〈어떻게?〉

"아버지는 오늘 겪은 것이 내 실력의 전부라고 생각할 거야. 4단계를 넘어서 다시 한 번 아버지의 허를 찌른다."

루그는 그렇게 속삭이고는 눈을 감았다.

4

루그는 일주일간은 아무것도 하지 말고 쉬라는 지시를 받았다. 비록 백작이 상태를 안정시켰고, 성직자가 와서 치유술로 치료해 주긴 했지만 부상이 완치되진 않았기 때문이다. 몸이 베여서 출혈이 있는 것은 그렇다 치고 내상은 단번에 회복되기 어려웠다.

"에구구, 내가 멀쩡해졌다는 걸 알면 또 놀라겠지?"

이틀 밤이 지난 후, 루그는 유연성 운동으로 몸을 풀어주면서 히죽 웃었다.

루그가 익힌 오더 시그마의 강체술은 다른 강체술에 비해 육체의 회복력을 더욱 강하게 증폭시키는 힘이 있었다. 맨손으로 싸우는 것을 기본으로 하는 만큼 육체를 보호하기 위한 기술이 발달해 온 것이다. 대신 같은 양의 강체력을 가졌다고 가정할 때 육체 능력이 증폭되는 정도가 떨어진다는 단점이 있긴 했지만 루그는 아무런 불만도 없었다.

"그래도 상처가 사라지려면 좀 시간이 걸리겠는데."

루그는 아직 덜 아문 상반신의 상처를 보며 투덜거렸다. 내상은 다 회복됐지만 검에 베인 상처는 완전히 없어지려면 시간이 좀 걸릴 것이다.

루그는 다시 옷을 입기 전에 자신의 몸을 찬찬히 살펴보았다.

지난 두 달하고도 2주일간 그의 몸은 정말로 많이 변했다.

일단 키도 손가락 마디 하나 정도는 자랐고, 못 먹고 자라서 깡말랐던 몸에도 살이 붙었다. 그리고 그 살은 열심히 단련한 덕분에 단단한 근육으로 변해 척 봐도 균형 잡힌 체격이 되었다.

"좀 쓸 만해졌군."

루그는 씩 웃으며 웃옷을 걸쳤다.

볼카르가 말했다.

〈상처 회복이 빠른 것은 높이 살 만한 부분이군. 인간은 워낙 허약하니 그런 부분에 민감하겠지.〉

"드래곤처럼 칼이 안 들어갈 정도로 둔감한 몸이 아니다 보니까 말이지."

〈하지만 마법의 힘이라면 칼도 안 들어가는 몸을 만들 수 있다. 이제 그럭저럭 강체술 기초는 다진 것 같은데, 어차피 4단계 달성까지 목표하는 시간이 두 달 정도라면 마법을 배우기 시작해라.〉

"또 그 소리야? 지금부터 배워봤자 어디 써먹는다고 그래. 당장 그때쯤에는 아버지를 꺾어야 한다고."

〈그렇기 때문에 배우라는 거다. 너도 지금 상태로는 승산이 적다고 말하지 않았나. 마법이라면 확실하게 그의 허를 찌를 수 있을 거다.〉

"두 달 후에 겨우 마법을 쓸 수 있는 몸이 될 것이고, 그때까지 벼락치기로 배운 마법이 도움이 될 것 같진 않군. 난 내

주먹을 믿겠어."

〈고집불통 같으니.〉

"고집불통은 너야. 네가 마법에 대한 자부심이 대단한 것은 알겠고, 마법이 대단한 것도 인정하는데… 일단은 내가 하는 대로 좀 놔두라니까. 강체술 연마를 끝내고 나면 배우겠다고. 누가 안 배운대?"

〈그야말로 시간 낭비다. 네가 그렇게 낭비한 시간만큼 과거의 나는 여유를 얻을 것이고.〉

"흥. 그렇게 치면 강체술을 포기하고 너한테 마법을 배우는 쪽이 더 시간 낭비지."

〈뭐라고?〉

볼카르가 울컥하는 것이 느껴졌다. 루그는 이때다 싶어서 자신있게 말했다.

"내가 너한테 마법을 배워봤자 과거의 너를 뛰어넘진 못하겠지. 그리고 너와 동일한 마법을 익히고 있을 테니 쉽게 파훼당할 가능성도 있고. 그럼 내가 마법으로 강체술의 역할을 대신해서 신체 능력을 향상시킬 경우 녀석의 주문 한 번으로 그게 다 날아가 버리고 비실비실한 상태가 될 수도 있는 거 아냐? 그럼 강체술을 익혀서 녀석이 마음대로 할 수 없는 변수를 하나라도 늘리는 게 낫지."

〈……〉

볼카르는 말문이 막혀 버렸다. 루그의 말은 지금까지 생각도 못했던 허점을 찌르고 있었기 때문이다.

루그는 음흉하게 웃었다. 볼카르가 당혹스러워하는 감정이 전달되어 왔기 때문이다.

"훗, 반박할 말이 없지?"

〈큭…….〉

볼카르가 분한 듯 신음했다. 루그는 속으로 쾌재를 불렀다. 지금 댄 이유는 즉석에서 생각한 것이 아니라 두 달 이상 궁리한 끝에 떠올린 것이었다. 매번 볼카르가 강체술을 무시하고 마법이 우월하다고 떠들어댈 때마다 울컥하면서 어떻게든 저 입을 막아버리고 싶어서 필사적으로 생각했던 것이다.

"마법은 강체술의 경지를 회복한 후에 배울 거야. 지금 속도면 그리 머지않을 테니 너무 초조해하지 말라고. 나도 너만큼이나 마음이 급하니까."

루그는 의기양양하게 말한 뒤 방을 나섰다.

5

방을 나선 루그가 간 곳은 과거로 돌아온 후 한 번도 간 적이 없는 곳이었다.

콧노래를 부르며 목적지인 방 앞에 도착한 루그는 노크도 하지 않고 문을 벌컥 열었다. 그러자 방 주인이 깜짝 놀라서 그를 바라보았다.

"이 자식, 여긴 왜 온 거냐?"

흉흉한 기세를 뿜어내며 으르렁거린 것은 마빈이었다.

마빈은 루그와의 대련에서 보인 추태 때문에 백작에게 일주일간 근신하라는 벌을 받았다. 방 안에 처박힌 채 이를 갈며 루그를 향한 증오심을 불태우고 있었는데 그 당사자가 찾아오니 당황스러웠다.

루그가 어깨를 으쓱했다.

"왜 오긴, 버릇없는 동생 낯짝 좀 보러 왔지."

"누가 네 동생이야!"

"흠. 나도 별로 너를 동생으로 삼고 싶진 않아. 혈연관계가 그런 것뿐이지."

"혈연관계? 웃기지 마. 천한 년의 배에서 난 주제에 자기가 뭐라도 되는 줄 아나 보지?"

"마빈, 닥쳐."

순간 루그에게서 압도적인 살기가 뿜어져 나왔다. 지금껏 한 번도 맛보지 못한 흉흉한 압박감에 마빈이 흠칫했다.

루그가 낮은 목소리로 말했다.

"날 욕하는 것은 개가 짖는 소리라고 치고 흘려들어 주겠는데, 어머니를 욕하는 건 용서하지 않겠다. 죽고 싶지 않으면 입 놀릴 때마다 조심해라."

"우, 웃기지 마. 천한 년을 천한 년이라고 하는데 뭐가 문제……!"

마빈은 말을 끝까지 잊지 못했다. 루그가 한순간에 거리를 좁혀오더니 팔로 마빈의 목을 감고 쓰러뜨렸기 때문이다. 날아오는 화살도 볼 수 있을 정도로 빠른 동체 시력을 가진 마빈이었지만, 루그는 주먹을 날리는 척 그의 시선을 묶어둠으로써 허점을 만들었다.

콱!

"커헉!"

마빈이 비명을 질렀다. 루그는 쓰러진 마빈의 배를 인정사정없이 밟아버렸던 것이다.

"한 번 더 경고한다. 죽고 싶지 않으면 입 놀릴 때 조심해라."

"으윽, 이 자식……!"

"확실하게 말해두겠는데, 지금 내가 마음만 먹으면 널 죽이는 것은 일도 아냐. 지난번에는 온건하게 목 졸라서 기절만 시켜주니까 내가 물러터진 것처럼 보였지?"

루그는 그렇게 말하며 마빈의 몸을 뒤집더니 그 위에 올라타서 팔을 잡았다. 그리고 마빈의 귀에 속삭였다.

"이 팔을 부러뜨려 주면 내가 어떤 사람인지 조금은 알아줄까?"

"그, 그만둬……!"

루그가 힘을 주자 마빈의 팔이 부러질 것처럼 압력을 받으면서 통증이 느껴지기 시작했다. 마빈은 팔이 부러질지도 모른다는 공포감에 떨었다.

루그는 차가운 눈으로 그런 마빈을 내려다보며 팔을 놔주었다. 그러더니 이번에는 마빈의 목과 머리를 잡고 조금씩 비틀었다.

"아니면 이대로 네 목을 꺾어서 그런 생각도 할 필요가 없게 만들어주는 편이 좋은가?"

"으, 으어어어억……."

목에서 조금씩 우두둑거리는 소리가 나기 시작했다. 아무리 강골이라고 해도 관절을 부수는 기술에는 도리가 없었다. 그리고 루그에게는 한순간에 사람의 팔을 부러뜨리고 목을 꺾어버릴 힘과 기술이 있었다.

"그만, 제, 제발 그만둬……!"

어려서부터 기사가 되기 위해 혹독한 훈련을 받아왔고, 마물들과의 싸움에도 참여해 본 마빈이다. 하지만 이렇게 완전하게 제압당한 채 목숨의 위협을 받아본 적은 한 번도 없었다. 아무리 강한 척해도 그는 아직 열세 살의 소년에 불과했다.

마빈이 공포로 눈물을 흘리기 시작하자 루그는 그의 머리를 놔주었다. 철없는 녀석이 질질 짜는 모습을 보니 조금은 화가 가라앉았다.

흥, 하고 코웃음을 친 루그는 침대 위에 걸터앉았다.

"너 두들겨 패려고 온 것은 아니야. 날 열 받게만 하지 않으면 맞을 일 없을 거다. 일어나."

〈원래 팰 생각은 하고 있지 않았나? 가증스럽군.〉

볼카르가 코웃음을 쳤다. 그는 루그가 마빈의 기를 죽이기 위해 한두 대 정도 패고 이야기를 시작할 생각이었다는 것을 알고 있었다.

물론 루그는 그의 말을 못 들은 척했다.

그사이 마빈은 신음하며 몸을 일으켰다. 루그는 그를 맞은편 의자에 앉게 하고는 말했다.

"슬슬 마무리를 지어야 할 것 같아서 왔다."

"마무리라니?"

"너랑 네 엄마랑 으르렁거리는 것도 피곤해. 그러니까 확실히 해두자. 난 이 가문 후계자 자리에 전혀 관심이 없어."

"뭐?"

전혀 예상치 못한 말에 마빈이 눈을 휘둥그레 떴다. 루그가 시큰둥한 얼굴로 말을 이었다.

"난 솔직히 뭐 큰 걸 바라고 여기 온 게 아냐. 그냥……."

루그는 처음 이곳에 올 때 생각했던 것, 하인으로라도 일하게 해줬으면 만족했을 거라는 말을 하려고 하다가 그만두었다. 이런 힘을 가진 놈이 하인 생활을 하고 싶었다고 말한다면 믿어줄 사람이 누가 있겠는가?

"…내 아버지란 사람이 어떤 사람인지 궁금했을 뿐이야."

그 이유는 방금 떠올린 것이지만, 루그의 진심이기도 했다.

처음 이곳에 왔을 때, 루그는 한 번도 보지 못한 아버지가 어떤 사람인지 정말로 궁금했다. 그 사람이 어떤 사람이기에 어머니가 자신이 그와 닮았다고 했는지, 그리고 왜 어머니는 힘들게 죽어가면서도 끝까지 그를 찾지 않다가 자신에게는 찾아가 보라고 했는지 직접 만나서 답을 얻고 싶었다.

"아버지의 뒤를 이어서 아스탈 백작이 될 사람은 너밖에 없어, 마빈. 그러니까 나 좀 귀찮게 굴지 마라. 그렇게 악착같이 날 어떻게 해보겠다고 발악하지 않아도 이 가문은 네 것이야."

"지금 나보고 그 말을 믿으라는 거야?"

"믿어라, 믿기 어렵겠지만."

루그는 마빈을 똑바로 바라보며 말했다. 진심 어린 그의 표정을 본 마빈의 눈이 흔들렸다. 루그가 어떤 사람인지, 그리고 무슨 생각을 하고 있는지 도무지 알 수가 없었다. 생각하면 생각할수록 혼란이 커져 가서 뭘 어째야 할지도 모르겠다.

"내가 하고 싶었던 말은 이게 다야. 아, 그리고……"

한숨을 쉬며 몸을 일으키던 루그가 멈칫하더니 말을 이었다.

"솔직히 우리 아버지, 워낙 철이 없는 사람이라 보고 있자면 울컥해서 두들겨 패주고 싶을 때가 많을 거야. 지금까지 그랬을 거고, 아마 앞으로도 그렇겠지. 네가 옆에서 보면서 뭘 잘못했는지 직접 말씀을 드려. 안 그러면 그 양반, 평생 동안 저 모양 저 꼴일 테니까."

"……."

"그럼 간다."

루그는 멍청하니 서 있는 마빈을 내버려 두고 방을 나섰다. 그리고 복도를 걸으며 투덜거렸다.

"아, 일단 하나는 처리했군."

〈네 말을 믿을 거라고 생각하나? 내 생각에는 안 믿을 것 같다만.〉

"나도 별로 기대는 안 해. 하지만 적어도 나를 상대로 뭔가를 할 때 조심하긴 하겠지. 그 정도면 충분해. 내가 여기 오래 있진 않을 테니까."

6

백작 부인은 요즘 계속 기분이 좋지 않았다.

아무리 기분이 나빠도 백작 앞에서는 가식적으로 웃음을 보였지만, 그것도 마빈이 루그와의 대련에서 망신을 당하고 근신 처분을 받자 한계에 달하고 말았다. 며칠 전부터는 백작과 각방을 써가면서 자신이 화가 났다는 것을 알렸지만 그는 조금 난처한 표정을 지었을 뿐, 곧바로 첩들의 거처로 가버렸다. 믿을 수 없을 정도로 무신경한 처사였다.

만약 백작이 이렇게 사려가 부족한 사람이 아니었다면 백작 부인은 일찌감치 루그를 치워 버릴 수 있었을 것이다. 그의 귀에다 대고 루그의 악담만 속삭여도 그만이니까. 하지만 그는 그런 이야기는 도통 들어줄 생각을 안 했기 때문에 어려운 길을 갈 수밖에 없었다.

"그 인간을 믿고 있을 수는 없어. 내가 해야 해. 내가 어떻게든 하지 않으면……."

"저도 동감입니다. 우리 아버지지만 참 믿을 수 없는 분이죠."

"뭐?"

갑자기 들려온 목소리에 백작 부인은 깜짝 놀라서 주변을 둘러보았다. 분명 아무도 방에 남기지 않았는데 누가 자신에게 말을 건단 말인가?

그리고 목소리의 주인을 발견하는 순간, 백작 부인의 안색이 창백해졌다. 루그가 벽에 기대어 팔짱을 낀 채 그녀를 바라보고 있었던 것이다.

"네, 네가 어떻게 여길 들어온 거지?"

"문으로 들어왔죠. 아, 걱정 마세요. 앞에 있던 하녀들은 잠깐 잠재워 뒀어요. 해치진 않았으니 한 시간쯤 지나면 눈을 뜰 거예요."

루그가 빙긋 웃었다.

강체력을 이용, 몸에 존재하는 기운을 뒤틀어서 한동안 의식을 잃게 만드는 것은 그가 즐겨 쓰는 응용 기술 중의 하나였다. 일반인에게 아무런 고통도 주지 않으면서 의식을 끊어놓을 수 있기에 더없이 유용했다.

"그 애들을 재워두다니, 나한테 무슨 짓을 하려는 거냐?"

"입만 잘못 놀리시지 않으면 딱히 무서운 일을 당하시진 않을 거예요. 난 오늘 당신이랑 이야기를 하러 왔으니까요. 서서 이야기하긴 좀 그러니까 앉아도 되겠죠?"

루그는 백작 부인의 대답을 기다리지 않고 의자를 끌어다가 앉았다. 그리고는 여유있게 그녀를 바라보았다. 그녀는 혼란스러워하고 있었다. 도무지 루그의 심중을 읽을 수 없으니 그럴 수밖에 없었다.

"오늘 여기 온 것은… 일단 나한테 쓸데없는 장난질을 그만하라는 말을 하고 싶어서예요."

"뭐라고?"

"아마 머리가 조금이라도 돌아가신다면 인정하지 않으시겠지요. 뭐, 인정하지 않으셔도 됩니다. 그냥 듣기만 하세요. 내가 먹을 음식에 사람이 먹으면 안 될 것을 탄다든지 하는 일을 그만두시라는 거예요. 제가 여태까지는 참아 넘겼는데 슬슬 짜증이 한계치를 넘어가더라고요. 어느 날 갑자기 이렇게 생각할지도 몰라요, 내가 마실 물에 이상한 게 들어 있는 것 같아. 그럼 이 물을 쥐도 새도 모르게 이곳으로 와서 당신이 마실 물과 바꿔놓아야겠다."

"……."

"또 어느 날 이렇게 생각할지도 모르죠. 마빈 저놈이 하는 짓을 귀엽게 봐주려고 노력했는데 안 되겠어. 아무래도 두 번 다시 일어날 수 없게 되는 게 어떤 꼴인지 알게 해줘야……."

"마빈한테 손대지 마라!"

루그가 장난처럼 늘어놓는 말에 백작 부인이 섬뜩함을 느끼며 소리쳤다. 루그가 빙긋 웃으며 그녀를 바라보았다.

"그러길 바라면, 제 말에 따르세요."

"넌 도대체… 뭘 바라는 것이냐?"

"말했잖아요? 당신이 저한테 쓸데없는 수작질을 하질 않길 바란다고."

"그걸 이야기하는 게 아니다. 도대체 무슨 꿍꿍이로 이런 짓을 벌이는 것이냐!"

"꿍꿍이속을 갖고 일을 벌이는 것은 당신이지 제가 아니죠. 뭐, 그러는 당신의 마음도 어느 정도는 이해해요. 우리 아버지지만 참 철이 없는 사람이잖아요? 그런 사람 부인으로 살면서 얼마나 상처받았을지, 뭐, 대충 상상은 가요."

"……."

루그의 말에 백작 부인은 말문이 막히고 말았다. 설마 그에게 이런 이야기를 들을 거라고는 상상도 못했다.

루그가 말을 이었다.

"아마 안 믿어줄 것 같지만, 난 딱히 많은 것을 바라지 않아요. 이 집안의 재산을 바라는 것도 아니고, 백작이 되고 싶은 것도 아니에요."

"그 말을… 믿으라고?"

"믿어주셨으면 좋겠어요. 하지만 당신 같은 사람은 쉽게 남을 믿지 못하죠. 그럼 우리 거래를 하면 어떨까요?"

여유있게 묻는 루그가 백작 부인은 악마처럼 보였다. 가면 같은 미소를 짓고 자신을 압박하는 그의 정체가 도대체 무엇인지 알 수 없었다.

백작 부인이 침을 꿀꺽 삼킨 뒤 물었다.

"어떤 거래를 말하는 거냐?"

"음. 뭐가 좋을까… 아, 그래요. 돈이 역시 제일 알기 쉽죠? 내가 아버지와 담판을 지어서 확실하게 마빈을 후계자로 지명하도록 하고, 그리고 나는 이곳을 떠난다면, 그럼 당신이 내게 1만 레브를 주세요. 여행길에 쓸 노자 정돈 있는 게 좋을 것 같으니까."

"1만 레브라니? 정말 그거면 충분하단 말이냐?"

커다란 빵 하나를 1레브면 살 수 있으니 1만 레브는 평민 기준에서 보면 상당히 큰돈이다. 하지만 백작 부인 입장에서 루그가 고작 그 액수에 모든 걸 포기하고 사라져 준다는 것은 납득이 가지 않았다. 적어도 일평생 놀고먹을 만한 재물을 원하는 게 정상 아닌가?

"너무 적어 보여요? 그럼 3만 레브로 하죠. 나도 아스탈 백
작가가 그렇게 부유한 편이 아니라는 것 정돈 알거든요. 그리
고 내 능력이면 돈을 버는 것 정도는 일도 아니에요. 다만 당
신의 마음을 편하게 해주기 위해서 받아주는 돈이라는 것을
알아주었으면 좋겠군요."

기가 막힐 정도로 뻔뻔한 말이다. 하지만 루그는 어디까지
나 진실을 말하고 있었다. 그가 이전의 능력을 회복한다면 3
만 레브 정도 버는 것은 일도 아니었다. 세상은 넓고 무력을
필요로 하는 곳은 많았으니까.

"으음……."

"내가 떠나는 것은 지금으로부터 3개월 정도 후가 될 거예
요. 그동안 준비해야 할 게 좀 있거든요. 그리고 내가 약속한
것을 이행하고 떠난다면, 당신이 내게 3만 레브를 주면 우리
거래는 끝나는 거죠. 어때요?"

"네 말을 믿기 어렵기는 하지만……."

백작 부인이 고뇌에 찬 표정을 지었다. 그녀는 입술을 깨물
며 고민하다가 결국 입을 열었다.

"좋다. 네 말대로 하마. 다만 네가 약속을 어기고 불온한
움직임을 보인다면, 그때는……."

"그때는 마음대로 하시죠. 근데 솔직히 당신이 무슨 수를
쓰든 손해 보는 쪽은 내가 아닐 거예요. 그 점을 알아두시고

뭘 하든 신중하게 생각해 본 뒤에 저지르도록 하세요."

루그는 웃으면서 경고하고는 방을 나섰다. 그가 사라지고 나자 백작 부인은 한동안 방문을 노려보고 있다가 힘이 빠져나가는 것을 느끼며 의자에 몸을 묻었다.

CHAPTER 04
예상 밖의 적

폭염의 용제

1

과거의 기억을 꿈으로 보는 것은 흔한 일이다. 비록 현실에서 일어났던 기억 그대로가 아니고 뒤틀리고 왜곡된 모습이라고 할지라도, 그 꿈에는 그리움과 슬픔이 있었다.

루그는 그러한 꿈에 익숙했다. 회귀하기 전에도, 그리고 회귀한 후에도.

두 번 다시 돌아오지 않는 것들을 갈망하는 자에게 그 꿈은 상처를 후벼 파는 아픔인 동시에 위안이었다. 자신이 아직 그것을 잊지 않았다는 것을 알려주는, 그리고 자신의 감정이 아직 마모되지 않고 남아 있다는 것을 일깨워 주는.

하지만 오늘의 꿈은 뭔가 달랐다.

'뭐지?'

루그는 자각몽(自覺夢)이라는 것을 꾼 적이 없었다. 꿈은 깨어나서 반추해 보기 전까지는 아무리 황당한 일이라도 현실처럼 인식될 뿐이다.

그런데 오늘의 꿈은 이상했다. 루그는 이것이 꿈이라는 사실을, 그리고 심지어 과거에 일어났던 일의 기억이라는 사실까지 명확히 인지한 채 그 속을 부유하고 있었다.

'하지만 내 기억이 아니야.'

얼마간 꿈속을 헤매던 루그는 그 사실을 깨닫고 어이없어 했다. 이것은 꿈이다. 그리고 과거의 기억이다. 그런데 자신의 것이 아니라니 도대체 무슨 소린가? 꿈이라서 사고가 뒤죽박죽 얽혀서 사리 판단을 할 수 없게 된 것일까?

하지만 아무리 봐도 하얀 구름을 찢어발기며 창공으로 날아오르는 시선이 자신이 경험했던 것이라고 보기는 어려웠다. 마치 꿈속에서 새가 되어 날아가는 것 같은 기분이다. 그러나 그것과는 비교할 수 없을 정도로 압도적인 현실감이 있었다.

거대한 붉은 날개를 가진 그것은 인간의 시선이 닿지도 않을 정도로 높은 곳까지 날아오르고 있었다. 성보다도 높이, 산보다도 높이, 구름보다도 높이, 마치 하늘 꼭대기에 이르러 태양에 도달할 것 같은 기세였다.

문득 그가 지상을 굽어본다. 그의 날갯짓에 흩어진 구름들 사이로 까마득한 지상의 모습이 보였다. 수만 명이 사는 번화한 인간의 도시가 손바닥으로 덮어버릴 수 있을 것처럼 작게 보인다.

더욱 놀라운 것은 그의 시력이었다. 이 정도로 높이 올라왔는데도 그것은 도시의 건물들 하나하나를 인식할 수 있었고, 그 사이를 채우고 걸어다니는, 개미보다도 작아서 차라리 먼지라고 불러야 할 것 같은 인간들의 움직임까지도 보고 있었다. 이렇게 경이로운 시각이 존재한다는 것을 믿을 수 없을 정도였다.

"볼카르."

문득 누군가 그의 이름을 부른다. 그의 시각에 빠져 있던 루그는 흠칫했다.

그, 볼카르가 고개를 든다. 신들이 기거할 것 같은 아득한 창공에 또 다른 그림자가 있었다. 볼카르와 비교하면 너무나도 작아 보이는 존재였다.

볼카르가 대꾸했다.

"디르커스."

시큰둥한 감정이 느껴진다.

볼카르의 앞에 나타난 것은 검은 머리칼을 가진 엘프 청년이었다. 엘프 특유의 가냘픈 몸과 길고 뾰족한 귀를 가진 그는 아득한 천공에서 볼카르를 바라보며 웃고 있었다.

"기껏 외유 방법을 공유해 줬더니 만든 게 그런 몸이야? 그래서야 평소랑 별로 다를 것도 없잖아? 혹시 드레이크 암컷이 취향인가?"

"그쪽은 생각해 본 적도 없는데? 이 몸이 어디가 어때서?"

"음. 네 원래 모습의 훌륭한 축소판 같아. 드래곤을 축소해 놓으면 드레이크가 되지. 거울 안 봤어?"

디르커스가 그렇게 말하면서 손가락을 한번 튕겼다. 그러자 허공에 거대한 물의 거울이 나타나면서 볼카르의 몸을 비추었다.

그 모습을 보는 순간, 루그는 숨을 삼켰다. 동시에 마음속에서 맹렬하게 끓어오르는 감정을 느꼈다.

마법으로 만들어낸 거울에 비춰진 볼카르의 모습은 루그가 기억하고 있는 그대로였다. 보기만 해도 압도될 것 같은 강대한 드래곤의 모습. 전신을 덮은 붉은 비늘은 보석처럼 광택을 흘리고 있었고, 파충류의 그것을 닮은 눈동자는 커다란 호박석 같았으며, 날개는 얇은 피막으로 덮여 있었음에도 불구하고 산처럼 강인해 보였다. 살짝 벌려진 아가리 사이로 드러난 이빨은 사자도 씹어 먹을 흉기 그 자체였고, 몸통만큼이나 긴 꼬리는 통나무보다도 두터워서 한번 휘두르면 성벽도 부술 수 있을 것 같았다.

다만 이 모든 것들이 루그가 기억하고 있는 것보다 크기가 작았다. 루그가 싸웠던 볼카르는 머리끝부터 꼬리 끝까지 60미터가 넘는 어마어마한 거체였는데 지금의 볼카르는 20미터를 좀 넘는 정도에 불과했다. 확실히 드래곤의 축소판이라고 불리는 용족, 드레이크의 몸이었다.

볼카르가 코웃음을 쳤다. 그러자 콧구멍을 통해서 약한 불길이 새어 나왔다.

"너야말로 그런 몸을 고른 이유를 모르겠군. 하긴 너는 예전부터 작은 것들에게 관심이 많았지."

"그들과의 교류가 내 정신을 윤택하게 하기 때문이지. 우리는 너무 혼자서 존재하는 데 익숙해져 있어, 볼카르. 아마 이런 꼴이 되기 전의 우리는 그렇지 않았을 텐데."

"기억나지 않는 과거 따윈 아무래도 상관없지 않은가? 어차피 지금의 삶은 영혼의 감옥인 것을."

볼카르는 그렇게 대꾸하며 크게 날개를 한번 쳤다. 그러자 그의 몸이 쏜살같이 더 위로 솟구쳤다. 그런 볼카르를 올려다보며 디르커스가 외쳤다.

"내가 기껏 준 기회니까 좀 더 즐겨보라고! 우리에게도 그럴 가치는 있어, 볼카르!"

볼카르는 대답하지 않았다. 다만 한없이 자유로운 비행을 즐기며 높이, 아무도 도달해 보지 못한 아득한 높이까지 계속 상승해 갈 뿐이었다.

2

"…어라라?"

루그가 눈을 뜬 것은 하늘의 색깔이 이상하게 변하고, 태양빛이 짜증날 정도로 눈부시다고 생각할 때쯤이었다. 꿈이 끝나고 의식이 현실로 튕겨 나왔을 때, 루그는 갑자기 자신을 덮쳐 온 둔중함에 숨이 턱 막히는 것을 느꼈다.

"뭐야, 이거?"

잠시 후 루그는 모든 것이 제자리를 찾아가는 것을 느꼈다. 압도적인 거대함과 세밀함을 동시에 갖춘 용의 감각 대신에 인간의 감각이 돌아오고 있었다. 처음에는 그 둘 사이의 격차 때문에 괴로워질 지경이었지만 이내 익숙해질 수 있었다.

그것은 마치 강체술을 극한까지 연마하여 얻은 초감각과 둔하기 이를 데 없는 일반인의 감각 차이와도 비슷했다. 다만 거리감이 비교하기 어려울 정도로 클 뿐이다. 일반적으로 초감각이라고 부르는 자신의 감각이 그토록 비루한 것일 줄은 상상도 해보지 못했다.

"볼카르, 이건 도대체 무슨 수작이지?"

루그는 가슴이 답답한 것을 느끼며 물었다. 잠시 후 볼카르의 대답이 돌아왔다.

〈아무런 수작도 아니다. 다만 실수였다.〉

"실수라니? 네 기억을 내가 꿈으로 보는 게?"

〈그렇다. 참고로 나도 네 기억을 꿈으로 보았다. 여자한테 아주 관심이 많았더군. 어릴 적에 지나가다 본 여자의 뒷모습이 아름답다는 이유로 며칠 동안 그녀 모르게 졸졸 따라다니면서 이름이라도 알고 싶어하다가 결국 다른 사람이 고백해서 맺어지는 걸 보고 그날 밤 혼자 펑펑 운 적이 있을 줄은 상상도…….〉

"우와아아아악! 그만! 그만둬! 개자식! 죽여 버린다!"

되새기기 싫은 어린 시절의 창피한 기억이 튀어나오자 루그가 비명을 질렀다.

루그가 숨을 고르며 투덜거렸다.

"으윽, 왜 똑같이 과거의 기억을 들여다봐도 네가 본 내 기억은 그따위 거야? 이건 불공평해!"

〈네가 본 내 기억은 어떤 것이었나?〉

"그러니까……."

루그는 자신이 꾼 꿈을 설명해 주었다. 볼카르가 말했다.

〈2,704년 전의 일이군. 디르커스는 참 이상한 놈이지. 드래곤 중에서는 가장 이상한 놈이다.〉

"전에 말한 그 외유 방법을 만들었다는 드래곤이지?"

〈그렇다.〉

"어떤 녀석이기에 이상하다는 거야?"

〈전에도 말했다시피 우리는 혼자이며, 다른 존재에게 별 의의를 두지 않는다. 하지만 녀석은 좀 다르다.〉

"어떻게 다른데?"

〈외유 방법을 만들자마자 모든 드래곤들에게 연락해서 자랑하면서 꼭 써보라고 귀찮을 정도로 권유해 댔다. 덕분에 그 방법이 우리 사이에서 유행했지. 새로운 마법을 개발했을 때, 혹은 마법 연구를 진행하다가 조력이 필요하다고 여길 때 연락을 해오는 경우는 있지만 그 녀석처럼 호들갑을 떠는 경우는 없다.〉

"사교성이 좋은 성격이라……. 확실히 모든 드래곤이 네가 말한 대로의 성격이라면 상당히 별종이네."

〈그뿐만이 아니다. 대체로 드래곤들은 용족을 필요할 때 시종으로 쓰거나, 혹은 거처를 지키기 위한 병력으로만 쓴다. 하지만 녀석은 거처 부근에 대략 2천 명 정도의, 일정 이상의 지성을 가진 용족들과 여러 종족들이 모여 사는 마을을 만들고 그곳을 관리하지. 그렇게 함으로써 딱히 외유하지 않아도 다른 존재들과 어울리며 살아간다. 그리고 지성체들의 문화에도 굉장히 관심이 많지. 가끔 연락이 닿으면 항상 뭔가 이상한 짓을 하고 있더군. 인간이 만든 새로운 악기라든지, 연극이라든지…….〉

"…그것참, 재미있게 사는 드래곤이군."

루그는 디르커스라는 드래곤에게 흥미가 이는 것을 느꼈다.

그동안 루그가 볼카르와 싸우면서 알아낸 바로는 드래곤들은 마족이 관련된 일이 아니면, 혹은 인간들이 겁도 없이 싸움을 거는 경우 외에는 그들과 교류하는 경우가 거의 없다.

심지어 볼카르가 미쳐서 날뛸 때도 마찬가지였다. 그래서 루그도 다른 드래곤의 힘을 빌려보자는 생각으로 인간들에게도 알려진 드래곤의 거처를 찾아가 보기도 했지만 그들의 태도는 냉담하기만 했다. 아예 얼굴조차 보이지 않을 정도였다. 너희가 멸망하든 말든 우리가 나서야 할 이유가 없다는 태도에 화가 나서 어디 얼굴을 한번 직접 보겠다고 덤벼보기도 했지만 겨우 죽음을 피해 도망치는 결과만 낳았을 뿐이다.

하지만 디르커스가 그렇게 이상한 드래곤이라면 그의 도움을 받아볼 수도 있지 않을까?

그런 의견을 말하자 볼카르가 코웃음을 쳤다.

〈시도해 보는 것은 말리지 않겠다만, 한 가지는 알아두는 게 좋다.〉

"뭘?"

〈디르커스는 드래코니안도, 드레이크도, 엘프도, 드워프도, 머메이드, 비르드도 좋아한다. 특히 남성의 몸으로 각 종족 여성과 사귀는 것을 좋아하는 느끼한 녀석이지. 하지만 인간은 남성이든 여성이든 공평하게 싫어한다.〉

"…왜?"

〈인간만이 주제를 모르고 드래곤에게 싸움을 걸며, 용제의 힘을 가졌을 때 터무니없는 짓거리를 벌이기 때문이지. 그리고 그가 좋아하는 다른 종족들을 노예로 부리고 싶어서 안달이 났고.〉

"음……."

확실히 엘프를 좋아한다면 인간을 좋아하기는 어려울 것 같았다. 인간은 지금까지 엘프에게 심한 짓을 많이 해왔으니까.

"그래도 시도는 해볼 만하겠어. 뭐, 어차피 엘프와 드워프와도 사이가 좋아져야 하니까 나중에 그 디르커스라는 드래곤의 거처를 알려줘."

〈그 정도 협력은 해주지. 그래 봤자겠지만.〉

볼카르는 시큰둥하게 말했다. 도와는 주겠지만 별로 기대는 하지 않는 것이 좋다는 뜻이 역력하게 드러나는 태도였다.

루그가 물었다.

"그런데 오늘 일은 대체 뭐야? 너는 실수라고 했는데, 뭘 실수했다는 것이지?"

꿈을 통해 서로의 기억을 들여다본다.

이것은 회귀한 지 두 달 반이 지나는 동안 처음으로 일어난 사건이었다. 뭐가 어떻게 된 것인지 확실하게 짚고 넘어갈 필요성이 느껴졌다.

볼카르가 대답했다.

〈지금까지 나는 너와 나 사이에 '말' 외에는 서로의 심상을 알 수 없도록 제한해 왔다. 꽤 많은 노력을 들여서 그렇게 해왔지.〉

"말 외에는? 그게 무슨 소리야?"

〈너와 나는 대화를 나누기 위해서 반드시 '말한다'는 과정을 거쳐야 한다. 나는 육체가 없이 네 몸에 함께하고 있을 뿐이지만, 그럼에도 불구하고 마치 육체가 있을 때처럼 '말한다'는 행위를 인식하고 행해야만 네게 의사를 전달할 수 있지. 물론 우리 사이에 약한 교감은 존재한다. 감정이 살짝 흘러나가거나 하는 것 정도는. 하지만 아주 깊은, 생각만으로 대화하거나 서로의 심상을 읽을 수는 없다.〉

"그렇지. 근데 그게 네가 의도한 상황이었다고?"

〈한 몸에 두 개의 영혼이 있다는 것은 무척이나 위험한 상황이다. 사실 우리의 거리감은 네가 생각하고 있는 것만큼 멀지 않다. 육체의 주인인 너는 영혼의 상태를 모르겠지만, 나는 언제나 네 영혼과 거리를 두기 위해 노력해야 한다. 머리 나쁜 너도 지금까지의 체험을 통해서 내 말이 뜻하는 바를 어느 정도는 이해하리라고 본다. 타인의 감정을 느낀다는 것이 이떤 의미인지.〉

"약한 감정일 때도 가끔 그게 내 감정인가 헷갈릴 때가 있었지. 그러다가 잘 생각해 본 후에야 그게 내 감정이 아니고 네 감정이라는 것을 알 수 있게 되었고……. 흑마법사들이 쓰는 재수없는 정신 조작 마법 중에 비슷한 게 있지 않나?"

볼카르의 말뜻을 알아들은 루그는 섬뜩함을 느꼈다.

상대방의 심상을 자유롭게 알 수 있게 된다는 것은, 상대방의 기억과 감정에 오염된다는 것이다. 타인의 경험과 감정을 자신의 것처럼 착각하고, 그러다 보면 자아 그 자체가 흔들릴 수도 있었다.

볼카르가 대답했다.

〈그렇다. 내가 건 제약이 없다면 나와 너는 서로의 기억과 감정에 침식되어 자아를 위협받고 말 것이다. 그리고 네 영혼과 내 영혼 사이는 위험할 정도로 가까운 상태다.〉

"제기랄. 몸속에 언제 터질지 모르는 독의 홍수를 품고 있는 꼴이군. 위험하잖아."

루그의 생각은 볼카르가 이야기하지 않은 위험성에까지 미치고 있었다.

루그의 인생은 고작해야 37년, 하지만 볼카르가 살아온 시간은 8천 년을 넘는다. 즉, 누적된 기억의 양에서 비교가 되지 않는 것이다. 둘의 심상을 가로막는 벽이 무너지고 서로를 향해 기억의 격류가 쏟아져 간다면, 그렇다면……

'내 자아가 소멸해 버릴 수도 있어.'

8천 년의 시간이 37년의 시간을 지워 버리고 나면, 그 후에는 어떻게 될까?

생각하기도 싫은 가능성에 루그는 숨이 턱 막히는 것을 느꼈다. 지금까지는 그저 자기 안에 있는 볼카르의 존재가 귀찮다고만 여기고 있었는데 설마 이런 위험성이 있었을 줄이야.

'만약 볼카르가 사악한 의도를 갖고 있었다면 내 몸을 장악하는 것은 쉬운 일이었을지도……'

그렇게 생각하니 조금은 볼카르에 대한 믿음이 생기는 것 같았다. 어쨌거나 볼카르는 마성에 쫓은 스스로를 막기 위해 루그의 목숨을 살려 과거로 되돌려 주었고, 만날 투덜거리면서도 루그에 대한 배려를 잊지 않고 있는 것이다.

볼카르가 말했다.

〈나는 육신을 잃은 영혼. 그렇기에 생전과는 달리 능력이 극도로 제약된다. 기억과 심상을 다루는 능력 역시 드래곤의 육체를 가졌을 때와는 달리, 작고 비루한 인간 육체의 성능에 좌우되는 구석이 많지. 그러니 루그 아스탈, 다시 말하건대 빨리 마법을 배워서 나를 분리하는 게 좋을 것이다. 네가 살 길도, 네가 갈 길도 마법에만 있다. 강체술이 중요하다고 고집부리고 있을 때가 아니란 말이다.〉

"으음……."

루그는 사태의 심각성을 느끼고 신음을 흘렸다.

하지만 당장 마법을 배우겠다는 소리는 하지 않았다. 그저 계획을 실행하는 시기를 좀 더 앞당기겠다고 생각했을 뿐.

3

마빈과 백작 부인에게 경고를 남긴 뒤 루그는 다시 방과 숲의 비밀 훈련장만을 오가는 생활을 시작했다. 백작 부인에게 경고를 해두긴 했지만 여전히 방으로 가져다주는 음식은 먹지 않는다. 거래를 나누긴 했지만 그녀가 루그를 믿으리란 보장이 없었고, 루그도 그녀를 별로 믿고 싶지 않았기 때문이다.

루그는 성안의 상황에 일체 관심을 끄고 스스로를 단련하는 데만 집중했다. 강체력을 키우고, 온갖 강체술 응용 기술을 숙련하고, 그리고 몸을 단련하는 것이 하루 일과의 전부였다.

그렇게 3주쯤 지났을 때, 백작에게 또다시 영지에 출몰한 마물들의 소식이 전해졌다.

"이번에는 오크 부족이라는구나. 질리지도 않고 나타나는군, 그것들은."

백작이 루그와 마빈을 불러놓고 말했다.

마물의 출몰은 아스탈 백작령에서는 일상이었다. 다만 백작이 움직이는 것은 각지에 흩어져 있는 병력들과 자경단이 대적하지 못할 정도로 강력한, 보통은 부족 단위로 뭉쳐서 약탈을 자행하는 마물 집단이 나타날 때였다.

백작이 생각지도 못한 제안을 했다.

"루그, 마빈, 이번 토벌에는 너희를 동행하려고 한다. 너희의 의향은 어떠냐?"

마빈은 반년 전에 이미 마물 토벌에 동행해 본 적이 있었다. 아직 어린 나이지만 어느 정도 실력을 갖췄고, 가문의 후계자로서 슬슬 영지의 실상도 체감하고 실전도 경험해야 한다는 판단 하에 행해진 일이었다. 하지만 어디까지나 마물들의 세력이 그리 크지 않아서 위험성이 낮다고 판단된 경우이기도 했다.

백작의 설명에 의하면 이번에는 오크의 숫자가 무려 70마리에 달하니 자칫하면 목숨을 잃을 수도 있었다. 오크들은 인간보다 강건한 신체를 가졌고, 죽음을 두려워하지 않으며, 우둔하기는 하나 무기도 제법 잘 다루었다.

마빈이 먼저 나섰다.

"가겠습니다."

"좋다. 루그, 너는 어쩌겠느냐? 자신없으면 오지 않아도 좋다."

"가죠. 마빈 혼자 보내면 좀 찜찜할 것 같군요."

"그렇게 대답하리라 생각했다. 출발은 오늘 저녁이니 둘다 준비를 단단히 하도록 해라. 하건 경에게 말해둘 테니 뭐가 필요한지 가서 물으면 잘 알려줄 게다."

"알겠습니다."

루그는 그렇게 대답하곤 마빈과 함께 백작 앞에서 물러나왔다.

그리고 하건에게 가는 도중, 자신을 쳐다보지도 않고 앞서서 걸어가는 마빈을 루그가 불렀다.

"야, 마빈."

"왜, 왜?"

마빈은 아무렇지도 않은 척 대꾸하려고 했지만 실패했다. 자기도 모르게 살짝 목소리가 떨려 나왔던 것이다. 수치심으로 얼굴을 붉히는 그를 보며 루그가 피식 웃었다.

"아버지가 우리 둘을 이번 토벌행에 참여시키는 이유가 뭐라고 생각하냐? 솔직히 설명을 들어보면 좀 위험도가 높은 일인 것 같고, 나는 몰라도 너는 아직 어린데."

"어리지 않아!"

"이 자식아, 열세 살이면 어린 거야. 슬슬 실전을 경험할 정도는 되어도 적극적으로 위험 속에 몰아넣기에는 좀 그렇지. 그런데 굳이 나까지 끌어들여서 같이 나가라고 했어. 왜 그럴까?"

"그, 글쎄?"

루그의 질문에 마빈이 눈살을 찌푸렸다. 하지만 아버지의 의중을 알 수가 없었다. 예전부터 백작이 무슨 생각을 하고 있는지 이해할 수 있는 경우는 별로 없었고, 이번에도 마찬가지였다.

루그가 혀를 차며 말했다.

"쯧쯧. 생각을 좀 해봐. 아버지는 내 실력을 봤잖아. 아마 너랑 뭉쳐서 잘해보라는 생각일 거야. 우리가 서로 반목하고 있지만 전투 속에서 등을 맡기고 싸우다 보면 좀 친해져서 형제간의 우애가 싹트지 않을까, 그런 생각을 하고 있는 것 같아."

"…넌 지금 그게 말이 된다고 생각하냐?"

둘이 반목하고 있는 이유를 생각하면 전투 중에 혼잡한 틈을 타서 서로를 죽여 버리려고 해도 이상하지 않았다. 그런데 서로 등을 맞대고 싸우다 보면 우애가 싹터?

루그가 고개를 끄덕였다.

"물론 말이 안 되지. 내가 해놓고도 이거 참 어지간히 머릿속이 이상하지 않고서야 떠올릴 수 없는 발상이라고 생각하는데, 문제는 우리 아버지 머릿속은 원래 좀 이상하잖아."

"……."

"솔직히 아버지라면 충분히 이런 생각을 할 만하다고 생각하지 않냐? 사나이답게 대범하게 행동하면 다 되는 줄 아는 양반인데. 가슴에 손을 얹고 솔직하게 대답해 봐."

"으음."

마빈이 눈살을 찌푸렸다.

굉장히 인정하기 싫었지만, 아무래도 루그의 말이 맞는 것 같았다.

루그가 키득거렸다.

"봐, 너도 인정하지? 저 양반은 전장 속에서 싹트는 전우애를 절대적으로 신봉한다니까. 자기가 그렇게 살았고, 그렇게 신망을 얻었으니 그게 당연한 거야."

"그래서 어쩌라고?"

"그냥 그렇다고. 아버지의 생각 정도는 알아두라는 소리야."

루그는 마빈의 어깨를 툭툭 두드려 주고는 앞장서서 걷기 시작했다. 이번 전투에서 루그는 백작의 의도대로 마빈을 지켜줄 생각이었다. 그러면 마빈도, 백작 부인도 조금은 자신에 대한 불신을 거둘 테지. 이제 곧 이곳을 떠날 생각이니 그 정도만으로도 충분했다.

문득 뒤에서 마빈이 그를 불렀다.

"야."

"왜?"

"너 근데 하건 경이 어디 있는지는 알고 앞서 가는 거야?"

"…어?"

물론 내내 방구석에 처박혀 폐인처럼 살았던 루그는 하건이 어디 있는지는커녕 그가 누구인지조차 모르고 있었다.

4

〈긴장한 것 같군.〉

루그가 장비를 갖추고 말에 올라서 출발을 기다리고 있을 때 볼카르가 말했다. 루그가 투구 안에서 속삭였다.

"그럴 리가. 고작 오크 떼를 상대하러 가는 일인데."

〈하지만 넌 긴장하고 있어. 그렇지 않은가?〉

"음……."

볼카르의 말에 루그는 찬찬히 자신의 상태를 점검해 보았다.

확실히 몸이 긴장으로 굳어 있는 것이 느껴졌다. 아까부터 괜히 안정이 안 되어서 장비가 제대로 착용됐나 계속 점검하는 짓을 반복하고, 짜증이 나서 얼른 출발했으면 좋겠다는 생각을 하고 있었다.

"허어, 정말 긴장하고 있군. 너무 오랜만에 실전을 겪는다고 생각해서 그런가? 그것도 훨씬 약해빠진 꼴로."

회귀한 지 벌써 3개월이 지났다.

그동안 루그는 놀라운 속도로 강해졌다. 육체도 많이 강건해졌고, 강체력도 많이 늘었고, 강체술 3단계에 이르러 갖가지 운용 기술을 사용할 수 있게 되었으며, 편법으로 일부나마 4단계의 힘을 발휘하는 것까지 가능해졌다.

하지만 루그는 아직도 자신이 너무나도 부족하다고 생각했다. 지금의 자신 따윈 스무 명이 한꺼번에 덤벼도 회귀 전의 자신에게 패하고 말 것이다.

그것이 루그에게 불안감을 심어주고 있었다. 스스로가 약해졌음을 뼈저리게 느끼기에 자신감을 갖지 못하는 것이다.

볼카르가 말했다.

〈넌 괜찮을 거다.〉

"무슨 근거로 그렇게 말하는 건데?"

〈너는 나를 죽일 인간이다. 드래곤을 죽여야 할 숙명을 짊어진 인간이 오크 따위에게 죽을 리가 없지 않나?〉

"위로하는 말치고는 너무 거창하잖아. 뭐, 그 말을 들으니 좀 기분이 가라앉긴 하는군. 고맙다."

〈딱히 위로한 것은 아니다. 나의 과오를 지워야 할 인간이 오크 따위에게 겁먹고 있는 모습이 짜증났을 뿐이지. 너를 선택한 내 체면이 구겨지지 않나.〉

"거참."

루그는 피식 웃으면서 이번 토벌행에 참여하는 기사들의 면면을 바라보았다. 대부분은 똑같은 갑옷을 입고 투구까지 써서 잘 알아볼 수 없었지만 백작과 마빈은 쉽게 찾을 수 있었다. 백작은 혼자서 색이 다른 갑옷을 입고 있었고, 마빈은 다른 기사들에 비해 체격이 훨씬 작았기 때문이다.

'아, 정말 내가 나이를 먹었다는 게 실감이 가는군.'

회귀하기 전이었다면 이런 상황에서 마빈이 죽어버리길 기도했을 것이다. 아니, 그 정도가 아니라 기꺼이 혼란을 틈타 마빈을 죽여 버릴 시도를 했으리라.

하지만 지금은 진지하게 마빈을 지키겠다고 생각하고 있었다. 예전에는 죽이고 싶을 정도로 미웠지만 이젠 나름 악악거리는 게 귀엽지 않나 하는 생각까지 든다.

'동생이라······.'

루그는 피식 웃었다.

그들과 싸우고, 그들의 몰락을 지켜보고, 그리고 볼카르에 의해 이 나라가 멸망하면서 그들의 죽음을 겪었기 때문일까. 처음에는 미워했고, 그다음에는 허무해져서 다 잊고자 했으며, 마지막으로는 안타까워했다. 그렇게 영영 헤어졌다고 여겼던 그들을 다시 보는 시간이 늘어날수록 묘하게 애착이 생긴다.

지금은 백작 부인이나 마빈이나 하는 짓이 귀여워 보일 뿐이다. 예전 아무것도 갖지 못했을 때야 그들의 위협이 두렵기 그지없어서 필사적으로 발버둥쳤지만, 지금은 그들이 뭘 하든 가볍게 받아넘길 수 있기에 여유를 갖고 이해심을 발휘할 수 있는 것이다.

'나도 참 관대해졌어.'

모든 비극을 막을 수 있는 기회를 얻었기 때문이겠지. 회귀하기 전의 루그는 그리 성질이 좋지 않았다. 복수심에 불타고 있었고 삭막하기 그지없었다.

하지만 지금은 스스로 놀랄 만큼 온화해진 것이 느껴진다. 예전에는 볼카르를 상대하기 위해 각국의 세력을 끌어들이는 과정에서 그를 대신하여 사람을 대하는 게 능숙한 동료들이 움직여 줘야 했지만, 지금이라면 혼자서도 어떻게든 될 것 같다.

'물론 혼자서 할 생각은 없지만.'

루그는 옛 동료들을 떠올리며 미소 지었다. 생각해 보면 진짜 사교성이라고는 전무하고 뭔가 거슬리는 것이 있다 싶으면 바로 사고를 쳐버리는 자신을 떠나지 않고 끝까지 함께해 준 녀석들이야말로 이번 생에서 다시 품어야만 하는 보물이었다. 이곳의 일을 정리하고 나면 루그는 그레이슨과 라나, 그리고 칼리아를 찾을 것이고, 그 후에는 소중했던 인연들을 하나하나 찾아다니며 그들과 다시 친분을 키우리라.

그렇게 마음을 정리하는 동안 백작이 나서서 출발 명령을 내렸다. 백작이 앞장서서 말을 달리기 시작하자 마빈과 루그를 포함한 50여 명의 기사가 그 뒤를 따랐다.

5

아스탈 영지는 꽤 넓었기 때문에 목적지인 마란 마을까지 가는 데는 이틀이나 걸렸다. 루그는 기사들과 함께 말을 달리는 동안 옛 기억이 되살아나는 것을 느꼈다. 눈앞을 스쳐 가는 풍경이 예전의 기억과 하나로 합쳐져서 그에게 아련한 그리움을 느끼게 한다.

"워, 워."

도착하자마자 전투를 벌여야 할 수도 있었기 때문에 백작은 충분히 여유를 두고 움직임으로써 체력을 보존했다. 하지만 우려했던 것과는 달리 마을에는 오크들의 모습이 없었다. 그저 다치고 지친 이들이 있을 뿐이었다.

"상당히 심하게 당했군."

루그가 혀를 찼다. 마을은 반쯤 건물들이 박살 나고 불탄 곳도 있었다. 모여 있는 마을 사람들의 수는 고작해야 40명

정도였고, 그들 주변에 다친 병사들이 열 명 정도 함께하고
있었다.

"백작님!"

백작과 기사들을 본 촌장이 달려왔다. 발을 다쳐서 절뚝거
리면서도 백작을 향해 달려온다. 마을 젊은이 하나가 얼른 달
려와서 촌장을 부축했고, 백작 앞까지 온 촌장은 눈물을 흘리
며 말했다.

"백작님! 와주셨군요! 이 늙은이는 백작님이 와주시리라고
믿고 있었습니다!"

"늦어서 미안하네."

백작은 말에서 내려서 촌장을 부축하고 다독거렸다.

루그는 잠시 동안 촌장을 바라보다가, 이윽고 그 뒤쪽에 있
는 마을 사람들을 바라보았다. 백작을 바라보는 영지민들의
눈에는 존경과 신뢰가 가득했다. 그것을 느끼는 순간 루그는
쓴웃음을 짓고 말았다.

'아버지, 당신은 정말로……'

백작은 가장으로서는 실격이라 집안을 제대로 다스리지
못했지만 영주로서는 이상적인 인물이었다. 그는 결코 영지
민들을 착취하지 않았고, 자신에게 충성하는 자에게는 사재
를 털어서라도 보상하고자 했으며, 영지민들을 위해 목숨을
걸고 싸우기를 주저하지 않았다.

그렇기에 영지민들이 그를 보는 눈이 저러할 수 있는 것이

다. 이전 생에서는 비틀린 눈으로 그것을 바라보았지만, 이제는 그들이 품은 감정이 어떤 가치를 갖는지 절실하게 이해할 수 있었다.

문득 볼카르가 말했다.

〈네 말대로 백작은 영지민들에게 존경받는 것 같군.〉

"맞아. 가족을 제외한 모든 사람들은 아버지를 좋아했지. 그리고 나도, 마빈도 그걸 참을 수 없었던 거야."

그렇기에 백작이 쌓아올린 가치가 파괴되든 말든 신경 쓰지 않고 정신없이 싸우기만 했다.

하지만 이번에는 다를 것이다. 당장 이번 토벌의 결과만 해도 과거와는 판이하게 바꿔놓을 자신이 있었다.

〈이 일도 과거에 있었나?〉

"자세히는 몰라. 내가 참여하지 않았으니까. 직접 참여한 전투 정도는 워낙 인상적인 경험이라 기억하고 있지만, 그렇지 않은 것들은 일일이 다 기억하고 있을 정도로 기억력이 좋지는 못해서……."

이전 생에서 이 시점의 루그는 막 백작에게 강체술과 무예를 배우기 시작한 햇병아리였다. 그렇기에 마물 토벌에 데리고 나가는 것은 어불성설이었고, 백작이 없는 동안 백작 부인에게 지독하게 괴롭힘을 당해야 했다.

이번 토벌에 대해서 루그가 기억하고 있는 것은 대략적인 결과 정도였다. 구체적으로 무슨 일이 있었는지는 모르겠지만 이번 토벌에서 백작은 기사단을 스무 명 가까이 잃는 엄청난 피해를 입어서 한동안 성의 분위기도 말도 못하게 무거웠다. 그런 분위기가 가라앉을 때까지의 시간이 인상적이었기 때문에 기억이 남아 있었다.

"아마 오크들이 아버지가 예상했던 것보다 훨씬 강했겠지. 혹은 적의 작전에 넘어갔거나……."

〈오크가 인간을 속일 작전을 세울 정도로 머리가 좋을 것 같지는 않다만.〉

"음. 그건 또 그러네. 그럼 다른 변수가 있었을 가능성이 높지. 사전에 입수했던 정보보다 오크들의 숫자가 많았다거나……."

〈아니면 오크 샤먼이 있었을 수도 있지 않을까?〉

"오크 샤먼? 그거 굉장히 희귀하잖아?"

〈하지만 여기 없었으리라는 보장은 없지 않은가?〉

오크 샤먼은 오크 중에서 간혹 나타나는 특이한 능력을 가진 개체였다. 원래 오크들은 자연에 깃든 정령들을 숭상하는 미신적인 신앙을 가져서 이름있는 부족에는 반드시 샤먼이 하나씩 있었는데, 그중에서 진짜로 정령들과 교감하여 속성력을 쓰는 놈들이 나타나곤 했던 것이다.

루그도 과거에 두 번 정도 오크 샤먼과 싸워본 적이 있었다. 그들이 다루는 속성력은 고위 마법사의 마법에 필적하는 수준이었고, 나중에 싸웠던 놈은 교감 능력을 이용해서 오우거를 수하로 부리는 바람에 같이 있던 용병들이 큰 피해를 입기도 했다.

"확실히 오크 샤먼이 있다면 기사단이 반 가까이 전사한 것도 이해가 가지."

아스탈 백작의 기사들은 전원 상당한 기량의 소유자였다. 탁월한 기량을 가진 백작의 지도를 받기도 했고, 워낙 자주 실전에 나서기 때문에 약한 놈은 일찌감치 죽고 강한 놈만 살아남았기 때문이다.

그런 이들이 오크 70마리를 상대로 절반 가까이 죽고 다수의 부상자가 발생할 정도로 큰 피해를 입는다? 루그가 생각하기에는 진짜 적측에 오크 샤먼이라도 있지 않고서야 불가능한 이야기였다.

"콜린 경도 아버지를 모시는 마법사니까 실전 경험이 많았겠지만, 오크 샤먼이라면 대책이 없었을 거고."

루그가 백작 옆에 선 중년 마법사 콜린을 바라보았다. 예전에 백작을 따라서 마물 토벌에 나섰을 때 콜린의 마법을 본적이 있는데 그리 대단한 수준은 아니었다. 경험이 많아서 실전적인 운용을 보여주긴 했지만 마력 자체는 고만고만한 수준이었던 것으로 기억한다.

"어휴, 이놈의 영지는 허구한 날 문제가 생기니 이런 땅은 솔직히 줘도 갖기 싫다."

〈약해빠졌긴 하지만 마법적인 힘을 가진 녀석이 있었다면

큰 피해를 당한 것도 당연하다. 너도 조심하는 편이 좋을 것이다.〉

"그래야겠어. 예전이었다면 모를까, 지금은 아무래도 오크 샤먼을 상대로 객기를 부리긴 힘들지. 볼카르, 나를 좀 도와 줘야겠어."

〈어떻게 말인가?〉

"넌 마법을 쓸 수는 없지만 마법적인 기척을 탐지할 수는 있지?"

〈가능하다. 내가 오크들 사이에 오크 샤먼이 있는지 확인해 주길 원하는 건가?〉

"바로 그거야. 아버지께 말씀드려서 일단 내가 정찰을 하고 와야겠어. 오크 샤먼이 있다는 것을 미리 알려 드리면 아버지도 대책을 세울 수 있을 거야. 혹시 어느 정도 범위까지 마법적 기척을 확인할 수 있지?"

〈저 콜린이라는 마법사의 존재를 확인했던 경험에 의거해서 본다면 300미터 정도면 될 거다.〉

"300미터라……. 위험 부담은 좀 있겠지만 그래도 충분한 거리군."

이곳은 탁 트인 평지가 아니고 산간지방이었다. 강체술 3단계의 갖가지 응용 기술을 쓸 수 있는 루그는 300미터 정도의 거리까지는 충분히 모습과 기척을 감추고 다가갈 수 있으리라 판단했다.

루그는 백작에게 다가가 물었다.

"아버지, 상황을 알려주시겠습니까?"

"음. 오크들은 한차례 약탈을 벌인 후에는 산중에 틀어박혀서 별다른 움직임을 보이지 않고 있다는구나."

백작은 마란의 생존 병력들과 마을 사람들의 이야기를 취합해서 오크들의 전력을 유추하고 있었다. 이미 보고받은 대로 마란 마을을 습격한 오크들의 수는 70마리 정도였고, 그중에 이곳의 병사들과 자경대가 쓰러뜨린 것이 열일곱 마리였다. 갑자기 마을을 덮친 그들은 닥치는 대로 식량과 재물을 약탈하고 몇 명을 납치해서 산으로 사라졌다고 한다.

그것이 나흘 전의 일이었고, 그 후 오크들은 추가적인 움직임을 보이지 않고 있었다. 아마 약탈이 끝난 마을에는 볼일이 없다고 여기는 것 같았다.

"현재 위치는 확실한 겁니까?"

"그쪽은 이틀 동안 계속 정찰을 하고 있었다는구나. 다림경이 자기 할 일은 아주 확실하게 한 모양이다."

다림은 마란 마을의 병사들을 지휘하던 기사의 이름이다. 그는 혼자서 오크 다섯 마리를 베어 넘기고 전사했다고 한다.

병사들은 다림의 가르침에 따라 비교적 몸이 성한 자들이 나서서 오크들의 동태를 계속해서 살폈다. 그리고 오크들의 본거지에서 가까운 곳에 있는 다른 마을, 하움과 질란에도 경고를 보내둔 후였다.

"오크들이 있는 곳은 이곳에서 4킬로미터 정도 떨어진 곳이다. 조금 전에 들었다시피 하움과 질란과도 가까워서 언제 공격해 들어갈지 알 수 없지."

"그렇군요. 아버지, 제가 한 가지 제안을 드리고 싶습니다."

"제안?"

루그의 말에 백작이 의아해하며 물었다. 루그가 그의 눈을 똑바로 마주 보며 말했다.

"제가 그놈들의 본거지를 정찰하게 해주세요. 혹시 병사들이 보지 못한 변수가 있을지도 모릅니다. 저는 강체술을 배우면서 적의 기척을 파악하는 특수한 훈련을 받았으니 혹시라도 오크들 사이에 특이사항이 있다면 알아차릴 수 있을 겁니다."

"그럴 필요가 있겠느냐? 이미 적들과 맞붙어서 알아본 전력인데? 만약 녀석들의 본거지에 여분의 병력이 있다고 해도 고작해야 2, 30마리일 것이고, 그 정도라면 충분히 예상 가능한 범위다."

"맞는 말씀이긴 합니다만, 혹시 적 중에 오크 샤먼 같은 놈이 있을지도 모릅니다. 적이 고블린이나 놀이었다면 모를까, 오크이니만큼 주의를 기울이는 편이 낫지요."

"오크 샤먼? 설마 속성력을 다루는 오크 샤먼이 있을지도 모른다고 생각하는 것이냐?"

"없을 가능성이 높고, 없기를 바랍니다만 주의를 해두는 편이 낫다는 것입니다."

"내 평생 그런 놈은 있다는 말만 들었지 실제로 본 일이 없다."

"실제로 보는 것이 이번이 처음이 된다면 그야말로 최악이겠지요. 오랜 시간이 걸리진 않을 테니 여기서는 저를 한번 믿고 맡겨주시면 어떨까요?"

"흠……."

백작은 잠시 고민하다가 이내 고개를 끄덕였다.

"좋다. 네 말대로 만에 하나라도 그럴 가능성이 있다면 확인해 두는 것이 옳겠지. 콜린 경, 루그에게 걸어줄 만한 마법이 있는가?"

"마법은 됐습니다."

루그가 콜린이 대답하기 전에 말하자 백작도, 콜린도 의아해하며 그를 바라보았다. 혼자서 적을 자세히 정찰하러 가겠다면서 마법의 도움을 거절하는 것을 이해할 수 없었기 때문이다.

"오크 샤먼은 마법적인 기척에 극도로 민감합니다. 제대로 된 마법을 쓰진 못하지만 그렇기에 웬만한 마법은 본능적으로 눈치채는 경우가 많지요. 저는 강체술을 배우면서 기척을 감추는 법을 확실하게 훈련받았으니 괜찮습니다."

루그가 콜린의 마법을 거절한 것은 어디까지나 그의 수준이 별로 높지 않기 때문이다. 고위 마법사가 은닉 마법을 걸어준다면 충분히 오크 샤먼의 감각을 피할 수 있겠지만 콜린의 은닉 마법은 받아봤자 위험성을 높일 뿐이었다.

백작이 눈살을 찌푸리며 말했다.

"루그 네 말은 마치… 오크 샤먼을 직접 보기라도 한 것 같구나."

"2년 전에 스승님과 함께 만나본 적이 있습니다."

"정말로 오크 샤먼을 봤단 말이냐?"

루그의 대답에 백작은 물론이고 콜린도, 다른 기사들도 모두 놀람을 금치 못했다. 루그가 씩 웃으며 대답했다.

"오크 샤먼을 직접 만나보고 그 무서움을 느꼈기에 오크들을 상대할 때 주의를 기울이는 것입니다. 제가 만난 오크 샤먼은 냉기의 힘을 다루었는데 한여름인데도 불구하고 가까이 다가온 사람을 한순간에 얼음 동상으로 만들어 버릴 정도였습니다. 만약 그런 놈이 적들 중에 있다면 미리 대책을 세워야만 합니다."

"알겠다."

백작이 완전히 납득하고 고개를 끄덕였을 때다. 기사들 사이에서 마빈이 나섰다.

"아버지, 저도 같이 가겠습니다."

"마빈 너도?"

백작이 놀라서 마빈을 바라보았다. 마빈은 이글이글 타오르는 눈으로 루그를 노려보고 있었다. 그 눈을 본 백작이 피식 웃으며 고개를 끄덕였다.

"그렇게 하도록 해라. 형제 둘이서 힘을 합치는 것도 좋겠지."

"아⋯⋯."

그 말에 루그는 난처한 표정을 지으며 혼자서 가겠다고 주장했지만 백작은 받아들이지 않았다. 상황이 꼬이게 되자 루그는 인상을 찌푸리며 마빈을 쏘아볼 수밖에 없었다.

6

루그는 마빈과 함께 산길을 타고 있었다. 원래는 주변 지리를 잘 아는 병사가 직접 안내하겠다고 했지만 루그는 지도를 보고 상세한 설명을 들은 것만으로 충분하다면서 그 제안을 거절했다.

"야, 마빈."

마을을 떠난 지 10분 정도 지나자 루그가 마빈을 돌아보았다. 마빈은 루그를 따라오기 위해서 무거운 강철 갑옷을 벗고 움직일 때 소리가 적게 나는 가죽 갑옷을 입고 있었다.

"왜?"

"너 도대체 왜 따라온다고 한 거냐?"

"그야 당연히 너 혼자서 공을 세우는 것을 두고 볼 수 없으니까 그렇지. 아주 그럴싸한 말로 아버지를 설득해서 쉽게 공을 세울 기회를 잡아서 좋나 본데, 네 뜻대로는 안 될 거야."

순간 루그는 마빈이 너무 한심해서 한숨을 푹 쉬고 말았다. 자기가 얌전히 떠나줄 거라는 말을 믿어주리라고는 기대하지 않았다. 하지만 이렇게 노골적으로 루그가 백작 눈에 들어서 후계자 자리를 차지하려 한다고 의심하고 나올 줄이야.

"난 후계자 자리에 관심없다니까 그러네."

"설득력이 없는 소릴 지껄이는 녀석이 꼭 있지."

"너, 맞을래?"

루그가 주먹을 들어 보이며 으르렁거리자 마빈이 움찔했다. 잠시 그를 노려보던 루그가 다시금 한숨을 쉬며 말했다.

"어차피 이렇게 된 것, 여기서 널 타박해 봐야 의미없겠지. 대신 한 가지만 말해두겠는데, 이거 진짜 위험할 수도 있으니까 멋대로 나서거나 하지 마라."

"웃기지 마. 설령 위험한 상황이 닥친다고 해도 방해가 되진 않을 거다."

"방해된다, 이 자식아. 오크 샤먼이 얼마나 무서운지 모르니까 그딴 소릴 할 수 있지."

루그가 쏘아붙이자 마빈은 또다시 움찔했다. 눈매도 사나운 녀석이 루그가 화를 낼 때마다 움찔거리는 모습이 은근히 귀여워 보이기도 한다.

"어쨌든 사고 치지 마."

〈괜찮겠나?〉

상황을 지켜보던 볼카르가 물었다. 루그가 마빈에게 들리지 않도록 슬쩍 거리를 벌리면서 속삭였다.

"뭐가?"

〈차라리 패서 기절시킨 뒤 어디다 묶어두고 혼자 가는 편이 낫지 않겠나? 네 태도를 보아하니 저 애송이가 거치적거릴 거라고 확신하고 있는 듯한데…….〉

"그런 과격한 방법… 도 생각 안 해본 것은 아니지만."

경험도 없고 따로 기척을 숨기고 행동하면서 적을 살필 능력도 없는 마빈은 여기선 그저 방해물이다. 하지만 루그는 기왕 이렇게 된 것 마빈을 데리고 가기로 했다.

"돌아가서 일러바치면 곤란하고, 또 나중에 백작 해먹으려면 경험을 쌓는 게 좋을지도 모르지. 이상한 조짐이 보이면 내가 데리고 도망치면 되니까."

〈아직 너한테 그럴 능력이 있어 보이지는 않는다마는.〉

"편법으로나마 4단계 기술도 사용할 수 있게 되었으니 어떻게든 될 거야. 게다가 제일 위험한 오크 샤먼 탐지기인 네가 있으니까."

〈내가 탐지기냐?〉

"탐지기지."

〈네가 마법을 배웠다면 이런 위험을 감수할 필요도 없었을 것이다. 그 자리에서 멀리보기 주문으로 오크들의 본거지를 살피고, 마력 탐지 주문으로 오크 샤먼의 존재를 특정 지을 수 있었겠지. 그리고 적당한 화력의 주문 몇 발 떨어뜨려 주고 감각 혼란 주문이라도 한 방 터뜨려서 혼란에 빠뜨린 뒤 각개격파한다면 너무나도 쉽게 처리할 수 있었을 터.〉

"…내가 몇 달도 안 되는 시간 동안 그 수준으로 마법을 익히는 게 가능하다고 생각하냐? 자기는 8천 년도 넘게 마법을 연마한 주제에 왜 남한테는 몇 개월 만에 그걸 터득하라고 하는 거야?"

〈그건 무리한 게 아니…….〉

볼카르가 울컥하며 반박하려고 할 때, 마빈이 수상하다는 듯 물었다.

"뭘 혼자서 중얼거리는 거야?"

루그는 흠칫했다. 거리를 두고 목소리를 최대한 낮춰서 무슨 말을 하는지는 알아들을 수 없었겠지만, 남들이 보면 이상하게 여길 만한 행동인 것은 당연했다.

어색한 표정으로 마빈을 돌아본 루그가 말했다.

"기, 긴장이 되어서."

"……."

마빈이 이 자식 진짜 미친 게 아닐까 의심하는 표정으로 바라보았다. 순간 루그는 자기도 모르게 주먹에 힘이 들어가는 것을 느꼈지만 억지로 웃음을 지으면서 고개를 돌렸다.

"나중에 이야기하자."

〈난 상관없는데. 그냥 말하겠다.〉

"닥쳐."

루그는 볼카르에게 쏘아붙여 주고는 빠르게 이동했다.

루그와 마빈 둘 다 강체술을 연마했기 때문에 산길이라도 이동하는 속도는 아주 빨랐다. 둘 다 거의 뛰다시피 하면서 이동했기 때문에 목표로 한 지점까지 30분도 채 안 되어서 도착할 수 있었다.

'고작 이 정도로 숨이 차다니.'

루그가 투덜거렸다. 강체술의 진도가 비정상적으로 빠르긴 했지만 3개월 정도의 단련만으로는 육체가 원하는 상태에 도달하지 못했다. 마빈이 태연자약한데 자기는 숨을 고르고 있으려니 울컥 짜증이 치솟아올랐다.

두 사람이 목표로 한 곳은 오크들의 본거지에서 1킬로미터 떨어진 지점이었다. 백작이 기사들을 이끌고 이동할 루트를 미리 점검해 볼 겸 중간부터 산을 우회, 오크들의 본거지를 내려다볼 수 있는 지점으로 온 것이다.

잠시 오크들의 본거지를 내려다보던 루그가 마빈에게 물었다.

"일단 정찰병은 안 돌리고 있는 것 같지?"

"응. 돌아다니는 기척은 보이지 않아. 근데 오크들이 정찰병까지 운용해? 그럴 대가리가 있어 보이진 않는데."

"부족에 따라서는 운용하기도 해. 원래 조직력이 강한 놈들이고 강함에 의한 상명하복이 철저해서 인간들의 군대 운용법을 도입하면 정말 상대하기 까다롭게 되지. 이놈들은 다행히 그런 놈들은 아닌 것 같은데… 지금 네 눈에 보이는 보초가 몇 명이나 되지?"

"어디 보자, 하나, 둘… 일곱 명이야. 배후는 완전히 암벽이라 보초를 안 두고 있는 것 같군. 근데 이건 네가 봐도 알 수 있잖아?"

"내가 못 보고 지나치는 것도 있을 수 있고, 네가 못 보고 지나치는 것도 있을 수 있으니까 최대한 정보를 입체적으로 수집한 뒤에 취합하는 게 나아. 뭐든지 확실한 게 좋은 거니까. 넌 나중에 백작이 될 몸이니까 이런 것은 숙지해 둬라."

"그건 그렇군……."

루그의 말이 제법 그럴싸하게 들렸기 때문에 마빈은 의외라는 듯 고개를 끄덕였다.

하지만 루그는 속으로 투덜거리고 있었다. 정보를 입체적으로 수집할 의도라면 정찰 인원을 완전히 다른 지점에다 놓고 적을 살폈어야지 같은 지점에서 두 명이 보게 하지는 않는다. 이것은 어디까지나 아직 강체력이 일천하여 육체 능력의 상승 폭이 크지 않은 루그가 600미터 거리에서 오크들의 모습을 자세하게 판별할 수 없기 때문에 둘러댄 핑계였다.

'아우, 진짜 열 받네. 빨리 강체력을 키워야지 근력, 체력에 시력까지 불만을 느끼게 되니 원.'

얼른 돈을 벌어서 비약이라도 사서 먹어야지 이대로는 안 되겠다는 생각이 들었다. 아무리 강체술의 경지가 상승하고, 기술적으로 세련되어진다고 하더라도 강체력의 부족함을 메우긴 어려웠다. 아무리 뛰어난 기술을 익히고 있어도 몸이 안 따라주면 쓰기 어려운 것과 똑같은 문제다.

볼카르가 또 얄밉게 한마디 했다.

〈그러게 마법을 익혔으면 이럴 필요도 없었을 것을. 내 말을 따랐다면 단기간 내에 인간 마법사는 상상도 못할 마력을 갖게 되었을 것이다.〉

"설득력없는 소리를 지껄이는 드래곤이 있습니다."

루그는 그렇게 일축하고는 마빈에게 물었다.

"배후로 일부 병력을 이동시켜서 일거에 몰아치면 어떨까? 콜린 경과 궁수들을 딸려 보내서 마법과 화살로 놈들을 혼란시키고, 그다음에 기사단이 돌격해서 시간차 공격을 퍼붓는다면 꽤 효과가 있을 것 같은데……."

"단순하지만 꽤 효과적일 것 같군. 너, 전술에 대해서도 공부한 거냐?"

"따로 공부하진 않았어. 그냥 이래저래 사부님 따라서 경험을 많이 해서 그렇지."

루그는 그렇게 대답한 다음 제안했다.

"여기서는 저 지점에 놈들이 따로 병력을 배치해 두었는지 알 수 없어. 시간이 좀 더 걸리더라도 저쪽으로 이동해서 혹시라도 보초를 숨겨두지 않았을지 확인하자. 놈들이 경비의 사각지대가 생기는 것을 막기 위해서 저기에도 보초를 배치해 뒀다면 지금 생각한 전술은 무용지물이 되니까."

"아까부터 생각한 건데… 오크들 상대로 너무 신중한 것 아냐? 저놈들이 그렇게 머리가 좋을 리가 없잖아."

순간 루그의 표정이 무섭게 굳어졌다. 화가 난 기색이 역력한 얼굴로 쏘아보니 마빈이 흠칫 굳었다. 루그가 으르렁거림이 섞인 목소리로 말했다.

"마빈, 너는 장차 백작이 되어서 많은 사람들을 거느려야 하는 몸이다. 그 사실을 자각하고 있는 거냐?"

"물론이야. 하지만 그게 이거하고 무슨 상관……."

"네가 많은 사람들을 거느린다는 것은, 네 판단에 많은 사람들의 목숨이 좌우된다는 것과 똑같은 의미다. 넌 아직 어리고 실전 경험도 없으니 오크들에 대해 무지한 것을 나무라진 않겠다. 하지만 네가 적을 상대할 때 자만하고 부주의해질수록 네 밑의 사람들이 많이 죽고 다칠 수 있다는 것을 알아둬. 이건 까딱 잘못하면 목숨이 날아갈 수 있는 실전이야."

예전 루그는 용병으로 일하면서 자만심 가득하고 적을 살피는 데 태만한 윗대가리들 때문에 아군이 큰 피해를 입는 것을 몇 번이나 봐왔다. 마빈의 태도가 그런 과거를 떠올리게 하자 살심이 치솟을 정도였다.

"아, 알았어."

루그의 기세가 너무 살벌했기 때문에 마빈은 항변하지 못하고 고개를 끄덕였다. 루그는 그제야 표정을 좀 풀면서 말했다.

"적어도 네가 잘 모르는 놈들을 상대할 때는 다 안다는 태도를 취하지 마라. 모르면 확실하게 알 때까지 배워. 오크들은 훈련된 인간의 군대보다도 강한 조직력을 가졌고, 한 마리 한 마리의 용맹함과 육체적인 능력 면에서는 일반 병사는 도저히 상대할 수 없을 정도다. 아버지께서 자신감을 보이시는 것은 어디까지나 이번에 데려온 전력이 전원 강체술을 연마한 기사이기 때문이지."

"하지만 그거랑 놈들이 머리를 쓰는 거랑은 별개잖아?"

"오크가 머리 쓰는 일에 약한 것은 사실이야. 하지만 이따금씩 인간들에게 싸우는 노예로 부려지던 오크들이 풀려나서 자신의 부족들에게 인간들이 군대를 어떻게 운용하는지를 적용시키는 경우가 있다. 저놈들은 원래 우리 영지에서 서식하면서 수를 불린 게 아니라 외부에서 이곳으로 들어왔으니만큼 모든 가능성을 검토해야 해."

"으음……."

마빈은 루그가 말하는 경우는 생각지도 못한 듯 놀라기만 했다.

그런 마빈을 보면서 루그는 속으로 피식 웃었다. 사실 그도 오크를 상대할 때 이렇게까지 주의를 기울이지는 않는다. 하지만 과거에 이번 전투에서 백작이 큰 피해를 입었음을 알고 있는데다가, 자신이 과거에 비해 너무 약하다는 사실 때문에 최대한 신중해지려 하고 있는 것이었다. 그리고 어쨌거나 장차 백작이 될 마빈에게는 이런 가르침이 아주 유용할 터였다.

"그럼 이동하지."

두 사람은 오크들의 본거지 배후를 향해 이동하기 시작했다.

7

루그와 마빈은 대담하게 오크들의 본거지에서 100미터 정도 떨어진 지점까지 이동했다. 그러지 않고서야 숲 속에 숨어 있는 놈들이 있는지 없는지 판단할 수 없었기 때문이다.

"역시 여기에는 척후를 따로 배치해 두지 않은 것 같은데."

마빈이 조심스럽게 말했다. 무슨 말을 할 때마다 루그에게 할 말이 없을 정도로 완벽하게 반박당하다 보니 말을 할 때 조금 조심하게 된 것 같았다.

루그가 말했다.

"여기서 보기에는 그런 것 같은데, 역시 확실하게 알려면 다가가 봐야겠지."

〈루그.〉

그때 볼카르가 루그를 불렀다. 하지만 루그는 그 말을 무시하고 마빈에게 말했다. 마빈이 가까이 있어서 대답할 수가 없었기 때문이다.

"여기서부터는 나 혼자서 다녀온다. 기다려."

"어째서?"

"넌 나만큼 기척을 죽이고 조심해서 이동할 수 없으니까."

루그는 단호하게 대답하고는 기척을 차단하는 응용 기술을 사용했다. 그러자 마빈은 분명 루그가 눈앞에 있는데도 그의 기척을 거의 느낄 수 없어서 마치 환영을 보는 듯한 착각에 휩싸였다.

"어? 뭐야, 이건?"

"기척을 죽이는 기술이지. 이 정도로 기척을 죽이면 마법적인 탐지에도 잘 걸리지 않아. 그럼 다녀온다."

루그는 짧게 설명하고는 천천히 수풀 사이를 나아가기 시작했다. 걸을 때도 특수한 기술을 사용했기 때문에 숲 속을 걷고 있다고는 믿어지지 않을 정도로 소리가 거의 나지 않았다. 마빈은 그렇게 멀어져 가는 루그를 보면서 어안이 벙벙해질 수밖에 없었다.

〈루그.〉

"왜 그래?"

마빈과 20미터 가까이 거리를 벌리자 그제야 루그가 물었다. 아까부터 귀찮을 정도로 계속 이름을 불러대는 게 뭔가 이유가 있다는 느낌이 들었던 것이다.

과연 볼카르는 루그의 기대 이상으로 충격적인 대답을 들려주었다.

〈저놈들 중에는 오크 샤먼이 없다.〉

"없다고?"

루그의 눈썹이 치켜 올라갔다. 볼카르가 말을 이었다.

〈저놈들 중에는 오크 샤먼이 없다. 적어도 내가 감지해 낼수 있는 한도에선 그렇다.〉

"확실해? 그럼 아버지는 대체 왜 그렇게 큰 피해를 입었던거지?"

〈대신 저놈들 중에는 용제가 있다.〉

"뭐?"

루그는 깜짝 놀라고 말았다. 오크 샤먼이 없는 거야 애당초그냥 근거없는 가정이었으니 그렇다 치자. 그런데 용제가 있다고?

〈이 느낌은 확실히 용제의 것이다. 용제로서는 능력도, 마력도 그리 강하지 않은 것 같지만…….〉

"전에 용족이 아닌 용제는 드래곤이 외유하다가 그 종족과이런 짓 저런 짓을 해서 낳은 놈, 혹은 그 후손이라고 했지?"

〈그렇다.〉

"…오크랑 그런 짓을 하다니, 그 드래곤이 누군진 몰라도진짜 용자로군. 너무 존경스러워서 절대 가까이하고 싶은 용기와 취향의 소유자다."

오크랑 하룻밤을 보내서 자손까지 낳다니, 상상만 해도 소름 끼치는 일이라 루그는 몸을 부르르 떨었다. 하지만 볼카르는 좀 의견이 다른 모양이었다.

〈드래곤의 감성을 인간의 잣대로 재지 마라. 우리한테는 인간이나 오크나 별로 다르지 않다.〉

"그래서? 설마 너도 오크랑 해본 거야?"

〈그, 그렇지는 않다만.〉

"꺼리는 게 나한테까지 느껴지는군. 어휴, 가증스러운 드래곤 같으니."

〈…….〉

루그가 비아냥거리자 볼카르는 반박할 말이 없는지 입을 다물었다. 루그는 헤헹 하고 승리자의 웃음을 지으면서 화제를 돌렸다.

"어쨌든 그럼 기사들이 큰 피해를 내고서야 잡을 수 있을 정도의 용족이 저 속에 있다고 봐야 하나?"

볼카르는 대답하지 않았다. 하지만 마치 그의 대답을 대신하려는 듯 날아드는 물체가 있었다.

파밧!

루그의 손이 전광석화처럼 움직였다. 전방에서 날아든 투척용 단검을 쳐내기 위해서였다.

"큭, 역시 보초를 숨겨두고 있었나?"

수풀 사이에서 녹색의 피부와 울퉁불퉁한 근육을 가진 오크들이 모습을 드러내고 있었다. 루그는 혀를 차며 뒤로 물러나려고 했다. 그런데 뒤쪽에서도 오크들이 나타나서 그의 퇴로를 차단했다.

"뭐야? 내 이목을 속이고 이동한 건가?"

〈아니다. 아무래도 여기까지 오는 동안 적들에게 발각된 것 같다. 지금 칼을 던진 놈도 밑에서 암벽을 타고 올라왔다.〉

"뭐? 어떻게 된 거지?"

루그는 당황했다. 여기까지 오는 동안 충분히 조심했고, 오크들이 움직이는 기색도 없었다. 그런데 갑자기 포위당해 버렸으니 그럴 수밖에.

볼카르가 자신의 추측을 말했다.

〈용제의 능력이 아닐까 생각된다. 용제라면 예민한 감각을 갖는 것이 당연하다. 근처에 인간이 나타났다는 사실을 감지한 게 아닐까?〉

"완전히 바보짓 했네. 그걸 알고 복병을 숨겨둘 정도라면 그놈은 머리도 좋다는 거잖아? 오크도 용제가 되면 이렇게 머리가 좋아지나?"

〈당연한 일이다. 하지만 아직 저 용제가 오크인지 아닌지는 모른다.〉

"사실 아무래도 상관없긴 하지만."

놀라운 일이었다. 수백 미터 밖에서 루그와 마빈의 존재를 감지해 낸 것도 그렇지만, 우둔한 것으로 유명한 오크 주제에 자신들을 정찰하러 온 이쪽을 속이고 뒤통수를 칠 준비를 하고 있었을 줄이야.

'하지만 그렇게까지 똑똑한 편은 아니군. 나였으면 차라리 우리는 그대로 돌려보내서 거짓 정보를 가져가게 하고, 본대가 왔을 때 뒤통수를 쳤을 텐데… 아니, 아직 본대가 왔다는 사실은 모르고 있나?'

어찌 됐든 난감해진 것만은 분명했다. 암벽을 타고 무장한 오크 전사가 네 놈이나 올라왔고, 뒤도 세 놈이 가로막고 있었다.

"일곱이라……. 그나마 탁 트인 곳에서 싸우게 되지 않은 것을 다행으로 여겨야겠군."

루그는 그렇게 중얼거리며 뒤를 돌아보았다. 뒤를 막은 세 마리의 오크 너머에 마빈이 당황한 표정으로 서 있었다. 루그는 그를 향해 빨리 가라는 손짓을 한 다음 등을 나무에 붙이고 오크들이 양쪽에서 좁혀 들어오는 것을 지켜보았다.

'나무들을 이용해서 빠져나간 뒤에 놈들을 흩어뜨린다.'

행동을 결정한 루그는 오크들이 10미터 이내로 좁혀오기 전에 땅을 박차고 위로 뛰어올랐다. 그리고 나뭇가지를 잡고 한 번 더 도약, 그대로 위에 올라섰다.

"어디 날 잡아보시지!"

강체술을 연마한 루그의 신체 능력이라면 숲에 우거진 나무들을 이용해서 입체적으로 움직일 수 있었다. 루그는 나뭇가지들 위를 뛰어다니며 적들을 마빈이 있는 곳과는 멀리 떨어진 곳으로 유인하기 시작했다.

〈어쩔 생각인가?〉

"형세가 불리하니 일단은 좀 흩어놔야지. 아우, 예전이었으면 그냥 정면으로 박살 내고 저놈들 본거지로 뛰어들어 갔을 텐데."

〈그러게 마법을 배울 것이지. 그랬다면 적들 중에 용제가 있다는 것도 더 빨리 알아차렸을 것이고, 그놈의 감각을 속일 방법도…….〉

"이럴 때는 제발 좀 닥쳐줘. 도움 되는 이야기나 해라."

〈요구대로 해주지. 뒤에서 한 놈이 너를 향해 창을 던지려고 한다.〉

"응?"

루그는 뒤를 돌아보았다. 그러자 다른 오크들보다 머리 하나는 더 큰 거구의 오크가 창을 잡고 팔을 젖히는 게 보였다.

쉬이이잉!

곧 무시무시한 힘으로 던져진 창이 루그가 있던 자리를 관통하고 지나갔다. 오크의 겨냥이 정확하다는 사실을 깨달은 루그가 곧바로 나무 아래로 뛰어내린 것이다.

"오크 주제에 정확성까지 갖추다니, 건방지게!"

그렇게 놀라는 루그에게 오크 전사들이 따라붙었다. 머리는 우둔하지만 전투적인 감각은 뛰어난 오크들은 투창 공격으로 루그의 발을 묶고 그새 다른 오크들이 따라붙게 한 것이다.

"아, 이놈들, 진짜 왜 이렇게 머리가 잘 돌아가?"

루그는 투덜거리면서 왼손으로 검을 뽑아 들었다. 아직 강체술 4단계를 완벽하게 터득하지 못했기 때문에 검을 쓸 수밖에 없었다.

"크워!"

지척까지 다가온 오크 전사 하나가 창을 찔렀다. 오크들은 제대로 된 제련 기술을 갖지 않아서 인간들에게 약탈한 것 외에는 원시적인 무기를 쓰는 경우가 많았고, 이 창 역시 곤봉 위에다 부러진 칼날을 갈아서 붙여놓은 괴상한 것이었다.

콱!

루그는 그것을 옆으로 비껴내고는 돌진해 들어갔다. 아직 열다섯 살의 몸이다 보니 평균 신장이 인간보다 큰 오크가 엄청나게 거대해 보인다.

"하앗!"

루그가 기합과 함께 오른 주먹을 내질렀다. 왼손에 쥔 검으로 찌르기를 비껴내고 동시에 내지르는 오른 주먹의 일격은 오크 전사에게 대응할 틈을 주지 않았다. 그리고 체격 차 때문에 루그의 주먹을 우습게 본 오크 전사는 한 대 맞자마자 반격을 가하려고 손을 들어 올리고 있었는데, 그것은 치명적인 실수였다.

쾅!

폭음이 울리며 오크 전사가 피를 토하며 쓰러졌다. 갈비뼈가 죄다 으스러지고 내장이 파열되는 일격이었다.

"흥! 내가 약해졌어도 네놈들 따윈 상대도 안 되거든?"

루그는 경악하는 오크들에게 코웃음을 치고는 빠져나갈 틈을 찾아 주변을 둘러보았다. 하지만 그새 다가온 다른 오크들이 사면을 포위하고 있어서 길이 보이지 않았다.

'끄응. 다시 나무 위로 올라가서 곡예를 해야 하나?'

루그는 예전 사부에게 수련받을 때 숲 속에서 다수와 싸우는 상황을 상정해서 원숭이 뺨치게 움직일 수 있는 훈련을 했다. 비록 육체 능력도, 강체력도 그때보다는 일천하지만 충분히 적들을 혼란시킬 움직임을 보일 수 있으리라.

그런데 그때였다. 오크들의 뒤쪽에서 누군가 뛰어들더니 검광이 번뜩였다.

파학!

날카로운 파육음과 함께 오크 전사 하나가 쓰러졌다. 그 뒤쪽에서 나타난 얼굴을 본 루그의 표정이 일그러졌다.

"마빈!"

마빈이 도망치지 않고 나타나서 오크들의 포위망을 뚫은 것이다. 마빈이 그 틈으로 뛰어들어서 옆에 서자 루그가 신경질적으로 물었다.

"이 자식아, 대체 왜 온 거야?"

"아무리 너라도 같은 편인데 오크들한테 죽게 놔둘 수는 없었으니까."

"난 혼자서도 충분히 빠져나갈 수… 아니, 지금 이런 소리 할 때가 아니지. 정찰하다가 문제가 생겼으면 일단 돌아가서 알려야 할 것 아냐. 이러다 너까지 잘못되면 어쩌려고 돌아왔냐?"

"왜 도와주러 와도 성질이야?"

"하는 짓이 워낙 바보 같으니 그렇지! 게다가 한 놈 쓰러뜨렸다고 의기양양해서 포위망 속으로 들어오면 어떡하냐! 밖에서 다른 놈을 상대해서 혼란을 일으켜야지!"

"어?"

그 지적에 마빈이 눈을 크게 떴다. 생각해 보니 일리있는 지적이었기 때문이다.

루그가 답답하다는 듯 가슴을 쳤다.

"아우, 이런 놈을 동생이라고."

"시, 시끄러워! 이런 상황은 처음인데 그런 걸 생각 못할 수도 있는 것 아냐!"

"그러다 죽으면 변명도 못한다. 어쨌든 등 붙여. 이렇게 됐으니 죽기 살기로 싸우는 수밖에. 절대 당황하지 말고 아버지한테 배운 대로 해라."

마빈도 어려서부터 기사가 되기 위한 훈련을 받았을 테니 이런 상황에도 충분히 대처할 수 있을 것이다. 그렇게 생각하고 믿음을 가지려고 한 루그의 기대감을 통째로 무너뜨리는 대답이 들려왔다.

"…혼자서 여러 놈하고 싸우는 법은 안 배웠는데."

"……."

차라리 이놈을 여기서 죽여 버리고 백작 부인도 암살한 다음 후계자 자리 먹어버릴까? 루그는 순간적으로 그런 생각마저 떠올렸을 정도로 속에서 열이 확 치솟는 것을 느꼈다.

"아, 진짜 아버지는 인생에 도움이 안 되는군. 욱해서 공격해 들어가지 말고 방어에 치중해라. 내 등은 네게 맡긴다."

"알겠어."

강한 척 대답하긴 했지만 마빈의 목소리는 떨리고 있었다. 혹독한 훈련을 받으며 강체술을 익히긴 했지만 아직 열세 살의 소년일 뿐이었다. 실전 경험도 있긴 했지만 이렇게 궁지에 몰려본 적은 처음이다 보니 두려움이 몰려오는 것은 어쩔 수 없었다.

"마빈, 무서운 게 당연하다. 하지만 겁을 먹은 놈이 먼저 죽는 법이야. 난 너를 믿겠다. 그러니까 너도 나를 믿어."

루그는 그렇게 속삭이고는 전방을 노려보았다. 오크들은 주변을 포위한 채 신중하게 이쪽을 살피고 있었다. 한 명이 죽었는데도 곧바로 공격해 들어오지 않는 것은 루그와 마빈의 툭탁거리는 꼴이 신기했기 때문일까, 아니면 다른 이유가 있어서일까?

그 의문에 대답해 준 것은 볼카르였다.

〈용제가 가까이 오고 있다.〉

"역시 인간들이군."

약간 어색한 발음으로 말한 것은 오크였다. 인간의 장비를 이것저것 통일성이라곤 없이 몸에 걸친 오크 하나가 본거지 쪽에서 다가오고 있었다. 그리고…….

쉿쉿. 쉬이잇.

가까이 다가올수록 기분 나쁘게 쉿쉿거리는 소리가 울리는 커다란 덩치의 무언가가 그 뒤를 따르고 있었다. 엄청 덩치가 큰 주제에 걸을 때 별로 소리가 나지 않는 그것을 본 루그가 숨을 삼켰다.

"자이언트 리저드라니… 저거 용족이었어?"

8

그것은 일반적으로 사람들이 '도마뱀'이라고 부르는 것의 부피를 수백 배로 늘려놓은 것 같은 연록색의 존재였다. 네발로 서 있는데도 머리가 루그보다 약간 낮은 위치에 있을 정도인데다가 바위처럼 단단해 보였으며, 날렵해 보이는 혀를 날름거리며 쉿쉿거리는 소리를 낼 때마다 그 속에서 희미한 불길이 흘러나와서 허공으로 흩어지고 있었다.

볼카르가 말했다.

〈꽤나 열등한 놈이긴 하지만, 용족에 속해 있긴 하다. 워낙 본능이 강해서 오히려 통제하기 어려운 놈인데 저놈은 그냥 죽자고 제어력을 집중해서 이거 하나만 거느렸나 보군.〉

'끄응. 이놈 때문에 아버지가 그렇게 큰 피해를 입었던 거군. 근데 입에서 불을 쓰는 놈을 숲 속에서 쓰려고 하다니, 이놈 제정신인가?

루그는 그런 생각을 하며 오크 용제를 바라보았다. 두터운 칼을 든 오크 용제는 여유있는 표정으로 루그와 마빈을 살피더니 물었다.

"인간, 왜 여기 왔나?"

"딱히 이유가 있어서 온 것은 아닌데? 우리는 그냥 지나가는 길이야."

루그가 시치미를 떼고 대답했다. 그러자 오크 용제가 코웃음을 쳤다.

"거짓말. 네놈들은 일부러 우리 가까운 곳으로 움직였다. 한패가 있지?"

'…오크 주제에 왜 이렇게 머리가 좋은 거냐고.'

속으로 투덜거리는 루그의 침묵을 긍정으로 해석한 것인지 오크 용제가 말했다.

"이미 산 아래로 알아볼 놈들 보냈다. 패거리가 몇인지 알아내서 네놈들을 인질로 써서 교섭한다."

"교섭? 무슨 개소리를 하는 거야?"

발끈해서 그렇게 따진 것은 루그가 아니고 마빈이었다. 오크 용제의 시선이 자신에게 향하자 마빈이 화를 내며 말을 이었다.

"네놈들은 이미 우리 영지의 마을을 약탈했어. 그런데 아버지께서 네놈들을 그냥 두실 것 같아? 교섭 따위는 어림도……."

"아버지? 너는 인간 지배자의 아들인가? 그럼 훌륭한 교섭거리다."

"아……."

순간 마빈의 얼굴에 아차 하는 표정이 떠올랐다. 그는 어떻게든 자신의 말을 얼버무리려고 했다.

"그렇지 않아. 그, 그러니까 우리 아버지는 백작님을 모시는 기사라고."

"인간, 거짓말을 할 때는 믿을 만하게 해야 한다. 너는 바본가?"

"……."

오크에게 바보라는 소리를 들은 마빈은 충격으로 할 말을 잃었다. 루그가 한심하다는 듯 혀를 찼다.

"쯧. 오크한테 바보라는 소리를 듣고 왜 사냐? 콱 여기서 자살해 버려."

"시끄러워. 크윽."

"후우, 이런 놈을 미래의 백작으로 모셔야 할 사람들이 불쌍하군."

동시에 마빈의 머릿속에 루그의 목소리가, 방금 전에 귀로 들은 것과는 다른 이상한 울림을 담아 들려 왔다.

—마빈, 내가 기회를 봐서 뒤쪽을 뚫겠다. 그럼 냅다 튀어.

"어?"

마빈이 놀라서 눈을 동그랗게 떴다. 너무나도 순진한 반응에 루그는 마빈의 옆구리를 팔꿈치로 한 대 쿡 찔러준 다음 다시 말했다.

—무식한 놈아, 트랜스 메시지도 모르냐? 들은 척하면 어떡해?

트랜스 메시지는 강체술의 고급 응용 기술 중 하나였다. 들어가는 강체력은 거의 없지만 어지간히 강체술 운용이 세련되지 않으면 터득할 수 없는 기예다. 마법으로 통신하는 것과 비슷하게 자신의 강체력을 근거리에 있는 상대의 육체와 공명시켜서 뜻을 전할 수 있었다.

—내가 신호하면 바로 뛰어. 기회는 한 번뿐이야.

루그는 트랜스 메시지로 마빈에게 말하면서 동시에 오크 용제에게 말했다.

"우리가 순순히 항복하면 더 이상 위해를 가하지 않을 텐가?"

"너, 우리 동료 죽였다."

"하지만 인질은 무사해야 쓸모가 있는 법이지. 참고로 내가 이 녀석의 형이다. 우리 둘을 인질로 삼아서 아버지랑 잘 교섭하면 돈을 꽤 받아낼 수 있을 거야. 너한테도 나쁜 장사는 아닐 텐데?"

"흐음……."

루그의 말에 오크 용제가 고민하는 모습을 보였다. 루그는 긴장한 표정으로 그의 대답을 기다렸다.

"좋다. 항복하면 편하게 대우하겠다."

"교섭 성립이군. 너도 명예를 아는 오크이니 한 입으로 두 말하진 않겠지?"

"물론이다. 오크는 거짓을 말하지 않는다."

"야, 진짜 항복할 생각이야?"

마빈이 믿을 수 없다는 듯 물었다. 루그가 눈살을 찌푸리며 대답했다.

"그럼 너 지금 여기서 빠져나갈 방법 있어? 이놈들은 그렇다 치고 저게 있는데?"

루그가 쉿쉿거리며 약한 화염을 뿜어내고 있는 자이언트 리저드를 가리키자 마빈이 침을 꿀꺽 삼켰다. 자이언트 리저드는 황소보다도 덩치가 큰 주제에 움직일 때는 거의 소리가 나지 않았고, 암벽을 타고 올라올 정도로 날렵하기까지 했다. 숲 속에서 저것과 싸우면 이기기는커녕 무사히 도망칠 확률도 거의 없었다.

동시에 루그가 트랜스 메시지로 말했다.

—검은 버리는 셈 치고 포기해. 길을 뚫자마자 냅다 달린다. 자이언트 리저드는 엄청 빠르니까 죽기 살기로 달려야 해. 알겠지?

그 말에 마빈은 흠칫하며 루그를 바라보더니 곧 미미하게 고개를 끄덕였다. 루그는 양손을 머리 위로 올리며 말했다.

"그럼 칼을 버리지. 다른 무장은 네 부하들 시켜서 직접 해제시켜. 그럼 되지?"

"좋다."

오크 용제가 고개를 끄덕이자 루그는 검을 떨어뜨렸다. 곧 마빈도 순순히 검을 버리고 양손을 머리 위로 올렸다.

오크 용제가 눈짓하자 오크들이 둘씩 짝을 지어서 슬금슬금 다가왔다. 두 사람이 반항하는 기색이 없자 몸을 숙이고 몸을 더듬거리며 무장을 해제시킨다. 루그와 마빈 둘 다 허리춤과 다리 쪽에 유사시를 대비해 단검을 달아두고 있었던 것이다.

—마빈, 간다!

오크들이 단검을 떼기 위해 몸을 숙이는 순간, 루그가 움직였다. 머리 위로 올렸던 양팔에 힘을 주어서 전광석화처럼 내려친다.

뻐걱!

둔탁한 소리가 울려 퍼지며 오크들이 주저앉았다. 루그는 발을 들어서 쓰러지는 오크 하나의 머리통을 걷어찬 다음 곧바로 몸을 돌리며 주먹을 뻗었다.

빡!

폭음이 울리며 마빈에게 붙었던 한 마리가 피를 토하며 날아가 버렸다. 루그는 당황해서 몸을 일으키는 또 한 마리의 안면을 무릎으로 갈기고, 휘청거리는 순간 팔꿈치를 휘둘러서 쓰러뜨렸다. 그리고 마빈의 몸을 치며 소리쳤다.

"뛰어!"

사전에 루그의 신호를 받았던 마빈은 지체없이 뛰기 시작했다. 루그는 그 뒤를 따라 오크들 사이를 빠져나가면서 뒤를 돌아보았다. 그리고 혀를 찼다.

'칫. 역시 위력이 충분히 안 나왔어.'

쓰러졌던 오크들 중 두 마리가 비틀거리며 몸을 일으키고 있었다. 한 놈은 쓰러질 때 걷어찼고, 또 한 놈은 돌격하면서 충분히 힘을 실은 주먹으로 쓰러뜨렸지만 나머지 두 놈은 잠간 쓰러져 있을 정도의 타격밖에 받지 않은 것이다. 예전의 루그였다면 한 방에 한 놈씩 죽일 수 있었겠지만 지금은 힘이 부족했다.

"칼방트! 죽여라!"

오크 용제가 분개해서 소리치자 자이언트 리저드가 불을 뿜으며 달려오기 시작했다.

9

뒤에서 자이언트 리저드가 움직이는 기척을 느낀 마빈은 온몸의 털이 거꾸로 서는 것 같았다. 웬만한 맹수는 작은 놈 취급할 정도로 덩치가 큰데다가 입에서 불까지 뿜는 놈이다. 붙잡히게 되면 곧바로 몸이 으스러져서 먹이가 될 확률이 높았다. 그렇게 생각하자 공포감이 밀려오면서 달리는 속도가 더더욱 빨라졌다.

하지만 한동안 그렇게 달리던 마빈은 문득 이상함을 느꼈다. 뒤에서 거대한 뭔가가 쫓아오는 기척이 느껴지지 않았기 때문이다.

"어?"

뒤를 돌아본 마빈은 깜짝 놀라고 말았다. 자이언트 리저드는 물론이고 오크들도 자신을 쫓는 기색이 없었기 때문이다. 그리고 당연히 뒤를 따라오고 있는 줄 알았던 루그의 모습도 보이지 않았다.

"설마……"

마빈은 불길한 예감을 느끼며 옆에 있는 나무를 타고 올라갔다. 루그처럼 나무를 이용해서 움직이는 전문적인 훈련을 받은 것은 아니었지만, 어려서부터 나무 타기는 많이 해봤기 때문에 쉽게 가지 위로 올라설 수 있었다.

나무 위에 서서 보니 멀리서 무슨 일이 벌어지는지 볼 수 있었다. 마빈은 오크 용제를 중심으로 모여서 느긋하게 이동하고 있는 오크들과 그 수십 미터 앞쪽에서 자이언트 리저드의 추적을 받으며 필사적으로 도망치고 있는 루그의 모습을 확인할 수 있었다.

"크윽."

마빈이 입술을 깨물었다.

어떻게 해서 이런 상황이 벌어진 것인지는 쉽게 추측할 수 있었다. 루그는 마빈을 먼저 보내고는 뭔가 수를 써서 자이언트 리저드의 시선이 자신에게 향하게 했다. 그리고 마빈이 도망친 곳과는 다른 방향으로 달려간 것이다.

"저 바보 자식!"

자신을 구하려고 스스로의 목숨을 위태롭게 한 루그의 행동에 마빈은 울컥 화가 치솟았다. 곧바로 나무에서 뛰어내려서 루그가 있는 곳으로 발걸음을 옮기려고 했지만, 곧 자기가 가봤자 할 수 있는 일이 아무것도 없다는 사실을 깨달았다. 그리고 지금 해야 하는 일이 무엇인지도.

"죽지 마라."

마빈은 그렇게 말한 뒤 분한 마음으로 이를 갈며 산 아래로 달리기 시작했다. 자신들을 기다리고 있을 백작에게 이 사실을 전하고 루그를 구하기 위해서.

루그는 마빈이 생각한 대로 그를 도망치게 한 뒤에 자이언트 리저드의 관심이 자신에게만 쏠리게 만들었다. 방법은 간단했다. 돌을 집어 던져서 머리에 맞추는 것만으로도 자이언트 리저드는 이성을 잃고 폭주하기 시작했다.

화아아아악!

"앗, 뜨뜨!"

지척까지 따라온 자이언트 리저드가 입을 벌리고 불을 뿜어내자 후끈한 열기가 등 뒤를 훑고 지나갔다. 다행히 둘 다 일반인이 전력 질주하는 것보다도 더 빠른 속도로 달리고 있었기 때문에 불길이 강한 기세를 갖지 못하고 흩어져 갔고, 불길을 내뿜느라 호흡이 흐트러진 자이언트 리저드와 루그 사이의 거리가 10미터 가까이 벌어졌다.

"헤헹! 그깟 불로 날 어떻게 할 수 있을 줄 알고? 산에서 불장난하면 오줌 싼다, 이것아!"

〈자이언트 리저드는 인간과는 달리 언제 어디서 오줌을 싸든 그걸 수치로 생각하진 않을 것 같다만.〉

"지금 그런 트집 잡고 있을 때냐?"

어이없어하면서 볼카르에게 한마디 하는 사이 자이언트 리저드가 다시 거리를 좁혀왔다. 아무리 루그가 빠르게 달려도 보폭이 큰데다가 사족보행으로 움직이는 자이언트 리저드를 뿌리치긴 어려웠다.

쉬이이잇!

잡힐 듯 말 듯 계속 도망치는 루그 때문에 스트레스를 받았는지, 자이언트 리저드가 기분 나쁜 소리를 지르면서 냅다 몸을 날렸다. 초감각으로 그 움직임을 읽은 루그는 섬뜩함을 느끼며 옆으로 몸을 피했다.

콰자작!

돌처럼 단단한 피부에 엄청난 체중이 더해진 돌격은 아름드리나무 세 그루를 쓰러뜨리는 무시무시한 결과를 낳았다. 급하게 피하느라 땅을 데굴데굴 구른 루그는 잽싸게 일어나며 숨을 골랐다.

"무서운 놈. 잘못 걸리면 진짜 뼈도 못 추리겠는데."

죽기 살기로 달리다 보니 점점 체력이 떨어지고 있었다. 루그는 초조함을 느끼며 나무 위로 뛰어올랐다. 여기서부터는 원숭이 같은 움직임으로 녀석을 교란시켜 볼 생각이었다.

"볼카르, 저놈, 수영도 잘해? 불을 뿜는 놈이니까 물에 약하지 않을까?"

〈잘한다. 가끔 물 위에 떠서 잠도 자지.〉

"젠장. 그럼 물가로 유인하는 것은 의미없겠고… 암벽도 잘 타지?"

〈암벽도 못 타는 도마뱀도 있나?〉

"…아악! 빠져나갈 방법이 생각 안 나네. 미치겠다. 그냥 아버지가 올 때까지 계속 빙빙 돌면서 도망 다녀야 하나?"

회귀하기 전이었으면 그냥 호쾌하게 주먹질로 때려눕혔을 텐데, 지금 상태로는 전심전력을 다한 일격으로도 이놈을 쓰러뜨릴 자신이 없었다. 한 방에 사람만 한 바위조차 부술 수 없는 연약한(?) 주먹으로는 자이언트 리저드를 쓰러뜨릴 수 없었다.

화아아아악!

"으악, 이 미친놈아!".

나무들 사이에 묻혀 있던 자이언트 리저드가 고개를 들고 불을 뿜어내자 루그가 비명을 지르며 나무 아래로 뛰어내렸다. 한참 전력 질주하다가 뿜어냈을 때와는 달리 충분한 기세를 담고 10미터 가까이 뿜어지는 불길은 산불 내기에 충분한 위력이었다.

"빌어먹을! 왜 이렇게 위험한 놈을 숲 속에 데리고 왔냐고!"

자이언트 리저드는 원래 황야에서 서식하는 놈이었다. 숲 속에서 서식하는 놈이었으면 불을 뿜는 능력 따윈 갖고 있지 않았을 것이다. 즉, 오크 용제가 이끄는 오크 부족은 황야를 떠돌다가 아스탈 영지로 흘러들어 왔다는 결론이 나온다.

'물론 지금 중요한 것은 그게 아니지!'

저 오크들이 어디서 왔든 상관없다. 문제는 여기서 산불이 나면 진짜 상상도 하기 싫은 피해가 날 것이라는 점이다.

"볼카르! 뭔가 도움 되는 제안 없어?"

〈…네가 나한테 마법을 배웠다면 수백 가지의 방책을 생각해 낼 수 있겠다만, 그렇지 않은 관계로 딱히 생각나는 것이

없군.〉

"진짜 중요할 때는 도움이 안 되는 드래곤이네!"

화아아악!

루그가 도망치지 않고 있자 자이언트 리저드가 재차 불길을 뿜어냈다. 루그는 날아드는 불길을 피하는 대신 양손을 앞으로 뻗어서 크게 원을 그리며 휘둘렀다.

〈호오?〉

그 직후 일어난 현상에 볼카르가 흥미로워하는 기색을 보였다. 루그가 양팔로 그린 원 안에 특수한 성질을 띤 강체력이 집중, 불길이 거기에 맞고 사방으로 흩어졌기 때문이다.

두근.

동시에 기묘한 감각이 엄습해 왔다. 루그 자신이 사용한 방어술에 부딪쳐 흩어지는 불길의 움직임이 느릿느릿하게 보이기 시작한 것이다. 산산이 부서져서 허공으로 스러져 가는 불씨 하나하나가 눈에 들어오면서 이상한 울렁거림이 느껴진다.

'뭐지?'

루그는 의문을 느끼면서도 미리 생각한 대로 움직였다. 발끝으로 돌멩이 하나를 차올린 다음 오른손으로 그것을 쥐고 강체력을 집중한다. 우웅, 하고 공명음이 울릴 정도로 강체력이 실리자 전력을 다해서 자이언트 리저드에게 집어 던졌다.

퍽!

둔탁한 소리와 함께 자이언트 리저드의 고개가 젖혀졌다. 아까 전에 주의를 끌기 위해 집어 던졌던 것과는 차원이 다른 위력을 자랑하는, 강체술의 응용 기술로 힘을 주입시킨 뒤에 10미터 정도의 근거리에서 투척한 돌멩이다. 일반인이라면 머리가 수박처럼 터져 버릴 위력이었다.

〈설마 싸울 생각인가?〉

"저놈이 더 이상 불을 뿜게 놔두면 위험해! 최소한 불은 못 뿜게 만들어야지!"

루그는 그렇게 대답하며 자이언트 리저드에게 돌진했다. 스스로도 무모한 짓이라고 생각했지만 여기서 그냥 도망치다가 산불이 나면 진짜 돌이킬 수 없게 된다. 영지에 엄청난 피해가 가는 것은 물론, 불이 번지는 속도가 빠를 경우 자신도 불속에서 죽는 수가 있었다.

"하얏!"

루그는 기합과 함께 혼신의 일격을 날렸다. 땅을 박차고 몸 전체를 내던지는 듯한 기세로 주먹을 내질러서 자이언트 리저드의 몸통을 후려갈긴다.

투학!

루그의 주먹이 자이언트 리저드의 몸통에 작렬하며 둔탁한 소리가 울려 퍼졌다.

"크윽……."

완벽하게 일격이 들어갔건만 루그의 표정은 낭패감으로

일그러져 있었다. 자이언트 리저드의 가죽이 워낙 두껍고 단단해서 때렸을 때 일어난 반발력으로 팔이 아플 뿐, 전혀 타격을 준 느낌이 없었기 때문이다.

'역시 몸통을 때려봤자 큰 타격은 줄 수 없겠어.'

이래서야 몇 방을 때려도 쓰러뜨릴 수 없다. 게다가 때리는 동안 자이언트 리저드가 계속 맞아줄 것 같지도 않았다. 그렇게 판단한 루그는 머리를 노리기로 했다. 돌멩이로 후려쳐서 허점을 만든 지금 머리를 집중 타격해서 쓰러뜨리거나, 최소한 불을 마음껏 뿜을 수 없는 상태로 만들어놔야 했다.

휘리릭!

하지만 루그는 자이언트 리저드의 맷집을 우습게 보고 있었다. 인간의 머리를 터뜨리고도 남을 정도의 돌팔매질이라 잠시 동안은 정신이 나갔으리라 생각했건만, 머리 쪽으로 접근하는 순간 등 뒤에서 섬뜩한 소리가 울렸던 것이다. 길게 뻗어 있는 자이언트 리저드의 꼬리가 채찍처럼 휘둘러지고 있었다.

'이런!'

루그는 황급히 그것을 피해냈다. 휘어지며 날아들던 꼬리 끝이 루그의 몸을 스치고 지나갔다.

촤악!

그것만으로도 루그가 걸치고 있던 가죽 갑옷이 종잇장처럼 찢겨져 나갔다. 하지만 루그는 섬뜩해하고 있을 여유조차 없었다. 꼬리가 스치고 지나간 충격으로 인해서 몸이 그대로 한 바퀴 돌아버렸기 때문이다.

"크악!"

루그는 겨우 쓰러지지 않고 균형을 잡을 수 있었다. 하지만 고개를 드는 순간 자신이 치명적인 실수를 저질렀다는 사실을 깨달았다. 한번 휘둘러졌다가 되돌아온 자이언트 리저드의 꼬리는 도저히 피할 수 없는 타이밍으로 날아들고 있었다.

'이판사판이다!'

루그는 양팔을 들어 앞을 막았다. 동시에 강체력을 집중해서 방어술을 시전했다.

투학!

호쾌한 타격음이 울려 퍼지며 루그의 몸이 몇 미터나 허공으로 떠올랐다. 루그는 충격으로 내장이 진탕하는 것을 느끼면서도 허공에서 몸을 바로잡고 착지했다. 하지만 자이언트 리저드의 꼬리에는 아름드리나무를 꺾어버릴 정도의 힘이 담겨 있었는지라 다리가 풀려서 그대로 주저앉고 말았다.

"쿨럭! 주, 죽을 뻔했네."

10

볼카르가 신기해하며 물었다.

〈팔이 부러지진 않았군. 놀랍다. 어떻게 한 거지?〉

"내가 지금 그거 대답해 주고 있을 만큼 한가해 보이냐?"

루그가 신경질적으로 쏘아붙이며 자이언트 리저드를 노려
보았다. 자이언트 리저드는 꼬리를 채찍처럼 휘둘러대면서
몸을 일으키고 있었다.

"저놈의 꼬리, 진짜 골치 아프네."

방금 전, 루그는 비장의 기술을 써서 목숨을 건졌다. 강체
술 4단계의 기술을 양팔에 적용시켜서 강철보다도 단단한 강
도를 구현하고, 날아든 꼬리가 그 위에 작렬하는 순간 스스로
뒤로 뛰어올라서 충격을 최소한으로 줄인 것이다.

강체술 4단계는 일정량 이상의 강체력을 갖추지 못하면 결
코 도달할 수 없는 경지다. 그러나 과거에 강체술 5단계에 도
달했던 루그는 세련된 강체력 운용 기술을 이용해서 편법으
로 4단계 기술을 사용하는 데 성공했다. 본래 4단계는 한번
발동시키고 나서 계속 유지하는 것을 기본으로 하지만 일시
적으로 힘을 집중시켰을 때만 사용하는 편법을 완성한 것이
다.

쉬이잇. 쉬윗.

자이언트 리저드는 섣불리 달려들지 않고 루그를 노려보
았다. 방금 전에 당한 일격과 자신의 꼬리를 맞고도 멀쩡하게
일어나는 모습을 보고 경계심이 생긴 모양이었다.

그때 볼카르가 말했다.

〈대책이 생각났다.〉

"뭔데?"

〈너도 용제의 힘을 일깨우면 된다. 모든 용제의 정점에 선 드래곤인 내 영혼을 품은 너라면 저능한 오크와는 비교도 안 되는 지배력을 행사할 수 있을 것이다.〉

"이제까지 전혀 용제가 될 조짐이 없었는데 무슨 수로 이 자리에서 용제의 힘을 일깨우라는 거야?"

〈믿음을 가져라. 너는 드래곤의 영혼을 품었고, 드래곤을 쓰러뜨릴 운명을 가진 자. 네 안에 잠들어 있는 무한한 가능성을 믿어라. 흔들리지 않는 믿음이 네 안에 잠든 용제의 힘을 깨어나게 할 것이다.〉

"지금 자아성찰하고 있을 만큼 여유있는 상황 아니거든?"

〈죽음이 가까이 있는 상황이기에 더더욱 스스로에 대한 믿음이 빛나는 가치를 지니는 것이다. 믿어라. 그리고 그 믿음을 실은 말이 마법의 언령이 되기를 기원해라. 자, 따라 해라. 내 안에 잠든 용제의 힘이여, 눈을 떠라!〉

"주문이 너무 쪽팔리잖아. 생각만 해도 부끄럽다."

〈어차피 들을 놈도 없다. 루그, 스스로를 믿어라. 그리고 언령의 힘을 믿어라.〉

"…내 안에 잠든 용제의 힘이여, 눈을 떠라."

루그는 정말 내키지 않는다는 듯 기어들어 가는 목소리로 말했다. 볼카르가 호통 쳤다.

〈전혀 믿음이 느껴지지 않는다! 믿음이 없으면 아무런 의

미도 없다! 확고부동한 믿음을 담아서 더 크게 외쳐라!〉

루그는 어차피 보는 놈도 없으니 쪽팔릴 것도 없고, 진짜 이판사판이라고 생각하며 자기최면을 걸었다. 그래, 사태가 심각하니 부끄러우니 마니를 따질 때가 아니다. 믿어야 한다. 마법의 종사이며 초월적인 지혜를 가진 드래곤의 말을 믿고 자신의 내면에 잠든 힘을 일깨워야만 이 상황을 헤쳐 나갈 수 있었다. 그렇게 마음을 정한 루그가 진지한 목소리로 말했다.

"내 안에 잠든 용제의 힘이여, 눈을 떠라."

〈더 크게!〉

"내 안에 잠든 용제의 힘이여, 눈을 떠라!"

〈네 믿음이 자라나는 것이 느껴진다. 더 크게!〉

"내 안에 잠든 용제의 힘이여……!"

루그가 부끄러움을 완전히 벗어 던지고 집중하기 시작한 순간, 가슴속에서 뜨거운 고동이 느껴지는 것 같았다. 그리고 루그의 행동을 이해할 수 없다는 듯 고개를 갸웃거리던 자이언트 리저드가 더 참지 못하고 달려들었다.

자이언트 리저드의 거구가 달려드는 것을 보면서도 루그는 주문을 멈추지 않았다. 그 눈을 똑바로 노려보면서 스스로가 품은 가능성에 대한 확신을 담아 외쳤다.

"…눈을 떠라!"

두근!

심장의 고동이 전신을 울렸다. 그 순간 루그는 자신의 내면에서 뭔가가 깨어났음을 확신했다. 그것이 무엇인지는 알 수 없었지만 볼카르의 말대로라면 용제의 힘일 것이다. 그렇다면 자신의 의지가 똑바로 마주한 시선을 통해 자이언트 리저드를 지배할 것이다!

그리고 자이언트 리저드가 일말의 주저도 없이 루그를 향해 불을 뿜었다.

화아아아악!

"안 되잖아!"

루그는 허겁지겁 불길을 피하면서 소리쳤다. 그 순간 가슴에서 솟아나던 뜨거운 고양감은 온데간데없이 사라지고, 썰렁한 실망감이 그 자리를 대신했다. 이어서 자이언트 리저드가 가하는 몸통박치기와 꼬리 공격을 정신없이 피하면서 루그가 따져 물었다.

"볼카르, 어떻게 된 거야? 용제의 힘을 사용하는 방법 같은 것을 따로 익히지 않으면 저놈을 지배할 수 없는 거냐?"

〈용제의 힘이 깨어나지 않았다.〉

"뭐? 확고한 믿음을 갖고 그 주문을 외치면 용제의 힘이 깨어날 거라며! 난 분명히 뜨거운 고양감 같은 것을 느꼈다고!"

〈그건 아마 네가 주문 외치기에 심취해서 착각한 것 같다. 역시 용제의 힘과 마력은 표리일체이니 마력이 없는 상태에서 믿음만으로 용제로 각성하는 것은 무리였나 보군.〉

"야! 그럼 처음부터 의미없는 짓이었잖아! 왜 시킨 거야!"

〈반대로 용제의 힘이 각성하면 마력도 같이 깨어날 가능성도 있긴 있었으니까 말이다. 나도 혹시나 해서 대충 지어내 본 건데 그렇게 진지하게 따라 할 줄은 몰랐다. 미안하다.〉

"대충 지어낸 주문이었냐!"

〈부디 오늘의 수모를 기억하고 마법에 대한 열망을 더욱 높이길 바란다.〉

"이 개 같은 드래곤, 언젠가 반드시 죽여 버린다!"

〈훌륭한 결의다. 그 결의를 끝까지 이어가도록.〉

"캬아아악!"

루그는 부끄러움으로 얼굴이 새빨개진 채 정신없이 자이언트 리저드의 공격을 피했다. 진짜 오늘 이 순간만큼 볼카르를 자기 안에서 끄집어내서 죽여 버리고 싶은 적이 없는 것 같았다.

콰직!

그렇게 집중이 흐트러졌기 때문일까? 숲 속을 종횡무진 누비며 자이언트 리저드의 공격을 피해내던 루그의 움직임이 흐트러졌다. 자이언트 리저드의 꼬리가 부러뜨린 나무를 피하다가 발이 걸리는 바람에 틈을 내주고 말았다.

자이언트 리저드는 그 틈을 놓치지 않았다. 쓰러지는 나무가 자신의 눈앞을 스쳐 가자마자 입을 벌리고 불길을 뿜어냈다.

화아아아아악!

피할 수도, 방어할 수도 없었다. 루그가 당황해서 눈을 크게 뜨는 순간, 자이언트 리저드의 불길이 가차없이 그 몸을 휘감았다.

"아아아아악!"

루그가 비명을 질렀다. 자이언트 리저드의 불길은 일격에 사람을 재로 만들 정도는 아니었지만 강한 화상을 입혀서 죽음에 이르게 만들기에는 충분한 수준이었다. 거의 반사적으로 팔을 들어 얼굴을 가리긴 했지만 치명상을 피하기 힘들었고, 그렇게 만들어진 틈으로 자이언트 리저드가 추가타를 날리면 죽음을 맞이할 수밖에 없었다.

두근!

그때 또다시 가슴이 고동쳤다. 비명을 지르던 루그는 문득 뭔가 이상하다는 사실을 깨닫고 눈을 떴다.

"…어라?"

어째 예상했던 것과는 달리 조금도 고통스럽질 않았다. 분명 자신을 휘감은 불의 열기가 느껴지긴 하는데 화상을 입은 느낌이 전혀 없다니 이게 어떻게 된 일일까?

"뭐야, 이거?"

루그는 어이없어하며 팔을 들어보았다. 호박색 불길이 몸을 휘감은 채 강하게 타오르고 있었다. 그것을 보던 루그가 믿을 수 없다는 듯 중얼거렸다.

"설마 이거……."

루그는 한 가지 가능성을 떠올리고 눈을 크게 떴다. 동시에 불길의 움직임을 보며 정신을 집중해 보았다. 그러자 팔을 휘감고 있던 불길이 스르륵 살아 있는 것처럼 움직여서 한 지점을 비우는 게 아닌가?

"뭐야? 내가 속성력을 쓸 수 있게 된 건가?"

믿기 어렵지만 아무래도 그런 것 같았다. 불길을 휘감고도 전혀 화상을 입지 않았고, 그 불길을 자신의 뜻대로 조종할 수 있다면 그 외에 다른 가능성을 떠올릴 수 없었다.

〈으음?〉

볼카르도 당황하는 기색이었다. 곧 그가 침착함을 가장하고 말했다.

〈내, 내가 의도한 대로군. 용족과 마주해 믿음으로 내면에 잠든 가능성을 마주하고, 그 불길을 맞으면 본래 내가 가졌던 불의 속성력이 깨어날 가능성이 높다고 판단했지.〉

"…사기를 치려면 정신 감응이라도 끊고 치시지? 엄청 당황하고 있는 게 팍팍 느껴진다, 삼류 사기꾼아."

〈…….〉

볼카르가 입을 다물었다.

흥, 하고 코웃음을 친 루그는 자신을 휘감고 타오르는 불을 신기해하며 바라보았다. 불에 정신을 집중하고 그 움직임을 제어하니 강체력과는 별개의 힘이 내면에서 꿈틀거리는 것이 느껴진다.

"이게 도대체 어떻게 된 일인지는 나중에 차분히 따져 보면 될 일이고……."

루그는 씩 웃으며 자이언트 리저드를 바라보았다. 루그가 자신이 쏘아낸 불길을 휘감고도 멀쩡하니 자이언트 리저드도 당황해서 공격을 해오지 못하고 있었다.

"너 이제 죽었다고 복창해라. 네 불은 나한테 소용없고, 내 불은 너한테 먹히면 네놈 따윈 충분히 죽일 수 있지."

루그는 불길에 휘감긴 주먹을 들어 보이며 말한 뒤 땅을 박차고 돌진했다.

11

아스탈 백작은 초조한 기색으로 숲 속을 달리고 있었다. 수십의 오크를 베고 그 피를 뒤집어쓴 그의 옆에는 소년 시절부터 그를 모셔온 충직한 기사 세 명과 마빈이 함께하는 중이었다.

그들은 산속에 생긴 파괴의 흔적을 따라서 서두르고 있었다. 그 파괴의 흔적이야말로 백작이 뒤늦게 맞이한 아들, 루그 아스탈이 있는 곳으로 이어지는 길이었다.

마빈이 말했다.

"그 오크들이 루그가 있는 곳에서 그렇게까지 멀리 떨어져 있지는 않았을 겁니다. 분명 가까운 곳에 있었을 거예요."

백작은 대답없이 고개를 끄덕였다.

그들은 방금 전, 오크 용제와 그를 호위하는 오크 전사들과 맞닥뜨렸다. 그리고 압도적인 힘으로 그들을 쓰러뜨리고 더욱 속도를 높였다. 오크 전사들과 싸우는 동안 오크 용제가 달아나 버린 것이 마음에 걸리기는 하지만 지금은 그놈을 쫓고 있을 때가 아니었다.

마빈이 초조한 기색으로 입술을 깨물었다.

'젠장. 루그, 벌써 당한 것은 아니겠지?'

오크 용제는 분명 자이언트 리저드와 멀리 떨어지지 않은 곳에 있었을 것이다. 그런데 그들을 해치우고 계속 달려가는 데도 아무런 소음이 들리지 않는 것이 불길했다. 루그가 자이언트 리저드를 피해 도망치는 중이라면 계속해서 요란한 소리가 울려야 할 것 아닌가?

그렇게 초조해하던 그들은 곧 찾고 있던 것을 발견했다. 도마뱀을 수백 배 확대해 놓은 것 같은 괴물, 자이언트 리저드가 납작 엎드려 있는 모습이었다.

"루그!"

백작이 아들의 이름을 외치며 달려나갔다. 그의 검에 강체력이 집중되며 우웅, 하고 희미한 빛이 퍼져 나간다. 바위조차 무 썰듯이 베어버리는 강검의 힘이었다.

하지만 곧 백작은 뭔가 상황이 이상하다는 것을 깨달았다. 백작이 바로 뒤까지 다가가도 자이언트 리저드가 전혀 움직이는 기색이 없었던 것이다.

"죽었잖아?"

백작이 놀라서 중얼거렸다. 납죽 엎드려 있는 자이언트 리
저드는 이미 죽어서 숨이 끊어진 후였던 것이다. 당황해서 시
체의 옆을 돌아서 앞으로 가보니 머리가 절반쯤 날아가 버렸
고 그 단면이 검게 타버린 상태였다.

"어, 아버지 오셨네요?"

그때 뒤쪽에서 생각지도 못한 목소리가 들려왔다. 흠칫 놀
라서 뒤를 돌아본 백작은 지친 기색으로 나무에 기대앉아 있
는 루그를 발견하고는 한층 더 놀랐다.

"루그! 이 녀석, 무사했구나!"

"네. 죽을 뻔하긴 했지만."

루그는 힘없이 웃으며 대답했다. 루그는 몸 여기저기가 불
에 그슬리고 긁힌 상처가 나 있었지만 큰 부상은 찾아볼 수
없는 모습이었다.

그의 무사함을 확인하고 안도의 한숨을 내쉰 백작이 물었
다.

"설마 저놈을 네가 쓰러뜨린 것이냐?"

"운이 좋았어요. 슬슬 체력이 떨어져서 도망치기도 어려워
지는 바람에 죽기 살기로 덤볐는데 저놈이 막 불을 뿜으려던
참에 턱에 주먹이 제대로 들어갔거든요. 턱을 맞은 충격에 막
전력으로 뿜으려던 불이 입속에서 역류하는 것까지 더해져서

그대로 머리가 펑."

루그가 백작의 부축을 받아 몸을 일으키며 상황을 설명했다.

〈갈수록 거짓말이 늘어가는군. 슬슬 사기꾼으로 직종을 바꿔도 되겠어.〉

볼카르가 비아냥거렸다. 하지만 루그는 코웃음을 쳐주고는 자이언트 리저드의 시체로 다가갔다. 반쯤 날아간 채 검게 타버린 머리통을 보고 있노라니 자신이 이놈을 쓰러뜨렸다는 사실을 실감할 수 있었다.

'속성력을 쓸 수 있다는 사실이 이렇게 무서울 줄이야.'

루그는 자이언트 리저드가 뿜어내는 불을 역으로 이용했다. 막 각성한 속성력은 불에 대해서 강력한 지배력을 행사했고, 자이언트 리저드가 불을 뿜는 순간 거기에 주먹을 뻗자 원래 휘감고 있던 불에 막 뿜어지는 불의 힘까지 더해지면서 역류, 그대로 화염의 주먹이 작렬하면서 자이언트 리저드의 머리를 날려 버렸던 것이다.

'이거 잘만 발전시키면 무서운 기술이 되겠는걸. 일단 폭염권이라고 이름 붙여둬야겠다.'

그렇게 생각하며 씩 웃는 루그에게 마빈이 다가왔다. 딱딱하게 굳은 얼굴로 루그를 바라보던 마빈은 루그가 자신을 바라보자 슬쩍 시선을 피하며 말했다.

"…무사해서 다행이다."

"오오, 동생이 나를 걱정해 주다니 감격스러운걸."

"누가 동생이야! 그냥 아군이니까 걱정했을 뿐이야."

루그가 웃으며 말하자 마빈이 신경질을 냈다. 하지만 루그
는 그놈 참 귀엽다는 듯 능글맞게 웃으며 어깨를 툭툭 쳤다.

"그래그래. 너도 다친 데 없는 것 같으니까 다행이다. 오크
들은 어떻게 됐어?"

"본거지에 있던 놈들은 다 죽였고, 잡혀 있던 영지민들도
구했어. 노예로 부릴 생각이었는지 잡아간 사람들을 심하게
대하진 않았더군."

"다행이네. 아, 근데 그놈은 어떻게 됐지? 너한테 '오크한
테 바보 취급당한' 멋진 경험을 선사한 그 녀석."

루그가 장난스럽게 묻자 마빈이 이를 빠드득 갈았다. 오크
한테 바보 취급당했다는 경험은 확실히 평생 동안 치욕으로
남을 것 같았기 때문이다.

마빈이 살기마저 느껴지는 목소리로 그놈을 놓쳤다고 말
하자, 루그는 흐음, 하고 뭔가 생각하는 듯하더니 백작에게
말했다.

"아버지, 제가 지금 너무 지쳐서 그런데 먼저 내려가 봐도
될까요?"

"이제 일의 뒤처리 과정을 배워야 하지 않겠느냐?"

"그거라면 전 그럭저럭 여기저기서 실전을 겪어서 어떻게
하는지 봐왔습니다. 그리고 저보다는 후계자가 될 마빈이 배

워야 하지 않을까요?"

루그가 힘주어서 마빈이 후계자라는 점을 강조하자 백작의 얼굴에 조금 복잡한 심경이 드러났다. 하지만 곧 그는 그런 기색을 지우고 고개를 끄덕였다.

"알겠다. 마을에서 보자꾸나."

"그럼 먼저 가보겠습니다."

루그는 백작의 대답을 듣자마자 곧장 몸을 돌렸다. 마빈이 당황해서 따라오며 물었다.

"야, 어디 가려고?"

"조금 전에 말하는 거 못 들었어? 먼저 내려간다니까. 넌 남아서 아버지한테 마물 토벌하고 뒤처리 어떻게 하는지나 배워."

"그 말을 믿으라고? 너 또 무슨 꿍꿍이가 있는 거 아냐?"

"내가 여기서 무슨 꿍꿍이를 품어야 되는데?"

"그야……."

루그의 반문에 마빈의 말문이 막혀 버렸다. 확실히 오크들도 다 죽었고, 잡혀간 마을 사람들도 구출했고, 자이언트 리저드까지 처치했으니 마물 토벌은 끝났다. 여기서 뭔가 더 할 수 있는 일은 생각나는 게 없었다.

"이 형님이 진짜 피곤해서 그런 거니까 더 귀찮게 하지 마라. 저거 잡느라 얼마나 힘들었는데."

"어… 미안."

할 말이 없어진 마빈은 지친 기색이 완연한 루그의 얼굴을 보고는 그렇게 사과하고 말았다. 루그는 주먹으로 그의 가슴을 툭툭 두들겨 주고는 몸을 돌려서 나무들 사이로 멀어져 갔다.

그리고 마빈은 뭔가 수상하다고 생각하면서도 루그가 마을과는 정반대 방향으로 향하고 있다는 사실을 눈치채지 못했다.

12

자이언트 리저드를 부려 100여 마리의 오크를 지배하던 오크 용제는 씩씩거리며 산길을 걷고 있었다. 오크는 일단 전장에서 싸움에 임하면 상관의 명령이 있기 전까지는 물러남을 모르는, 인간의 기준으로 보면 광기에 가까운 용맹함을 자랑하는 종족이었지만 용제로 각성해 뛰어난 지능을 가진 그는 목숨을 아까워할 줄 알았다. 그렇기에 자신의 부하들이 인간들을 당해낼 수 없다고 판단하자 주저없이 달아난 것이다.

'인간들, 이 수모는 잊지 않겠다. 더 강한 용족을 지배해서 반드시 복수하겠다.'

원한의 불길을 사르는 오크 용제의 발걸음은 시간이 지날수록 느긋해졌다. 이제 충분히 멀리 도망쳤으니 인간 추적자를 걱정할 필요가 없다고 판단했기 때문이다.

하지만 그의 판단은 틀렸다. 다른 종족의 기척을 민감하게 구분해 내는 용제의 감각에 인간이 급속도로 다가오는 것이 느껴졌다.

"추적자인가!"

오크 용제는 자신이 너무 느긋했음을 한탄하며 달리기 시작했다. 그도 역시 강건한 육체를 가진 오크이기에 인간 이상으로 빠르게 달릴 수 있었다.

하지만 소용없었다. 용제의 감각은 인간 추적자가 무시무시한 속도로 거리를 좁혀오고 있다는 것을 알려주고 있었다.

파삭!

갑자기 뒤쪽에서 나무가 흔들리는 소리가 울리더니 뭔가가 머리 위를 새처럼 날아서 앞으로 떨어졌다.

"웃차."

나뭇가지 사이를 원숭이 같은 움직임으로 이동해서 오크 용제의 앞을 가로막은 것은 루그였다. 연갈색 머리칼과 청록색 눈동자로 루그를 알아본 오크 용제의 눈이 크게 떠졌다.

"너는 칼방트를 죽인 인간!"

"역시 용제는 자기가 지배하던 용족의 죽음은 느낄 수 있나 보지?"

루그가 이죽거리자 그가 으르렁거리는 목소리로 물었다.

"어떻게 날 쫓아왔나?"

도중에 자신을 덮쳤던 인간들이라면 모를까, 자이언트 리저드에게 쫓기느라 정신없었던 루그가 자신의 행적을 쫓아올 수 있을 리가 없었다.

"훗."

루그가 마치 그렇게 물어주기를 기다렸다는 듯 웃었다. 그리고 손을 들어 오크 용제를 가리키며 자신만만하게 말했다.

"내게 용제 탐지기 볼카르가 있는 한 네놈은 무슨 수를 써도 도망칠 수 없다!"

〈오크 샤먼 탐지기에 이어 이번에는 용제 탐지기냐?〉

볼카르가 불만스러운 듯 투덜거렸지만 루그는 무시했다. 루그가 주먹을 들어 올리며 말했다.

"그냥 별 볼일 없는 오크라면 모르겠는데, 용제인 네놈을 살려 보냈다가는 아무래도 후환을 걱정해야 할 것 같아. 그러니 네놈은 여기서 죽어줘야 할 것 같다."

"이놈!"

도망칠 수 없다는 사실을 깨달은 오크 용제는 날이 두터운 칼을 뽑아 들었다. 그리고 다른 오크 전사들에게 지지 않는 기세로 달려들면서 검을 내려쳤다.

하지만 루그는 그 자리에 가만히 선 채 피할 생각조차 하지 않았다. 슬쩍 왼손을 들어서 옆으로 원을 그리며 휘두르니 머리 위로 떨어지던 칼날의 궤도가 아주 자연스럽게 바뀌면서 허공을 가른다. 힘의 방향이 순식간에 바뀌자 오크 용제는 균형을 잃고 루그의 품에 뛰어드는 꼴이 되었다. 그리고 루그의 오른손이 기다렸다는 듯 텅 빈 그의 안면을 향해 날아들었다.

퍼억!

수박이 깨지는 듯한 소리와 함께 오크 용제의 안면이 함몰되면서 숨이 끊어졌다.

"…내 동생을 바보 취급한 벌이다. 뭐, 그 일은 일평생 놀림거리로 잘 쓰겠지만."

루그는 주먹에 묻은 피를 털면서 몸을 돌렸다. 그리고 이번에는 진짜로 마을을 향해 달리기 시작했다.

CHAPTER 05
아버지와 아들

폭염의 용제

1

또다시 자신의 것이 아닌 기억을 꿈으로 보았다.

아득히 먼, 자신이 태어나기도 전에 있었던 것이 분명한 기억.

꿈이라는 것을 명확히 알 수 있는 자각몽 속에서 루그는 자신이 거대한 드래곤이 되어 있다는 사실을 깨달았다. 머리끝부터 꼬리 끝까지 60미터가 넘는 거체가 아래쪽을 굽어보는 것은 흡사 높은 벼랑 위에 선 채 아래를 바라보는 것과도 비슷한 감각이었다.

물론 그런 아찔함은 본래 인간인 루그나 느끼는 것이다. 처음부터 이런 눈높이가 당연했던 육체의 주인 볼카르는 전혀 그런 감각을 갖고 있지 않았다.

"디르커스."

볼카르가 개미처럼 작아 보이는 존재를 굽어보며 말했다.

"오랜만이야. 여전히 여기에만 처박혀 있는 거야?"

유쾌한 목소리로 물은 것은 마치 흰색 바탕에 푸른색, 노란색, 붉은색의 화려한 깃털을 가진 새를 크게 확대한 뒤 인간을 닮은 이족보행 형태로 바꿔놓은 것 같은 존재였다. 하늘을 나는 마법사가 아닌 한 결코 닿을 수 없다는 고지대에만 살아서 엘프보다도 훨씬 희귀하다 여겨지는 조인족 비르드였다.

볼카르가 말했다.

"너는 볼 때마다 몸이 바뀌는군."

"애인이 바뀌어서 그래."

디르커스가 후훗, 하고 웃으면서 대답했다.

볼카르의 감각을 공유하고 있는 루그의 입장에서 정말 놀라운 것은, 상대적으로 개미처럼 작아 보이는 상대방이 너무나도 선명하게 보인다는 점이다. 길을 가다가 개미들을 보았는데 잡아서 눈앞에다 대고 보는 것처럼, 아니, 그것으로도 모자라 마법으로 확대해서 살펴보듯이 세부적인 생김새까지 뚜렷하게 알아볼 수 있다면 어떻겠는가? 지금 볼카르의 눈으로 보는 상대방의 모습이 바로 그러했다.

'압도적인 감각.'

이전에 볼카르의 기억을 꿈으로 본 후 잠에서 깨었을 때, 루그는 인간의 감각이 얼마나 초라한 것인지 실감하고 마치 병든 사람이 건강했던 때의 자신을 그리워하듯이 괴로워한 적이 있었다. 지금도 같은 상황이다. 아니, 그때보다 여유를 갖고 상황을 받아들일 수 있는 만큼 그때는 미처 깨닫지 못하고 지나갔던 드래곤의 감각 전반을 실감할 수 있었다.

거대한 공간을 흐르는 공기의 움직임이 손을 들어 만지는 것처럼 뚜렷하게 느껴진다. 그로 인한 미묘한 기압 차가 어느 정도나 되는지, 그리고 볼카르의 거체가 발하는 체온으로 인해 곳곳에서 어떤 온도 차가 생기는지, 그리고 심지어 그 속에서 몇 마리의 벌레들이 기어다니고 날아다니는지, 그로 인해 어떤 소리가 발생하는지까지 알 수 있었다.

루그는 그 모든 것을 인식하는 순간 공황 상태에 빠져 버렸다. 이런 엄청난 정보량을 항시 받아들이고 있다니, 그리고 그것을 아무렇지도 않게 흘려버리면서 누군가와 대화를 나눌 수 있다니 믿어지지 않을 정도였다.

볼카르가 물었다.

"오늘은 무슨 일이지? 지난번에 부탁한 다차원 공감 인식 실험은 아직 428시간은 더 있어야 결과가 나온다."

"아아, 그것 때문에 온 것은 아니고, 널 초대하려고 온 거야."

"초대? 네 거처로 말인가?"

"응. 내가 애들 모아서 마을 만든 것은 알고 있지?"

"안다."

"걔네들이 얼마 전에 대규모 악단을 결성했거든. 이번에 날 위해 콘서트를 열어줬는데 이거 진짜 혼자 보기 아깝구나 싶더라고. 그래서 돌아다니면서 초대하고 있지. 관객은 많을 수록 좋으니까."

"쓸데없는 짓을."

"어차피 마족들 안 나오나 차원의 균열 쳐다보는 것 말고 는 할 일도 없으면서 뭘 그래. 연극은 취향이 갈리겠지만 음 악이라면 다 함께 즐길 수 있으니까 괜찮을 거야. 팔다르와 오르더스, 케르반은 오겠다고 했어. 가끔은 기분 전환 좀 하라고. 다들 세상이 어떻게 돌아가든 신경 안 쓰는 편이긴 하지만 넌 진짜 정도가 심해. 어떻게 외유용 몸 만들라고 방법 알려주고 나서 1500년이 지났는데 계속 처박혀서 마법만 연구하고 있냐. 넌 진짜 마법 연구하는 것 말고는 재미있는 게 없는 거야?"

"없다."

"야, 방구석에 처박혀서 폐인 생활 하는 것도 하루 이틀이지 1500년쯤 되면 슬슬 화석이 되지 않았을까 염려된다고. 어쨌든 내가 모처럼 신경 써서 주최하는 이벤트니까 좀 나와. 마족들의 동향을 살피는 거야 본체로 하면 되잖아."

"생각해 보지."

"온다고 큰일 나는 것도 아닌데 좀 허락해 주지그래? 워낙 다양한 종족이 함께 모인 악단이니까 네가 알고 있는 기존의 음악하고는 많이 다른 재미를 느낄 수 있을 거야. 그리고 내가 팔다르하고 같이 마법으로 하는 게임도 만들었다고. 환영 마법으로 유사 세계를 창조해서 생태계를 제어하는 게임인데 네 실력이면 꽤 재미있는 세계를 만들 수 있을걸?"

"그건 좀 흥미가 생기는군. 가지. 언제지?"

"…넌 진짜 마법 아니면 흥미를 못 느끼는 거냐, 이 방구석 마법 폐인 같으니."

디르커스가 어이없다는 듯 이마를 짚으며 투덜거렸다. 볼카르와 비교하면 그는 정말 감정이 풍부한 편인 것 같았다.

"정확히 한 달 후야. 기왕 외유용 몸을 만드는 거니까 좀 예쁘게 꾸미고 나와. 알겠지?"

"암컷 몸은 절대 안 만들 거다. 네놈이 내 몸을 보고 침을 질질 흘리는 것은 상상만 해도 끔찍하니까."

"그렇게 생각할 감성이 아직 남아 있다니 다행이야. 진짜 안심된다. 그럼 그때 보자고."

디르커스는 피식 웃고는 마법을 사용했다. 곧 인간 마법사들은 아직 기초 이론조차 잡지 못한 공간 이동 마법이 발동하면서 그의 모습이 사라져 버리고 거대한 공간에는 볼카르만이 남았다.

볼카르는 턱을 쓰다듬으며 심각한 표정으로 중얼거렸다.

"방구석 마법 폐인이라……."

그 중얼거림을 들은 루그는 자기도 모르게 풋, 하고 웃음을 터뜨리며 잠에서 깨어났다.

2

"방구석 마법 폐인!"

루그는 눈을 뜨자마자 그렇게 말하며 배를 잡고 뒹굴었다. 꿈에서 그를 사로잡았던 드래곤의 압도적인 감각과 인간의 초라한 감각 사이의 격차가 실감나면서 숨이 턱 막혔지만 눈물이 날 정도로 신나게 웃다 보니 공황 상태에 빠지지 않고 넘어갈 수 있었다.

〈…어떤 기억을 봤는지 물어보지 않아도 알 것 같군.〉

볼카르가 조금 불쾌한 기색으로 투덜거렸다. 겨우 웃음을 멈춘 루그가 말했다.

"큭큭! 우와, 디르커스라는 드래곤, 진짜 센스 좋은데? 그동안 어떻게 살았나 했더니 수천 년 동안 거처에 처박혀서 마법만 죽어라 연구하고 살았어?"

〈어차피 세상은 시시하니까 말이다.〉

"디르커스 생각은 안 그랬던 것 같은데."

〈그놈이 잘못 생각하고 있는 거다.〉

"흐응, 뭐 그렇다고 해두지. 근데 넌 이번에는 내 어떤 기억을 봤지?"

루그는 불안해하며 물어보았다. 지난번에 볼카르가 보았던 기억은 영원히 묻어두고 싶은 어린 시절의 아픈 추억이었다. 그러다 보니 이번에는 이놈이 대체 무슨 기억을 엿봤을까 무서워할 수밖에 없었다.

볼카르가 말했다.

〈인간들은… 참 무식하고 비효율적으로 몸을 단련하더군.〉

"응?"

〈네가 오더 시그마의 강체술을 익히던 때의 기억을 봤다. 네 스승이라는 인간은 너를 강하게 만들려는 건지 아니면 죽이려는 건지 분간하기 어려운 방법을 강요하더군. 감각을 공유하는 입장에서 굉장히 괴로웠다.〉

"아, 그때의 기억인가. 그때는 진짜 지옥 훈련이 무슨 의미인지 매일 같이 확인하는 나날이었지. 스승님께는 시간이 별로 없어서 더 그랬을 거야."

루그가 옛일을 떠올리며 쓴웃음을 지었다. 아스탈 백작가를 떠나 쓰레기처럼 살던 루그를 거두어준 스승은 한정된 시간 동안 자신의 비기를 전하기 위해 무시무시한 수련을 강요했었다. 그에게 훈련받은 것은 고작 3년간이었지만 그동안 루그는 수천 번도 더 도망치고 싶은 욕구를 느꼈고, 실제로 시도했다가 다시 붙잡혀 와서 두들겨 맞은 적도 한두 번이 아니었다.

'아, 이번에는 절대 그런 일은 당하지 말아야지.'

스승은 다시 만나러 가겠지만 그런 훈련을 또 받는 것은 절대 사양이다. 이번에는 스스로의 힘으로 예전에 훈련받아서 도달했던 경지에 이르고, 결국 배우지 못했던 비기들을 전수받기만 할 생각이었다. 그러기 위해서 루그는 스승과 가까워지기 위한 여러 가지 핑곗거리를 생각해 두고 있었다.

볼카르가 물었다.

〈시간이 별로 없었다니 무슨 소리지?〉

"스승님이 나를 가르친 기간은 3년이야. 내가 제자로 들어갔을 때, 그분은 이미 해독할 수 없는 독에 중독되어서 목숨이 얼마 남지 않은 상태였다."

〈독?〉

"그래. 네 부하가 한 짓이었지."

루그의 목소리에 으르렁거림이 섞였다. 정신 감응을 통해 루그의 분노와 살의를 느낀 볼카르는 잠시 동안 침묵했다. 루그가 마음을 다스릴 여유를 주려는 듯이.

잠시 후, 루그가 한숨 섞인 목소리로 말했다.

"물론 지금은 아직 일어나지 않은 일이고, 내가 막아야 할 일이지만. 스승님은 강체술 6단계에 도달하셨고, 7단계를 눈앞에 두신… 내가 본 이들 중에 최강의 반열에 드시는 분이었어. 그분이 건재하시다면 나중에 너와 싸울 때도 도움이 될 거야."

〈그랬었군. 하지만 역시 이해할 수가 없다. 내가 본 기억 속에서 너는 정말 사경을 헤매고 있던데, 그런 경험을 한다고 강해질 수 있는 건가? 나는 지금까지 두려움이라는 감정을 모르고 있었지만 인간의 초라한 감각 속에 갇힌 채 그런 경험을 하는 것은 정말로 죽음에 대한 공포를 느끼게 만들더군. 인간의 몸은 무작정 혹사한다고 더 강해지는 게 아닐 텐데.〉

"…그 점에 대해서는 솔직히 나도 여러 가지 의견을 갖고 있지만, 스승님께는 씨알도 안 먹히는 소리였지. 워낙 완고하신 분이고 아니꼬우면 덤벼서 자길 쓰러뜨려 보라고 하시는 분인지라."

루그는 스승에게 당한 기억을 떠올리며 투덜거렸다. 하지만 곧 그와 함께했던 시간 동안 자신에게 위안을 주었던 존재, 라나의 얼굴을 떠올리자 헤벌쭉 웃는 표정이 떠올랐다.

〈이 감정은 뭐지? 뭔가 기분 나쁜… 디르커스 녀석의 느끼한 표정을 볼 때와 비슷하게 불쾌해지는데.〉

"아, 아무것도 아냐."

볼카르의 의아해하는 물음에 루그는 허겁지겁 라나에 대한 생각을 지우며 변명했다. 그리고는 볼카르가 더 캐묻기 전에 잽싸게 화제를 바꿨다.

"야, 근데 벌써 두 번째인데 이거 괜찮은 거야?"

〈아직까지는 큰 문제 없다고 생각한다.〉

"어디까지나 아직까지는… 이군."

〈그렇다.〉

"하아! 마법을 배우긴 배워야겠지. 뭐, 슬슬 이 집안을 나 갈 때가 가까워 오니 백작 부인에게 돈을 좀 뜯어내고 나면 곧바로 준비를 해봐야겠군."

그렇게 투덜거린 루그는 문득 이상함을 느꼈다. 당연히 볼 카르가 마법을 배워야 한다고 귀찮게 잔소리를 늘어놓을 줄 알았는데 아무 말도 하지 않으니 그럴 수밖에.

대신 볼카르는 다른 것을 물었다.

〈이곳을 나가는 것은 언제쯤으로 생각하고 있지?〉

"아마 한 달 후쯤? 예상 밖의 수확이 있었으니 그때쯤이면 아버지랑 해볼 만할 것 같아."

〈알겠다. 나도 슬슬 네게 마법을 가르칠 준비를 해두는 게 좋겠군.〉

"몸도 없으면서 준비는 무슨 준비야?"

〈누군가를 가르칠 때는 자신이 알고 있는 것을 어떻게 하 면 효율적으로 배우게 할 수 있을지 연구가 필요한 법이다. 당연한 것 아닌가? 특히 너는 머리도 나쁘고 정신 용량도 콩 알만 하고 감각도 둔하고 몸도 허약한 인간이니만큼 거기에

맞춘 교육 방법을 궁리할 필요가 있지. 내 입장에서는 생각할
거리가 생겨서 좋긴 하다.〉

"머리도 나쁘고 정신 용량도 콩알만 하고 감각도 둔하고
몸도 허약해서 미안하다."

〈알고 있으면 됐다. 주제파악이라도 하고 있다니 다행이
군.〉

"큭, 언젠가 두고 보자."

루그는 그렇게 투덜거린 다음 다시 침대에 누워서 잠을 청
했다.

3

오크들을 토벌하고 온 뒤로 마빈의 일상에는 변화가 생겼
다. 정확히는 루그와의 관계가 변했다고 해야 할지도 모른다.
같은 성에 살고 있으면서도 서로 얼굴도 보지 않고 찾지도 않
던 두 사람이 하루에 한 번씩은 꼬박꼬박 얼굴을 보게 되었던
것이다.

마빈은 루그가 알려준 숲 속의 비밀 장소로 향하고 있었다.
자기가 루그를 만나러 가야 한다는 사실 때문에 못마땅한 표
정을 짓고 있었지만, 그렇다고 해서 또 이곳으로 찾아오는 것
을 거부하지는 않는 점이 그의 심경에 일어난 변화를 알려주
었다.

"야! 뭐 하는 거야!"

비밀 장소에 들어선 마빈은 그곳에서 불이 타오르면서 검은 연기가 모락모락 피어오르는 것을 보고는 깜짝 놀랐다. 하지만 곧 그 불이 마른 나뭇가지와 나뭇잎들을 모아서 태우는 모닥불이라는 것을 알고는 안도의 한숨을 내쉬었다.

모닥불 앞에는 루그가 손바닥을 불 쪽으로 향한 채 눈을 감고 있었다. 루그는 마빈의 말에 대답하는 대신 손바닥을 아래로 뒤집으며 오랫동안 머금고 있던 숨을 내뱉었다. 그러자 놀라운 일이 벌어졌다.

화아아악!

불길이 갑자기 두 배 이상 거세지더니 그 끝이 길게 늘어나서 루그를 향해 달려들었다. 마빈이 깜짝 놀라서 그에게 달려가려는 순간, 루그가 눈을 번쩍 뜨며 팔을 휘둘렀다.

후우우우!

그러자 루그를 향해 달려들던 불길이 루그의 팔 움직임을 타고 허공에서 원을 그리며 흩어져 갔다. 루그가 팔을 원래 위치로 돌리며 호흡을 고르자 모닥불이 원래대로 돌아간다.

루그가 씩 웃으며 중얼거렸다.

"후우, 이제 그럭저럭 뜻대로 되는군."

"그건 뭐야?"

마빈이 기가 막혀 하며 물었다. 방금 전에 일어난 일을 보건대 루그가 불의 움직임을 마음대로 조종했다고밖에 볼 수 없었다.

　루그가 그를 보며 대답했다.

　"이거? 강체술 응용 기술이야. 유파마다 다르게 부르긴 하지만 보통 파이어 컨트롤이라고 하면 다들 알아듣지. 불의 마법을 막거나 화재 현장에서 빠져나올 때 유용해."

　"그런 기술도 있어?"

　"강체술은 심오해. 네가 지금까지 배운 것은 큰 산에서 돌멩이 하나를 주운 것과 같아. 뭐, 기사들의 강체술이 워낙 전투에만 특화돼서 좀 딱딱하게 굳어 있는 구석이 많지만, 아버지라면 이 정도는 쉽게 할 수 있을걸."

　〈역시 너는 사기꾼의 소질이 있어. 인간들은 이런 경우 입에 침도 안 바르고 거짓말을 잘도 한다고 하지 않던가?〉

　볼카르가 아니꼽다는 듯 한마디 했다. 물론 마빈이 앞에 있었기 때문에 루그는 그 말을 무시해 버렸다.

　방금 전, 루그가 한 일은 강체술의 응용 기술로 한 것이 아니었다. 어디까지나 자이언트 리저드와 싸울 때 각성한 속성력을 이용해서 한 일이었다. 실제로 강체술 응용 기술 중에는 파이어 컨트롤이라는 기술이 존재하긴 하지만 이런 식으로 불의 힘을 키우거나 자유자재로 다루는 것은 불가능하다.

　루그는 모닥불을 보며 작게 중얼거렸다. 마빈이 듣기에는 혼잣말이었지만 물론 볼카르더러 들으라고 하는 소리였다.

"흠. 그렇다곤 해도 너무 약한데. 실제로 존재하는 불을 다루거나 증폭시키는 것은 쉽게 되지만, 아무것도 없는 상태에서 일으키는 불은 그야말로 불씨 정도니……."

〈속성력의 근원은 마력이다. 마력이 없으면 그 정도가 한계지. 오히려 속성력이 깨어남으로써 네게 미약한 마력이 생겼다는 점을 행운으로 여겨라.〉

속성력을 각성함과 동시에 루그에게는 미약한 마력이 생겼다. 하지만 그렇다고 해서 마법을 배울 만한 기반이 완성된 것은 아니다. 루그가 품은 마력은 볼카르의 표현에 따르면 손톱만큼도 안 되는 것으로, 육체의 체질은 여전히 비마력 체질이라고 한다.

마빈이 물었다.

"나도 그거 배울 수 있어?"

"너한테는 아직 일러. 최소한 강검은 터득하고 나서의 이야기지. 오늘은 상대방의 기척을 잡는 법을 훈련해 보자."

"기척을 잡는 훈련? 주변 기척을 탐지하는 법 말야?"

"그거 말고, 대치한 상태에서 상대방의 기척이 어떻게 움직이는지를 잡아내는 훈련. 예를 들면 이런 거야."

루그가 마빈을 똑바로 노려보았다. 순간 마빈은 루그가 자신에게 공격해 들어온다고 여기고 급히 뒤로 물러났다.

"어?"

한순간에 거리를 벌린 마빈이 어리둥절해했다. 루그는 그를 노려보았을 뿐, 전혀 움직이지 않았던 것이다. 그런데 어째서 자신을 공격한다고 판단한 것일까?

루그가 말했다.

"강체술을 터득한 자는 자신의 기운을 제어해서 상대방의 감각을 교란시킬 수 있어. 넌 나와 여러 번 대련하면서 내가 공격할 때 어떤 기척을 발하는지를 학습했기 때문에 그와 비슷한 자극을 주기만 해도 속아 넘어간 거야. 모르는 상대와 싸울 땐 이렇게 쉽게 되진 않지."

"이런 게 가능하단 말야?"

"물론이지. 참고로 넌 너무 정직해서 움직임을 읽기가 쉬워. 눈을 감고도 네가 뭘 하려는지 다 꿰뚫어 볼 수 있을 정도지. 오늘은 이것에 대해서 배워보자."

루그는 그렇게 말한 뒤 마빈과 대련을 통해서 강체술 응용 기술을 가르치기 시작했다.

두 사람이 하루에 한 번씩 이곳에서 만나서 강체술을 연마하기 시작한 지는 벌써 한 달 반이 지났다. 오크들을 토벌한 뒤 루그는 이곳을 떠나기 전에 마빈과 좀 더 가까워지고 싶다는 생각을 가졌고, 뭔가 방법이 없을까 궁리한 끝에 백작이나 백작 부인에게는 비밀로 강체술의 응용 기술을 가르쳐 주기로 한 것이다.

처음에는 루그의 진의를 의심했던 마빈이지만 일단 함께 훈련을 시작하고 나자 정신없이 빠져들었다. 루그는 오더 시그마의 비전은 빼고 일반적인 강체술사들이 숙련되면서 터득하게 되는 기술들만 알려주고 있었지만, 그것만으로도 마빈은 새로운 세계를 보는 기분을 느꼈던 것이다. 게다가 루그역시 아스탈 가문의 강체술을 익혔기 때문에 마빈에게 딱 맞는 방법을 제시해 줄 수 있었다.

한차례 기분 좋게 땀을 흘린 마빈은 풀밭 위에 벌러덩 드러누웠다. 루그가 머리를 쓸어 넘기며 옆에 앉자 그가 호흡을 고르며 말했다.

"야."

"형님이라고 불러라."

"누구 맘대로."

"귀엽지 않은 녀석 같으니. 근데 왜?"

"계속 물어보고 싶었던 건데… 너, 무슨 생각으로 나한테 이런 걸 가르쳐 주는 거냐?"

"……."

루그는 대답하지 않고 하늘을 바라보았다. 그의 침묵이 이어지자 마빈이 답답해하며 몸을 일으켰다.

"난 솔직히 네가 무슨 생각을 하고 이러는지 모르겠어. 보면 볼수록 네가……."

"단순하게 생각하면 안 되겠냐?"

루그가 마빈의 말을 끊으며 물었다. 그와 시선을 마주한 마빈은 의외의 표정을 보고 굳었다. 루그는 열다섯 살의 어린 나이에 어울리지 않는, 마치 어른이 아이를 보는 것 같은 눈으로 마빈을 보며 쑥스러워하는 표정을 지었던 것이다.

"그냥… 너랑 좀 친해지고 싶어서 이러는 거라고."

"……."

"몇 번이나 말했지만 난 이 가문의 후계자 자리에는 관심도 없어. 아버지가 대뜸 나를 자식으로 인정해 버리는 바람에 너랑 네 어머니가 불안해하는 것도, 불만을 품는 것도 이해는 가지만… 난 그냥 내 아버지가 어떤 사람인지 알고 싶어서 여기에 온 거야. 네 자리를 위협할 생각도 없고 싸우고 싶지도 않아."

"그 말을 믿으라고?"

"좀 믿으라니까. 내가 후계자 자리 탐냈으면 이러고 있겠냐? 지난번에 오크들이랑 싸울 때 수를 써서 너 죽게 내버려 두고 꿀꺽했지. 안 그래?"

"그야 그렇지만……."

마빈이 수긍하는 기색을 보이자 루그가 다시 하늘로 시선을 던지며 말했다.

"난 솔직히 사람이랑 친해지는 재주가 별로 좋질 않아서 이런 방법밖에 생각이 안 나더라고. 내 친구 녀석들 중에는 말주변이 좋아서 모르는 사람들하고도 금방 친해지는 녀석들이 많았는데… 난 그게 안 되더라."

삭막하고 한번 분노하면 앞뒤 안 가리던 이전과 비교하면 성격이 많이 부드러워지긴 했지만, 지금도 사람이랑 친해진다는 것이 거북스럽기는 마찬가지였다. 그래서 루그는 벌써 아스탈 성에 온 지 5개월 가까이 지났는데도 편하게 대화를 주고받을 수 있는 사람 하나 없었다.

백작 부인과 마빈이 손을 써서 하인들과 대립한 것도 있었지만, 그 외에 예전에는 자신의 편이 되어주었던 하인들을 발견하고도 그들과 친해질 생각을 하지 않았다. 그때는 어떻게든 자신의 편을 많이 만들어야 했기에 철저하게 이용할 생각으로 접근했기 때문에 인간적인 교류가 있었던 것도 아니고, 이제는 그럴 이유도 없었기 때문이다.

"뭐, 너나 네 어머니나 날 믿기 어려운 게 당연한 일이야. 하지만 걱정하지 마라. 난 얼마 후면 여길 떠날 거니까."

"뭐?"

그 말에 마빈이 깜짝 놀라서 눈을 크게 떴다.

"가문을 떠날 생각이야?"

"네 어머니한테서 못 들었어?"

루그는 당연히 백작 부인이 마빈에게 루그의 뜻을 전해줬으리라 생각하고 있었다. 그런데 그녀는 루그와의 거래에 대해서는 입을 꾹 다물었던 모양이다.

마빈이 물었다.

"못 들었어. 왜 떠나려는 거야?"

"처음부터 그럴 생각이었어. 난 그냥 아버지가 어떤 사람인지 보고, 한 가지 부탁할 것이 있어서 온 거였으니까."

"부탁할 거라니?"

"그건 지금은 비밀. 어쨌든 내가 떠나주는 편이 너한테도 좋잖아? 내가 어떤 생각을 품고 있든 간에 이 집안에 있어서 분란의 씨앗이라는 사실은 변하지 않아. 아버지가 저렇게 흐리멍덩한 태도를 보이고 있으면 내가 그럴 생각이 없어도 주변에서 흉험한 뜻을 품고 이용하려는 놈이 나올 수도 있고. 그러니까 내가 이곳을 떠나는 게 가장 좋아."

"그렇긴 하지만……."

"왜? 아쉬워? 그새 이 형님을 좀 좋아하게 됐나 보지?"

"그럴 리가 있냐! 네가 꺼져 버린다고 생각하니 속이 다 시원한데."

루그가 장난스럽게 묻자 마빈은 발끈해서 쏘아붙이고는 고개를 돌려 버렸다. 루그는 그의 뒤통수를 보며 피식 웃고는 말했다.

"아버지가 철없는 짓 못하게 보살펴 줄 수 있는 것은 너뿐이야, 마빈. 네 어머니를 위해서라도 주눅 들지 말고 그렇게 해라."

"네가 말하지 않아도 알아. 간다."

마빈은 기분이 상한 듯 몸을 일으켜서 가버렸다. 나무들 사이로 사라져 가는 그의 뒷모습을 바라보던 루그가 중얼거렸다.

"뒷일은 네게 믿고 맡기겠다, 마빈. 그렇게 하기 위한 바탕 정도는 내가 깔아주고 갈 테니…….

〈동생 사랑이 지극하군.〉

"그러게. 예전에는 그렇게 미웠던 놈인데 지금은 그냥 귀엽기만 하네. 이게 가족을 보는 정상적인 시선이라는 건가?"

〈그걸 나한테 물어봤자 알 리가 없지.〉

"하긴."

피식 웃는 루그의 주변으로 바람이 불었다. 모닥불이 타고 남은 재가 하늘로 날아오르고, 그중에서 비교적 온전한 형태를 유지하고 있는 나뭇잎 하나가 보였다.

루그는 앉은 채로 그 나뭇잎을 향해 주먹을 뻗었다. 3미터 이상 거리가 떨어져 있어서 닿을 리가 없었지만, 마치 바로 앞에 있는 것을 맞추려는 듯 자연스러운 동작이었다.

팍!

그리고 놀랍게도 루그의 주먹이 뻗어지는 타이밍에 맞춰서 나뭇잎이 몇 조각으로 찢어져 버렸다. 루그는 주먹을 거두면서 중얼거렸다.

"기격. 이걸 조금만 더 다듬으면 아버지하고도 해볼 만하겠지."

과거로 돌아와서 강체술을 처음부터 연마하기 시작했을 때, 루그는 많은 착각을 하고 있었다. 그러한 착각은 강체술의 경지가 놀라운 속도로 올라갈 때마다 수정되었다.

한번 갔던 길이기에 기감을 일깨우고, 스승으로부터 배운 강체술의 흐름을 형성하는 1, 2단계를 완성하는 데는 다른 강체술사들이 들으면 절대 믿지 않을 정도로 짧은 시간밖에 걸리지 않았다.

3단계 역시 도달하는 순간 과거의 기억을 되살려서 경지를 회복할 수 있었다.

4단계는 일정량 이상의 강체력이 있어야만 기술을 사용할 수 있었지만 그것 역시 수준 높은 운용 기술을 이용해서 편법으로 구현하는 데 성공했다.

그리고 이전에 최종적으로 도달했던 경지인 5단계, 기격도 어이없을 정도로 쉽게 터득하고 말았다.

볼카르가 물었다.

〈이유가 뭐지? 넌 아직 4단계도 제대로 사용하지 못하는데 5단계를 쉽게 터득하다니.〉

"4단계인 강검까지는 강체술을 포기하지 않고 꾸준히 연마하면, 그리고 일정량 이상의 강체력을 가지기만 하면 누구나 도달하는 것이 가능한 경지. 하지만 5단계인 기격부터는 학습한 것의 단순한 수행을 뛰어넘어야 도달할 수 있는 경지야. 그렇기에 나도 다시 되찾는 데 오랜 시간이 필요하리라고 생각했는데, 완전히 착각한 거였어."

강체술의 각 단계는 '정상적으로' 처음부터 익혀갈 경우엔 높은 단계일수록 도달하기 어려워진다. 그것이 어려운 이유는 그 이전 단계를 전부 터득하고, 그것에 기초하여 새로운 감각을 찾아내야만 하기 때문이다.

루그의 경우는 이미 그 과정을 거쳐서 감각을 손에 넣은 과거가 있었다. 그렇기에 최소한의 토대만 갖춰지면 쉽게 윗단계로 넘어갈 수 있었고, 그 점은 5단계 역시 마찬가지였던 것이다.

"기격에 속성력이 더해지면 아버지하고도 해볼 만해. 아버지는 지난번 대련 때 본 것이 내 실력의 전부라고 생각할 테니 완벽하게 허를 찌를 수 있을 거야."

다만 기격의 기술 역시 사용자가 지니고 있는 강체력에 의해 위력이 결정된다. 그렇기에 강체력이 일천한 루그가 단번에 백작을 쓰러뜨릴 정도의 위력을 내는 것은 무리였다.

루그는 기격으로 백작의 혼란을 유도하고 그 틈을 찌르려하고 있었다. 백작도 아직 경험해 보지 못했을 기격과 속성력으로 허를 찔리면 일격을 허용할 수밖에 없을 터.

"스승님이라면 이 정도 강체력 격차는 대수롭게 여기시지 않았을 텐데……."

열심히 백작을 이길 방법을 궁리하던 루그는 스승 그레이슨을 떠올리며 한숨을 쉬었다.

시시각각 다가오는 죽음을 앞에 두고 루그에게 자신의 모든 것을 전수하기 위해 전심전력을 다했던 남자. 그는 최선을 다해 루그라는 작품을 깎아냈고, 그 앞에서는 단 한 번도 약한 소리를 하지 않았다.

'비록 지난 생에는 당신의 유언을 지키지 못했지만, 이번에는 다를 겁니다.'

그레이슨은 자기 대신 라나를 지켜달라는 유언을 남겼다.

라나 아룬데. 루그가 처음으로 잃어버린 사랑.

"루그, 당신도 나를 떠나요. 그러지 않으면 불행해질 거예요."

그레이슨이 죽었을 때, 희망이 죽어버린 눈으로 자신에게 말하던 라나의 얼굴이 잊히지 않는다.

태어나면서부터 불행한 운명을 지고 있었고, 단 한 번도 행복해 본 적이 없었던 여자. 그녀를 동정한 이들은 많았지만 모두가 파멸했고, 성인이 되었을 때 곁에 남은 것은 오직 그레이슨뿐이었다. 그렇기에 그레이슨은 손녀처럼 생각하는 그녀를 위해 싸우다 파멸을 맞이했던 것이다.

유일한 가족이었던 그레이슨마저 죽은 후 라나의 곁에 남은 것은 루그뿐이었다. 루그는 그레이슨의 유지를 이어서, 그리고 자신이 사랑하는 여자이기에 라나를 지키기 위해 온 힘을 다했다. 하지만 잔혹한 현실 앞에 그 결의는 무너지고, 그녀를 잃은 루그는 상처 입은 맹수가 되어서 오직 볼카르에 대한 복수만을 위해 살아가게 되었다.

'라나……'

루그는 그녀가 웃는 모습을 떠올리며 주먹을 쥐었다.

사라진 시간에 대한 아쉬움이 없지는 않다.

그녀와 함께했던 추억, 그리고 서로를 향해 쌓아간 마음, 그 모든 것이 사라졌다는 사실을 생각하면 가슴이 아프다.

하지만 그녀를 잃어버렸다는 비극이 사라진다면 모든 것을 포기할 수 있었다. 비록 다시 만났을 때 그녀가, 그리고 그레이슨이 자신을 알아보지 못한다고 하더라도 루그는 그들을 위해 할 수 있는 모든 일을 다 할 것이다.

잠시 상념에 빠져 있던 루그는 문득 태양의 위치를 확인하곤 혀를 쳤다.

"…그나저나 이 녀석, 단단히 토라졌나 보네."

어느덧 마빈이 올 시간이 한참 지나 있었다. 어제 루그가 조만간 떠난다는 소리를 듣고 기분이 상한 것 같더니 아직도 풀리지 않은 모양이다.

"음. 내일도 안 오면 기분 좀 풀어줘야겠는데? 가만, 어떻게 하면 기분을 풀어줄 수 있지?"

사람 사귀는 데 능숙하지 못한 루그이다 보니 어떻게 하면 배다른 동생의 기분을 풀어줄 수 있을지 알 수가 없었다. 루그는 잠시 동안 고민하다가 포기하고 일단 몸을 움직이기 시작했다.

　그렇게 한 시간 정도 지났을까? 문득 익숙한 기척이 다가오는 것이 느껴졌다.

　"어, 마빈 왔네?"

　"어머니를 만나뵙고 오느라 늦었어."

　"난 오늘은 안 올 줄 알았어."

　"왜?"

　"음, 그러니까……."

　마빈이 부루퉁한 기색으로 묻자 루그는 난처한 듯 볼을 긁적였다. 마빈이 루그를 지나쳐서 안쪽에 서면서 말했다.

　"너 떠날 때까지 얼마 남지도 않았잖아. 그전에 배울 것은 다 배워둬야지."

　"……."

　뻐딱한 태도로 말하는 마빈의 얼굴에 떠오른 부끄러움을 본 루그는 왠지 가슴이 찡해지는 것을 느꼈다. 전생에는 그렇게도 밉상이었던 녀석이거늘, 이번에는 좀 솔직하지 못하긴 해도 왜 이렇게 하는 짓이 귀여운지 모르겠다. 원래 동생이 하는 짓은 이렇게 다 귀엽게 보이는 게 정상인가?

　처음 만났을 때에 비하면 다른 사람처럼 변한 마빈의 태도

덕분에 루그는 자신이 올바른 선택을 했다고 믿을 수 있었다.
이번 생에서도 아스탈 백작이 자신의 아버지라고, 존경하고
사랑해야 할 사람이라고 여기진 못했지만, 마빈을 보고 있노
라면 조금이나마 가족의 의미가 무엇인지 알 수 있을 것 같았
다.

"야."

두어 시간 정도 루그의 지도를 받은 마빈이 땀을 닦으며 물
었다.

"너 언제 떠날 거야?"

"음. 아마 한 달 안팎이 될 것 같은데."

루그는 슬슬 떠날 준비를 끝내놓고 있었다. 원래는 그보다
더 빨리 떠날 생각이었지만 마빈에게 강체술 응용 기술을 가
르치다 보니 조금이라도 더 많은 것을 알려주고 싶은 마음에
기간을 늘려 잡았다.

마빈이 말했다.

"어머니한테 들었어. 떠나주는 대신 돈 받기로 했다며?"

"응. 그게 네 어머니한테는 제일 마음이 편할 테니까."

"뻔뻔하긴."

루그가 조금도 부끄러워하지 않고 대답하자 마빈이 입술
을 삐죽였다. 백작 부인에게 루그가 떠나는 대신 돈을 받기로
했다는 말을 들었을 때는 조금 실망하는 마음이 들었는데, 본
인이 이렇게 당당하게 나오니 그런 마음도 사라지고 그냥 실

소만 나온다.

루그가 말했다.

"네 강습료인 셈 치지, 뭐."

"너무 비싼 것 아냐?"

"여기가 촌구석이라 그렇지 좀 번화한 동네로 가면 귀족의 자제들에게 무예를 가르치는 선생들은 엄청난 돈을 받는 경우가 비일비재해. 3만 레브면 싸게 먹히는 거지."

"넌 가끔 말하는 것을 듣다 보면 세상을 한 수십 년 정도는 돌아다녀 본 사람 같아. 도대체 여태까지 뭘 하고 산 거야?"

"이것저것. 접시닦이부터 사람 패서 돈 뜯어내는 일까지 꽤 많은 일을 해봤지."

"사람을 패서 돈을 뜯어내?"

"도시로 나가면 뒷골목에서 노는 조직들 꽤 많거든. 그런 놈들한테 용병으로 고용되어서 이것저것 더러운 일들도 좀 해봤지. 그런 일을 하다 보면 인간이 진짜 썩어가는 것 같은데, 그런 것치고는 별로 대가가 크진 않아. 행여나 그런 일 해볼 생각은 하지 마라."

"난 가문을 물려받을 몸이라고. 그런 일을 어떻게 하냐?"

"그건 그렇지. 근데 귀족들 중에는 의외로 그런 놈들하고 유착하고 있는 놈들이 많아. 나중에 그런 놈들이 이권을 제시하고 손을 잡자고 해도 절대 응하지 마라."

"우리 영지에도 그런 놈들이 있나?"

"있어. 물론 이번에 갔던 마란 같은 산골 마을에는 없지만 이 동네엔 있지. 여긴 그럭저럭 인구도 좀 많고 상단도 왕래하고 그러니까."

아스탈 백작의 성이 있는 마을 아스탈은 영지의 다른 마을에 비하면 인구도 많고 상당히 번화한 편이었다. 그럭저럭 도시의 모양새는 갖추고 있는 편이라고나 할까? 물론 세상을 돌아다니며 진짜 번화한 도시들을 지겨울 정도로 본 루그 입장에서는 촌구석일 뿐이었지만.

"이 동네 놈들은 잔챙이들이긴 한데, 그래도 본성이 승냥이 같은 놈들이라는 것만은 변함없으니까 절대 손잡는 일이 없도록 해."

사실 루그가 이런 말을 하는 것은 이전에 자신이 가문의 권리를 둘러싸고 마빈과 싸울 때의 경험 때문이었다. 가문 내에서 자신의 지지 세력을 만들기 어려웠던 루그는 이 지역의 뒷골목 조직들을 끌어들였고, 싸움이 과열되면서 나중에는 다른 지역의 힘있는 조직들까지 다른 영주들을 끼고 이곳을 넘보게 되면서 집안이 풍비박산 났던 것이다.

"그럴 일 없어."

루그가 어머니가 잔소리하듯이 거듭 강조하자 마빈이 눈살을 찌푸렸다. 동시에 의문이 고개를 들었다.

'근데 이놈도 열다섯 살인 주제에 대체 뭐 이렇게 아는 게 많지? 내가 너무 성에서만 자라서 모르는 건가?'

잠시 고개를 갸웃하던 마빈은 결국 그 의문을 접어두고 다른 것을 물었다.

"여길 떠나면 그다음엔 뭘 할 거야?"

"할 일이 있어."

"무슨 일인데?"

루그가 단호하게 대답하자 마빈이 의아해했다. 루그가 대답했다.

"스승님이 돌아가시면서 부탁하신 일이 있어서 여기저기 좀 돌아다녀야 할 것 같아."

루그는 과거의 인연들을 떠올리며 말했다. 마빈은 잠시 동안 루그를 바라보고 있다가 하늘로 시선을 옮기며 중얼거렸다.

"좀 부럽네. 나도 여기저기 다녀보고 싶다."

"나중에 여유 생기면 한 번쯤 다녀봐. 굳이 세상을 다 보고 돌아다닐 필요는 없고, 그냥 친척들이 있는 곳을 방문하는 정도라도 충분해. 영주님 되기 전에 영지 밖의 세상이 어떤지는 알아야지."

"꼭 한번 해봐야겠군."

마빈은 관심이 생긴 듯 루그에게 영지 밖의 도시들에 대한 이야기나, 루그가 여행하면서 겪은 일들에 대해서 물었다. 마빈이 자신의 일에 관심을 가져주는 것이 기분 좋아진 루그는 이전에 대륙을 돌아다니며 겪었던 일들을 조금씩 각색해서 여행 시에 주의해야 될 점 등과 함께 들려주었다.

그것은 루그가 떠나는 날까지 두 형제의 일상 중 하나가 되었다. 루그는 강체술 말고도 마빈에게 해줄 수 있다는 것에 신이 나서 도저히 열다섯 살의 나이로 겪었다고는 믿을 수 없을 정도로 풍부한 경험담을 들려주었다. 그 이야기를 듣는 마빈의 심경에 어떤 변화가 일어나는지는 눈치채지 못한 채.

5

골치 아픈 오크들을 토벌한 후 한동안은 별 사건 없이 평화로운 나날이 계속되었다. 그렇게 8월이 끝나고, 9월도 중순이 지났을 무렵 아스탈 백작은 예상치 못한 일을 맞이하게 되었다.

몇몇 하인들과 병사들을 제외하면 모두가 잠든 한밤중, 평소 습관대로 서재로 들어선 아스탈 백작은 책상 위에 편지 한 장이 놓여 있는 것을 발견했다. 모르는 새 이웃 영주들에게서 초대장이라도 왔나 싶어서 집어 들고 보니 봉투에는 의외의 이름이 적혀 있었다.

루그 아스탈이 아버지께.

같은 성에 살면서도 좀처럼 얼굴을 마주하는 일이 없는, 수수께끼가 많은 아들의 편지라는 것을 안 백작은 고개를 갸웃거렸다. 할 말이 있으면 찾아와서 말하면 되지 왜 굳이 편지를 써서 이곳에 남기고 갔단 말인가?

하지만 편지를 뜯어본 그는 곧 표정을 굳혔다. 편지의 내용이 전혀 예상치 못한 것이었기 때문이다. 그는 즉시 외투를 걸친 다음 마구간으로 달려가서 말을 타고 달려나갔다.

"백작님! 이 밤중에 어딜 가시는 겁니까?"

"잠시 나갔다 오겠다! 금방 올 테니 걱정하지 말도록!"

당황한 성문지기의 물음에 백작은 짧게 대답하고는 말을 달렸다. 그리고 시가지를 벗어나서 언덕 몇 개를 넘은 곳에 있는 숲 쪽으로 말을 달렸다.

목표로 하던 곳은 쉽게 찾을 수 있었다. 그곳에는 마치 백작을 인도하듯이 환한 불빛이 보였기 때문이다. 그냥 모닥불로 보기에는 큰 것이 꽤 많은 상삭을 쌓아놓고 불을 피운 모양이었다.

히히히힝!

백작은 전력으로 말을 달려서 불빛이 있는 곳으로 향했다. 숲의 입구에서 조금 떨어진 길에 마치 축제 때 피우는 불처럼 많은 장작이 차곡차곡 쌓여서 활활 불길이 타오르고 있었다.

"루그!"

백작은 그 앞에 서 있는 이를 발견하고 외쳤다. 여행자용의 두터운 망토를 두르고 후드를 눌러쓰고 있어서 얼굴이 보이지 않았지만, 그래도 백작은 그가 루그이리라 확신했다.

"오셨군요, 아버지."

과연 기다렸다는 듯 후드를 젖히고 얼굴을 드러낸 것은 루그였다. 그 앞에 멈춰 선 백작이 말에서 내리며 물었다.

"이게 무슨 짓이냐?"

"아버지께서 찾아오시기 힘들 것 같아서요. 그래도 마지막 가는 길이라 인사를 하려고 신경 좀 쓴 거예요."

"그걸 묻는 게 아니다. 어째서 갑자기 떠나겠다는 것이냐?"

루그의 편지에는 이만 가문을 떠날 것이며, 마지막으로 인사를 하고 싶으니 이곳으로 나와 달라는 내용이 적혀 있었다. 백작으로서는 당황해서 뛰어올 수밖에 없었다.

루그가 대답했다.

"할 일이 있기 때문입니다."

"그게 무슨 일이기에? 기껏 나를 찾아와서 아들로 인정받지 않았느냐? 이제 내 아들로, 아스탈 백작가의 일원으로 살면 되는데 어째서 떠나겠다는 거지?"

백작은 혼란스러워하고 있었다.

자신과 꼭 닮은 용모를 가진 루그는 정말 알 수 없는 구석이 많은 아들이었다. 그 나이에 어울리지 않는 태도하며, 귀족가에서 자라나지 않았으면서도 탁월한 기량을 보이는 것도 이해할 수 없는 부분이었다.

하지만 백작은 굳이 그 점을 의심하거나 따지고 들지 않았다. 어쨌거나 루그는 자신의 아들이고, 그렇다면 강한 의지와 뛰어난 무예의 재능을 자랑하는 것이야 당연한 일이다. 그는 아버지로서 그의 모든 것을 받아들이고 책임져 주면 그만이다.

루그가 처음 가문에 들어오고 나서 거의 반년이 지나는 동안 백작은 그를 완전히 아들로 받아들였다. 루그도 좀 겉도는 구석은 있어도 가문의 일원으로 사는 데 잘 적응하고 있다고 생각했다. 얼마 전에 오크들을 토벌할 때 보여준 모습은 정말 기특했고, 마빈과도 잘 지내는 것 같아서 흐뭇했다.

그런데 이제 와서 떠나겠다니 이해할 수가 없었다.

루그가 쓴웃음을 지으며 대답했다.

"아버지, 저는 분란의 씨앗이에요."

"뭐?"

"아버지가 저를 아들로 받아들이신 그날부터… 저는 아스탈 백작가를 흔드는 독이 될 가능성이 많은 존재였어요."

"누가 그러더냐? 네가 사생아라서? 그런 말을 지껄이는 놈이 있다면 내가……!"

흥분하는 아스탈 백작에게 루그는 조용히 고개를 저었다. 그가 진심으로 분노하고 있다는 사실이 루그에게 더없는 쓸쓸함을 느끼게 했다. 그는 정말로 자신을 아들로 인정하고,

그렇기에 아버지로서 분노하고 있는 것이다.

루그가 말했다.

"어느 누가 말한 게 아닙니다. 아버지 당신은 이 나라의 법을 알고 계시겠지요. 그런데도 제 존재가 인정됨으로써 위기감을 느꼈을 마빈을 안심시켜 주지 않으셨습니다."

"난 아직 후계자를 정하지 않았다. 네가 없었다면 당연히 마빈이 후계자가 되었겠지. 하지만 자격있는 자가 둘이라면, 아스탈 백작의 이름을 이어받을 자는 더 뛰어난 자가 되어야 한다."

백작이 주저없이 대답했다. 그 말에 루그가 입술을 깨물었다.

이전부터 백작이 이런 생각을 가졌음을 알고 있었다. 그렇기에 루그와 마빈이 서로 다투든 말든 후계자를 확정 짓지 않고 시간을 보내는 동안 집안은 풍비박산 나고 말았다.

하지만 백작의 입으로 그 생각을 직접 듣는 것은 처음이었다. 왠지 모르게 후련한 기분과 함께 화가 치밀었다.

"아버지가 틀리셨습니다."

"뭐라고?"

아스탈 백작의 목소리에 노여움이 실렸다. 동시에 위압적인 기세가 풍겨 나오기 시작한다. 보통 사람이라면 숨이 막힐 정도의 기세였다.

하지만 루그는 태연하게 그를 노려보며 대답했다.

"아버지는 영주로서는 정말 뛰어나신 분이에요. 저도 아버지가 얼마나 영지민들에게 존경받는지 보았고, 저 역시 영주로서의 아버지를 존경합니다."

세상을 다 뒤져도 백작만큼 사랑받는 영주는 찾기 힘들리라. 하지만 완벽한 영주가 곧 완벽한 가장은 아니라는 점이 아스탈 백작가의 비극을 만들었다.

"하지만 아버지는 큰 것만 보고 작은 것을 보지 않으셨지요. 부디 아버지의 행동이 어떤 결과를 낳았는지 똑바로 보세요. 아버지의 부인이 얼마나 상처받았는지, 아버지의 아들이 얼마나 분노하고 있는지. 아버지께서는 충동적으로 행동한 뒤 그 결과를 책임지겠다고 하시지만 그것이야말로 진정 무책임한 행동입니다. 자신의 마음만을 편하게 하는 그 행동들이 주변을 얼마나 상처 입히는지 모르시겠지요."

"루그, 네가 감히 나에게 훈계하는 것이냐?"

"그렇습니다. 아버지가 화를 내셔도 저는 할 말을 해야겠습니다. 안 그러면 누구도 아버지에게 이런 사실을 가르쳐 주지 못할 테니까. 아버지 곁에 있는 사람들도 모두 마음이 있다는 것을 아셔야 합니다. 백작 부인도, 마빈도, 그리고… 저도."

"루그, 나는 네 아비다! 아비가 자식을 책임지는 것은 당연한 일이거늘 그게 잘못된 일이라고 하는 것이냐?"

"그게 잘못되었다고 말하진 않았어요. 잘못된 것은 책임지는 방식입니다. 아버지는 이제 와 저를 아들로 인정하셨고, 그걸로 모든 것이 끝났다고 생각하셨지만, 주변 사람들이 어떻게 생각할지는 전혀 생각하지 않으셨지요. 그리고 욕망으로 제 어머니를 품으신 뒤에 한 번도 찾아오지 않으셨습니다."

"난 리나르에게 정표를 주었다. 무슨 일이 있으면 찾아오라고 분명히 당부했어."

"세상이 아버지 생각처럼 단순하다면 얼마나 좋을까요? 아버지가 그렇게 욕망으로 품고, 찾아오라고 한 여자들 중에 정말로 찾아온 사람들이 얼마나 있었는지 아십니까? 그리고 그들이 어떻게 됐는지 관심 가져본 적은 있으십니까?"

"루그, 더는 못 들어주겠구나. 내가 정말로 화를 내기 전에 닥치거라."

"정말로 화를 내신다니 차라리 잘됐군요. 어차피 아버지랑은 한 번쯤 주먹으로 대화를 나눠야 한다고 생각하고 있었거든요."

분노로 악귀 같은 표정을 짓는 백작에게 루그가 쏘아붙였다. 그리고 어깨의 핀을 풀어서 여행자용 망토를 벗어 던진 다음 자세를 잡았다.

"제가 그동안 얌전히 굴었지만 사실 아버지한테 쌓인 게 산더미 같았죠. 실은 떠나기 전에 다 정리하고 싶어서 아버지를 이곳으로 오시게 한 겁니다. 어디 한번 붙어보죠."

"오냐. 네가 그럴 생각이라면 나도 사양 않고 버릇을 고쳐 주마!"

백작도 외투를 벗어 던지고 주먹을 들었다. 그렇게 가을의 싸늘한 밤공기 속에서 아버지와 아들이 서로 대치했다.

6

무시무시한 기운을 뿜어내는 백작을 보며 루그가 물었다.

"검은 안 쓰실 겁니까?"

"아들이 맨손으로 덤비겠다는데 검을 들다니 안 될 노릇이지. 네 버릇은 고쳐 주겠다만 죽이거나 병신 만들 생각은 없다."

"절 너무 얕보시는군요. 곧 격하게 후회하실 텐데, 그때 되면 검을 들 여유를 드리죠."

루그는 코웃음을 치고는 자세를 바꾸었다. 아예 방어를 풀고 빈틈투성이 자세로 백작에게 성큼성큼 다가간다.

백작이 눈살을 찌푸렸다. 루그의 실력이 어느 정도인지는 지난번 대련을 통해서 충분히 알았다. 루그 역시 백작이 자신보다 훨씬 강하다는 것을 알 텐데 이런 식으로 접근해 오는 이유를 알 수가 없었다.

"내가 격투술엔 조예가 없다고 생각하나 보구나."

백작은 코웃음을 치며 주먹을 내질렀다. 아직 한참 교육받는 중인 마빈과 달리 그는 맨손 격투술에도 조예가 깊었다. 검술에 비하면 어설프지만 강체술과 융합된 그의 맨손 격투술은 마물들을 쉽사리 때려눕힐 수 있는 위력을 자랑한다.

백작이 위협하듯이 오른 주먹을 내질렀다. 루그의 키는 160센티를 겨우 넘는 정도였고, 백작의 키는 180센티가 넘었기 때문에 손발이 닿는 범위에서 엄청 차이가 났다. 그것은 실전에 임했을 때는 도저히 넘을 수 없는 산처럼 거대한 이점이었다.

하지만 루그는 주먹이 날아드는 것을 보면서도 전혀 걸음을 멈추지 않았다. 왼손을 들어서 주먹의 옆에 갖다 대면서 슬쩍 팔을 비틀었을 뿐이다.

파앙!

고작 그것뿐이었는데 백작의 주먹이 크게 튕겨 나갔다. 동시에 루그의 오른 주먹이 섬전처럼 뻗어 나왔다.

후우우웅!

바람 가르는 소리가 섬뜩하게 울려 퍼졌다. 백작은 등골이 서늘해지는 것을 느끼며 뒤로 물러났다. 수십 년간의 지옥 같은 훈련과 무수한 실전으로 단련된 감각이 없었다면 방금 전의 일격을 정통으로 맞고 말았을 것이다.

루그의 공격은 그것으로 끝나지 않았다. 백작이 물러나는 것과 같은 속도로 달려들면서 낮게 돌려차기를 날린다.

빡!

발차기가 백작의 허벅지에 작렬하며 호쾌한 소리가 울려 퍼졌다. 막대한 강체력으로 보호받고 있는 백작의 몸이건만 뼈가 울리고 화끈한 통증이 느껴졌다.

　파바바밧!

　백작이 휘청거리는 순간 루그의 양 주먹이 질풍처럼 날아들었다. 백작은 양손을 들어서 그것을 막아냈지만 고작 2, 3초 정도의 공방으로 움직임이 흐트러지고, 그렇게 발생한 틈으로 루그의 주먹이 인정사정없이 작렬했다.

　퍼억!

　"크억!"

　백작의 입에서 신음이 흘러나왔다. 상반신을 거의 움직이지 않으면서 날리는 일격이라 위력도 가벼울 줄 알았건만, 몸통에 꽂히는 순간 충격이 내장을 관통했던 것이다.

　백작은 비틀거리면서도 주먹을 크게 휘둘러서 루그를 물러나게 했다. 루그는 순순히 뒤로 거리를 벌리며 말했다.

　"지금이라도 검을 잡으시는 게 어떨까요? 아버지의 특기 분야가 검술이듯이 제 특기 분야는 맨손 격투술입니다. 맨손 격투술도 실전에서 써먹으실 정도로 잘 익히셨다는 것은 인정해 드리겠습니다만, 저도 이 두 주먹으로 무기를 든 인간들을 셀 수도 없이 쓰러뜨린 놈입니다."

　"어디서 이런 기술을 배운 거냐?"

　"제 스승님에게서죠. 그나저나 어머니 돌아가실 때, 얼굴도 모르는 아버지를 생각하면서 진짜 만나면 꼭 한 대쯤 후려 갈기고 싶다고 생각했는데 실제로 해보니까 꽤나… 후련하군 요."

"버릇없는 놈."

피식 웃는 루그 앞에서 백작이 허리에 찬 검에 손을 가져갔다. 하지만 그는 검을 뽑진 않았다.

"아들을 죽일 수는 없으니……."

철컥!

그는 검집의 잠금쇠를 걸어 잠근 다음 그대로 벨트에서 분리시켰다. 검집을 씌운 채로 싸울 생각이라는 것을 안 루그가 투덜거렸다.

"아버지 힘으로 치면 검집 씌운 채라도 충분히 죽거든요?"

"적어도 두 동강은 안 날 것 아니냐."

백작이 코웃음을 치며 자세를 잡았다. 단지 그것만으로도 그의 기세가 일변했다. 5미터 이상의 거리가 있는데도 한순간에 두 조각 날 것 같은 위협적인 예기(銳氣)가 뻗어 나온다.

'역시 아버지. 검을 들었을 때와 안 들었을 때는 완전히 다른 사람이군.'

〈대체 왜 고생을 자초하는 건지 모르겠군. 그냥 맨손일 때 쓰러뜨리는 쪽이 낫지 않았나?〉

두 부자의 대결을 흥미진진하게 지켜보던 볼카르가 한마디 했다. 루그는 백작에게 말하는 것 같은 투로 그 의문에 대답했다.

"부자간에 진정한 대화를 나누려면 서로 전력을 다해야겠죠? 아버지, 어디 한번 시원하게 붙어보자고요."

"좋다. 그런데 하나 묻고 싶구나."

그렇게 묻는 백작의 얼굴에는 처음 싸우기 시작할 때의 분노는 찾아볼 수 없었다. 루그가 보여준 실력에 감탄하고, 한 사람의 대등한 적수로 인정했기에 심경에 변화가 일어난 것이다. 루그의 생각대로 백작은 말로 설득하기보다는 주먹과 검으로 대화를 나눠야 납득하고 받아들일 수 있는 천생 무인이었다.

루그가 고개를 끄덕이자 백작이 물었다.

"지난번 대련 때는 실력을 감추었던 것이냐?"

"네."

루그가 선선히 고개를 끄덕였다.

물론 그때는 전력을 다했지만 그후로 실력이 일취월장했다고 해봐야 믿어주지 않을 게 뻔했기 때문에 백작이 원하는 대답을 들려주었다. 백작과 대련할 당시의 루그와 지금의 루그 사이에는 정상적으로는 적어도 10년은 훈련해야 메울 수 있는 격차가 있거늘 진실을 말한들 믿어줄 리가 없지 않은가?

"그랬군. 그때부터 이럴 생각이었느냐?"

"아버지를 가까이에서 보고 나서는 그럴 생각이었죠. 아버지가 강한 걸 뻔히 아는데 전력을 다 노출할 수는 없잖아요?"

"약삭빠른 녀석 같으니. 그럼 어디 이번에는 진짜 실력을 보자꾸나."

백작은 입을 다물고 루그를 쏘아보았다. 루그도 그를 노려보며 자세를 취하니 숨 막힐 듯한 긴장감이 내려앉았다.

'역시 강체력의 차이가 심각할 정도로 커. 이건 도저히 어떻게 할 수 없는 차이. 정면으로 싸워서는 승산이 없다.'

루그는 자신의 감각을 위협하는 백작의 기세를 느끼며 예상을 확신으로 바꾸었다. 충분한 시간 동안 단련한 육체에 압도적인 강체력을 가진 백작은 근력도, 순발력도, 체력도, 그리고 반응속도까지도 루그보다 앞선다. 루그는 강체력이 일천한 것은 물론이고 육체적으로도 아직 성장기인 데다가 단련도 덜 되었기 때문에 신체 능력만으로 보면 상대가 안 된다.

그럼 기술로 압도하는 수밖에 없는데, 이것도 가능성이 없었다. 비록 강체술의 경지는 루그가 더 높을지언정 게으름 부리지 않고 철저하게 단련했고, 실전까지 겪어온 백작의 검술은 허점을 찾기 어려운 최고의 수준이었다. 게다가 루그는 맨손이고 그는 검을 쓰니 공격 거리 면에서 아예 다가가기도 어려울 정도로 압도적인 차이가 벌어진다. 좀 과장해서 비유하자면 이쪽은 창을 들고 돌격하는데 저쪽에서는 여유있게 화살을 쏴대는 수준이다.

'허를 찌르는 수밖에.'

루그의 승산은 백작이 그에 대해서 잘 모른다는 것에 있었다. 루그는 백작의 강체술을 알고 있고 검술도 알고 있기에 그 흐름을 짐작하기가 어렵지 않다. 그러나 백작은 루그가 익힌 오더 시그마의 특성조차 모르고, 강력한 맨손 격투술을 구사하는 적과 싸워본 경험도 별로 없을 것이다.

　'그리고 기격.'

　루그의 눈이 빛났다. 그가 한 발짝 내딛는 순간, 백작이 흠칫하더니 갑자기 허공에다 대고 검을 휘둘렀다.

　쉬이이잉!

　압도적인 신체 능력과 극한까지 연마된 검술이 합쳐진 그 검격은 거의 눈에 보이지도 않을 정도로 빠르고 예리했다. 이 순간 루그가 그의 공격 거리 안에 들어갔다면 꼼짝없이 베였을 것이다.

　하지만 놀랍게도 백작의 검격은 허공을 가르고 말았다. 일부러 빗나가게 한 것이 아니었다. 백작은 루그가 공격 거리 안으로 들어서는 것을 감지하는 순간 검격을 날렸다. 그런데 루그는 공격 거리에서 반보 떨어진 곳에 있다가 검끝이 자신의 앞을 지나가는 순간 뛰어드는 것이 아닌가?

　'아니?!'

　백작이 경악했다. 자신이 검이 닿는 거리를 착각하다니 믿을 수가 없었다.

　루그는 돌진력을 증가시키는 응용 기술을 사용, 한순간에 백작의 품으로 뛰어들었다. 검을 휘두르는 타이밍을 기가 막히게 이용했기 때문에 백작으로서는 도저히 그 돌진을 저지할 수 없었다. 자신을 올려다보는 루그의 눈을 보며 섬뜩함을 느끼는 순간, 주먹이 날아들었다.

촤아아악!

백작의 옷이 찢어졌다. 백작은 허점을 노출했으면서도 압도적인 신체 능력의 격차를 활용하여 루그의 공격을 피해낸 것이다. 하지만 완벽하게 피해내진 못해서 두껍게 입은 옷이 찢겨져 나가고 피부에 상처가 나 핏방울이 튀었다.

루그는 공격이 빗나갔어도 당황하지 않고 다음 공격을 날렸다. 낮은 돌려차기로 백작의 허벅지를 걷어찬 다음 왼쪽 주먹을 견제하듯이 가볍게 뻗는다.

쾅!

하지만 그 주먹이 백작의 몸에 닿는 순간 폭음이 울려 퍼졌다. 주먹이 내질러지는 기세는 가벼웠으되 그 끝에 강체력을 집중시켜서 폭발시킨 것이다.

"후읏!"

백작이 호흡을 짧게 끊으며 그 공격을 버텨냈다. 그리고 곧바로 루그의 머리 위로 검을 내려쳤다.

이 대응에는 루그도 놀랄 수밖에 없었다. 백작은 루그의 공격을 피할 수 없다고 생각하는 순간, 몸통에 강체력을 집중시켜서 타격을 분산시켜 버린 것이다.

쉬잉!

루그가 아슬아슬하게 내려치기를 피해내는 순간, 백작이 땅을 박차고 몸을 날려왔다. 루그가 어디로 피할지를 예측하고 몸통박치기 공격을 가해온 것이다.

'역시 아버지! 녹록지 않군!'

루그는 손바닥을 백작의 팔에 얹으면서 발을 허공으로 띄웠다. 그러자 백작이 몸통박치기를 가하는 힘을 고스란히 받으면서 뒤로 이동, 돌진력이 약해지는 순간 다시 땅에 발을 디디면서 눈을 빛냈다.

퍽!

백작의 고개가 옆으로 돌아갔다. 루그는 손도 안 댔는데 갑자기 보이지 않는 뭔가가 안면을 후려갈긴 것이다.

그리고 그 타격으로 잠깐 집중력이 흩어지자 곧바로 루그가 땅에 딛고 있던 발끝에 강하게 힘을 주었다. 그로부터 발생한 힘을 무릎으로 전달하고, 다시 무릎을 나선으로 비틀면서 증폭된 힘을 허리로 올려 보내고, 허리를 비틀면서 증폭된 힘을 어깨로 전달하고, 마침내 팔을 틀어 그 힘을 완벽하게 손바닥 끝으로 전달시켰다. 완벽한 타이밍으로 전달된 그 힘이 미리 집중시켜 두고 있던 강체력으로 증폭되어 손바닥과 닿아 있던 몸속으로 쏘아진다. 백작의 몸속에서 강체력의 폭발이 일어났다.

쿠웅!

"커헉!"

백작은 내장이 뒤틀리는 충격을 느끼며 신음을 토했다. 그 순간 루그가 발차기를 날렸다. 놀라운 탄력과 유연성에 힘입은 발차기가 호를 그리며 날아들어서 백작의 두터운 목에 작렬했다.

콰작!

근거리에서 작렬한 발차기에 백작의 몸이 옆으로 쓰러졌다. 무너지는 백작을 보며 루그는 승리를 확신했다.

그런데 그때였다. 쓰러지는 백작의 눈이 섬뜩하게 빛나는가 싶더니 팔로 땅을 짚었다. 그리고 루그의 발밑이 폭발했다.

쾅!

'이건 어스웨이브!'

강체력을 대지로 흘려보내서 원하는 지점에서 폭발시키는 응용 기술이었다. 이전에는 루그도 즐겨 쓰던 기술 중의 하나였지만 지금은 강체력 부족으로 사용할 수도, 방어할 수도 없었다.

"크윽!"

비틀거리는 루그 앞에서 백작이 몸을 일으켰다. 백작은 숨을 한번 들이쉬었다 내쉬고는 퉤 하고 피가 섞인 침을 뱉었다.

"이것 참, 너무 놀라워서 말이 안 나오는군."

그가 루그를 보며 허탈한 웃음을 흘렸다. 단순히 루그에게 허를 찔려서 위험한 상황에 몰렸기 때문이 아니다. 공방 중에 겪은 이해할 수 없는 변화들을 분석해 본 백작은 도저히 믿기 어려운 결론을 도출해 냈던 것이다.

"루그, 너는 어떻게 기격의 경지에 올랐느냐?"

7

백작이 믿을 수 없다는 듯 묻자 루그가 흠칫했다. 설마 짧은 공방 중에 사용한 단 두 번의 기격으로 루그의 경지를 간파할 줄은 몰랐던 것이다.

백작이 말을 이었다.

"네가 내 감각을 교란시키는 방식은 기척을 조작해서 상대방을 자극하는 것과는 다른, 내 입장에서는 도저히 반응하지 않을 수 없는 명확한 자극이었다. 그리고 돌아가신 내 아버지, 즉 네 할아버지께서는 말년에 기격의 경지에 오르셨기에 나도 어린 시절 아버지께 훈련받으면서 기격을 수도 없이 맛보았지. 물론 그분의 기격은 네가 쓰는 것보다 훨씬 강해서 건드리지도 않고 나를 쓰러뜨리실 수 있을 정도였다만."

"기격을 경험해 보셨다면 알아보시는 것도 당연하군요."

루그가 한숨을 쉬었다. 설마 이렇게 쉽게 간파당할 줄은 몰랐다. 기격의 경지는 겪어보지 않으면 도저히 알 수 없는 감각의 세계이기에 적어도 승패가 결정될 때까지는 우위를 점할 수 있을 것이라 여겼거늘.

백작이 말했다.

"그렇게 말하는 것을 보니 기격을 사용한 게 확실하구나. 어떻게 네 나이에 5단계에 오를 수 있었지? 네 강체력은 마빈보다도 약하니 4단계에 오르는 것조차 불가능해야 정상인데."

"세상에는 아버지의 상식을 뛰어넘는 기술들이 많답니다. 제 스승님께서는 6단계의 수행자셨고, 오더 시그마의 기술은 일반적인 강체술과는 궤가 다르기에 가능한 일이죠."

루그는 그렇게 얼버무렸다. 당연하지만 루그의 유파 오더 시그마의 훈련 방식으로도 이렇게 상식을 무시한 성장은 불가능했다. 하지만 백작은 유파의 비전 중에 그런 기술이 있나보다 하고 납득하는 것 같았다.

"그렇군. 정말 대단하구나. 이런 기술을 버리고 가문의 기술을 익히라고 강요했으니 반발하는 것도 당연한 일이군. 하지만 루그, 우리 가문의 강체술이 너처럼 비정상적인 성장을 이끌어낼 수 없을지언정 그 깊이에 있어서는 뒤지지 않는다."

"알고 있습니다. 무가의 기술은 그 역사만큼 연구되고 개량되어 온 것, 결코 얕보아서는 안 된다고 스승님께서도 매번 당부하셨지요."

루그가 고개를 끄덕이자 백작이 허허, 웃으며 다시 자세를 잡았다.

"왠지 기분이 좋다는 게 우습구나. 아들한테 맞았으니 불같이 화를 내야 할 것 같은데 웃음만 나오는군."

"다행이군요. 저도 아버지 때리는 게 이렇게 속이 시원할 줄 몰랐거든요."

"하하하! 정말로 버르장머리가 없는 놈이로다. 어쨌든 이제부턴 다를 거다. 네가 기격을 사용하는 강체술사라는 것을 안 이상 나도 철저하게 하겠다. 그렇다고 검을 뽑겠단 소린 아니다만."

"거 지금까지 휘둘러댄 공격도 사람 죽이기에 충분한 위력이었거든요?"

루그가 투덜거리자 백작은 피식 웃었다. 그리고 한 걸음 좁혀오면서 검을 휘두른다. 검집을 씌운 채로도 목을 베어버릴 수 있을 것 같은 날카로운 공격이었다.

쉬이잉!

아슬아슬하게 루그가 그것을 피해낸다. 하지만 루그는 곧 보이지 않는 파동이 자신의 몸을 훑고 지나가는 것을 느끼며 비틀거렸다. 백작이 검격을 날림과 동시에 거기에 집중시켰던 강검의 기운을 해방시켰고, 마치 강풍 같은 기운이 루그를 후려갈겼던 것이다.

쾅!

동시에 루그의 발밑이 폭발했다. 백작은 검격을 날리는 동시에 발 구름을 매개로 어스웨이브를 시전한 것이었다.

'으윽, 강체력이 남아도니 이런 짓도 가능하군!'

이전이었으면 이런 동시 공격 따윈 가볍게 뿌리치고 반격까지 날렸을 텐데 지금은 어처구니없을 정도로 쉽게 당해 버렸다. 압도적인 강체력을 가진 백작은 한 번에 쓸 수 있는 힘도, 그리고 그것을 발하는 속도도 루그보다 훨씬 빨랐다. 그리고 루그를 얕보지 않고 전력을 다하는 그의 공격 속도는 루그의 감각 속도를 앞서고 있었다.

뻐억!

완전히 빈틈을 노출한 루그에게 백작의 검격이 날아들었다. 루그는 급하게 팔을 들어서 그것을 막았지만 그대로 몇 미터나 옆으로 튕겨 나갔다.

"음?"

백작이 놀라서 눈을 크게 떴다. 아들을 죽일 마음은 없었기에 방금 전의 검격은 적당히 사정을 봐주면서 날린 것이었다. 하지만 강검의 힘이 실려 있었으니 팔을 들어 막았다 한들 뼈가 부러졌어야 정상이다. 그런데 루그는 팔이 아픈 듯 손을 털 뿐 전혀 그런 기색이 없었다.

"넌 강검의 기술을 자기 몸에 사용하는 것이냐?"

"자기 밑천을 줄줄이 털어서 설명해 드릴 이유는 없거든요?"

루그가 투덜거렸다. 백작의 짐작대로 루그는 팔에 강체력을 집중, 강검과 동일한 효과를 적용시키면서 동시에 오더 시그마 특유의 방어 기술인 스파이럴 스트림까지 발동시켜 공격을 막아냈다. 강체력이 지금의 세 배만 됐어도 백작의 검격을 튕겨내고 반격의 기회를 만들 수 있었을 텐데, 지금은 제대로 막아내고도 뼈가 저릴 지경이었다.

한차례 호흡을 고른 루그는 경쾌한 스텝을 밟으면서 백작의 주위를 돌기 시작했다. 그것은 단순히 백작의 빈틈을 살피기 위함은 아니었다. 감각도 육체도 모두 루그보다 압도적으로 빠른 백작을 상대로 그런 전법을 취하는 것은 별 의미가 없다.

루그의 의도는 단순히 위치를 바꾸는 것이었다. 백작의 공격 거리를 아슬아슬하게 벗어난 위치를 돌면서 아직도 활활 타오르고 있는 불 가까이 간다.

문득 볼카르가 말했다.

〈드디어 밑천이 다 떨어졌군. 남은 것은 속성력뿐인가?〉

"지금 말 걸지 마. 집중력 흩어진다."

루그는 작게 투덜거리고는 불가로 향했다. 루그가 슬금슬금 거리를 벌리자 백작도 그만큼 따라서 거리를 좁혀온다.

'자, 이게 마지막 도박이다.'

기격이 간파된 이상 정상적으로 싸워서는 도저히 승산이 없다. 속성력으로 다시금 허점을 만든 다음 가차없이 그것을 찔러서 승부를 결해야 했다.

'길게 끌면 무조건 진다. 여기서 쓰러뜨려야 해.'

루그는 칼날 같은 시선으로 백작을 노려보며 호흡을 골랐다. 그 호흡이 들이쉬는 것에서 내쉬는 것으로 전환되는 순간, 백작이 앞으로 뛰어들며 중단을 베는 검격을 날렸다.

그것은 일격에 승부를 내고자 하는 공격은 아니었다. 루그가 뒤로 물러나는 순간, 백작이 크게 한 발 더 내디디면서 상단을 벤다. 루그가 고개를 숙여 피하자 이번에는 조금 더 크게 내디디면서 내려치기로 전환했다.

'크윽!'

루그는 숨 쉴 틈도 없이 몰아치는 검격들을 아슬아슬하게 피했다. 백작의 움직임이 워낙 빨라서 전체적인 움직임을 보고 예측해서 아슬아슬하게 피하는 게 고작이었다. 도저히 거리를 좁힐 엄두가 나지 않는다.

그렇게 몰리던 루그는 결국 불을 등지고 서고 말았다. 더 이상 물러날 곳이 없게 된 루그를 본 백작이 눈을 빛내며 그대로 루그의 팔을 노리고 검을 휘둘렀다.

화아아아악!

바로 그 순간 불이 폭발했다. 등 뒤에서 타오르던 불길이 폭발적으로 확장되면서 루그의 몸을 삼켜 버린다. 그리고 백작까지 휩쓸어 버릴 기세로 덮쳐 왔다.

백작의 눈이 경악으로 크게 떠졌다. 아무런 조짐도 없이 불이 폭발한 것과 아들이 그 불에 삼켜져 버렸다는 사실이 그를 동요하게 만들었다. 그가 휘두르던 검을 멈추고 루그가 있는 불속으로 손을 뻗는 순간, 그 앞에서 루그가 뛰쳐나왔다.

화르르륵… 콰아앙!

폭음이 울리며 폭염을 휘감은 루그의 주먹이 백작의 몸통에 작렬했다. 퍼져 나가는 불길이 백작의 몸을 휩쓸고 주변을 뒤흔들었다.

후우우우우!

그 직후 급격한 온도 변화와 충격으로 인해 거센 기류가 몰아쳤다. 몸에 휘감은 불길이 흩어지는 것을 느끼며 루그가 입 끝을 일그러뜨렸다. 살짝 벌려진 입에서 신음이 흘러나왔다.

"으윽……."

몸속에서 우두둑 하고 뼈가 부러지는 소리가 기분 나쁘게 울려 퍼졌다. 루그는 격통으로 표정을 일그러뜨리며 흘끔 자신의 옆구리를 바라보았다. 그곳에는 백작이 한 팔로 휘두른, 검집을 씌운 검이 닿아 있었다.

고통으로 움직임이 마비된 백작이 부들부들 떨리는 목소리로 말했다.

"이 악랄한 녀석……."

백작은 불속에서 루그가 뛰쳐나와서 주먹을 내지르는 순간, 모든 것이 그의 계획이었다는 사실을 깨달았다. 자신의 동요를 유발하기 위해서 스스로 불을 뒤집어쓰다니 설마 그런 방법을 쓰리라고 누가 상상이나 하겠는가?

루그가 숨이 턱턱 막히는 것을 느끼며 억지로 말했다.

"아버지야말로… 이럴 땐 그냥 좀 맞고 쓰러져 줄 것이지 진짜 분위기 파악 못하시는군요."

백작은 공격하던 기세가 흐트러지고 완전한 허점을 노출했으면서도 그냥 호락호락 당해주지 않았다. 공격받는 지점에 강체력을 집중해서 버티면서 한 손으로 검을 휘둘러 루그의 몸통을 후려쳐 버렸다.

서로 닮은 얼굴을 가진 부자는 그렇게 서로의 몸을 주먹과 검으로 후려갈긴 채로 석상처럼 굳어 있었다.

"훗……."

문득 백작이 표정을 펴며 웃음을 흘렸다. 그가 비틀거리며 뒤로 한 걸음 물러나더니 그대로 주저앉으면서 울컥 피를 토했다.

"아버지!"

"으윽, 정말 쓸 만한 주먹이구나. 이거 한동안 정양하지 않으면 큰일 나겠어."

백작이 입가에 묻은 피를 슥 닦아내며 말했다. 강체력을 집중시켜서 버텨내긴 했지만 루그의 공격은 갈비뼈 네 대를 부러뜨리고 상당한 내상을 입혔다. 제대로 치료받지 못해서 악화되면 목숨이 위험할 수도 있는 부상이었다. 급한 대로 일단 강체력을 운용해서 체내를 다스리는 그를 보며 루그가 말했다.

"좀 비겁한 방법이었다는 것은 인정하지만, 이렇게 안 하면 아버지한테 제대로 한 방 먹여줄 수가 없을 것 같았어요."

"비겁한 것을 넘어서 비열하구나. 내 평생 이렇게 사악한 간계에 빠져 본 적이 없다. 아들이 눈앞에서 불에 삼켜지는 것을 보고도 동요하지 않을 수 있는 아버지가 어디 있겠느냐?"

"덕분에 아버지가 저를 생각하는 마음도 알 수 있었으니 일석이조였다고 해두죠."

루그는 비틀거리면서 걸어가더니 벗어두었던 여행용 망토를 들어서 걸쳤다. 그것을 본 백작이 물었다.

"가려느냐?"

"네."

"영영 떠나 버리는 것은 아니겠지?"

백작의 물음에 루그는 잠시 동안 침묵했다. 하지만 곧 밝게 웃으며 그를 돌아보았다.

"물론이죠. 언제고 다시 들를 겁니다."

"소식도 꼬박꼬박 전하거라. 특히 어디서 참한 아가씨랑 눈 맞아서 결혼이라도 하게 되면… 그런 소식을 알리지 않으면 용서하지 않을 거다."

"꼭 연락하지요. 아, 그리고 아버지."

루그는 여행용 배낭 속에서 종이 한 장을 꺼내더니 강체력을 실어서 손가락을 튕겼다. 그러자 **빳빳하게** 펴진 종이가 백작에게 날아가서 그 손에 잡혔다.

"이건 뭐냐?"

"어머니가 묻힌 곳이에요."

"리나르의 무덤이라고?"

"네. 아버지께 부탁드리고 싶은 게 하나 있어요."

"무엇이냐?"

"어머니가 돌아가셨을 때는 제가 수중에 돈이라곤 한 푼도 없어서 다른 사람들처럼 야산의 묘 터에 아무렇게나 묻을 수밖에 없었지만, 아버지께서 제대로 된 곳에 이장해 주셨으면 합니다. 그게 제가 아버지께 부탁드리고 싶은 유일한 일이에요."

그 말을 들은 백작의 표정이 형용할 수 없을 정도로 복잡한 감정을 띠었다. 한동안 루그가 준 종이에 적힌 리나르가 묻힌 장소와 그녀의 기일을 보던 백작이 고개를 끄덕였다.

"알겠다. 리나르의 무덤은 우리 성으로 이장하도록 하마. 그리고… 늦게나마 우리 집안의 일원으로 받아들이지."

"괜찮겠어요? 그건 좀 무리하시는 것 같은데. 백작 부인이 싫어할걸요."

"상관없다. 내가 하겠다는데 누가 뭐라고 하겠느냐?"

"거, 그런 태도 좀 버리시라니까요. 백작 부인도 사람이고 다른 첩들도 사람이에요. 아버지가 어떤 결정을 내렸을 때 그 사람들이 어떻게 생각할지 정도는 생각해 주세요. 제가 그거 말씀드리고 싶어서 이런 짓까지 한 거거든요?"

"후후, 어린 녀석이 아버지에게 훈계라니. 하지만 유념하도록 하마. 어쨌든 네 어머니의 묘에 찾아올 겸 해서라도 자주 찾아오너라."

"그렇게 하지요."

루그는 고개를 끄덕이고는 배낭을 들어서 등에 짊어졌다. 그리고는 마지막으로 백작을 돌아보며 말했다.

"아버지, 그럼 건강하세요."

"너도 건강하거라. 다음에 돌아오면 또 한 번 제대로 붙어보자꾸나."

"그때는 진짜 후회하실 걸요."

루그는 살짝 목례해 보이고는 그 자리를 떠나서 숲 속으로 걸어 들어갔다. 멀어져 가는 아들의 뒷모습을 바라보던 백작은 루그에게 맞은 자리를 쓰다듬으며 쓴웃음을 짓고 말았다.

잔뜩 분위기 잡고 등을 꼿꼿하게 세운 채 숲 속으로 들어선 루그는 백작의 시야에서 벗어났다는 확신이 들자 비틀거리면서 나무에 기대었다.

"으윽! 아, 아파 죽겠네."

〈갈비뼈가 세 대나 부러졌고, 두 대는 금이 갔고, 내상도 좀 입었군. 그냥 치료하고 떠나지 그러나?〉

"웃기지 마. 어떻게 거기서 '부상당했으니까 치료 좀 하고 떠날게요' 라고 하냐?"

있는 대로 폼을 잡았는데 거기서 '아악, 갈비뼈가 부러진 게 너무 아프니까 다시 성으로 돌아가서 사제님한테 치료 좀 받고 푹 쉬다가 떠나겠습니다' 라고 하면 얼마나 쪽팔리겠는가? 부상 때문에 쓰러져 죽으면 죽었지 그럴 수는 없었다.

볼카르가 황당해하며 말했다.

〈그게 당연한 것 아닌가? 도저히 이해할 수가 없군. 허세 부리면서 자존심을 지키는 것이 목숨보다 중요한가?〉

"시끄러워."

루그는 고집스럽게 말하고는 앉아서 눈을 감았다. 그리고 강체력을 이용해서 몸 안의 상황을 살피고는 일단 부러진 갈비뼈를 바로잡았다.

으드드득!

"으윽! 주, 죽도록 아파."

기격의 경지에 이르렀기에 강체력으로 부러진 갈비뼈를 맞추는 기적 같은 재주를 부릴 수 있었지만, 그렇다고 통증이 어디 가는 것은 아니었다. 루그는 너무 아파서 눈물이 찔끔 나고 몸이 덜덜덜 떨리는 것을 느끼면서 갈비뼈를 다 맞추고 길게 한숨을 쉬었다.

"그럼 얼어 죽기 전에 가야지. 가장 가까운 신전에 들러야......"

〈역시 인간은 이해할 수가 없어. 특히 너의 어리석음은 상상을 초월하는 것 같다.〉

"시끄럽다니까."

루그는 볼카르의 지극히 합리적인 지적에 신경질을 내면서 부상당한 몸을 이끌고 걷기 시작했다.

8

다음날, 루그가 떠났다는 소식을 들은 마빈은 잠시 동안 멍하니 서 있었다. 소식을 전해준 하인이 의아해하며 그를 바라보았다.

"…도련님?"

"아, 잠깐 다른 생각이 나서. 알았어. 물러가 봐."

마빈은 퍼뜩 정신을 차리고 하인을 돌려보냈다.

그리고 정해진 일과대로 오전에는 귀족의 자제다운 교육을 받고, 오후가 되자 검을 들고 훈련장으로 향했다. 루그가 떠나 버렸어도 마빈의 일과에는 변화가 없었다.

"아."

아무 생각 없이 걷던 마빈은 문득 자신이 숲 속을 걷고 있다는 사실을 깨달았다. 혼자서 훈련할 거라면, 혹은 기사들 하나 붙잡고 같이 훈련할 거라면 연무장으로 가면 되는데 루그와 함께 훈련하던 숲 속 비밀 훈련장으로 향하고 있었던 것이다.

"쳇. 습관이 되어버렸네. 뭐, 혼자 조용히 훈련하기엔 좋으니까 앞으로도 계속 써야지."

마빈은 듣는 사람도 없는데 그렇게 변명하듯 중얼거리고는 비밀 훈련장에 도착했다.

혼자서 공터에서 검을 들고 서 있자니 왠지 적막한 기분이 들었다. 마빈은 공터를 뛰어다니며 검을 휘두르다가 중얼거렸다.

"두 명이서 쓸 때는 좁았는데 혼자 넓게 쓰니까 좋군."

둘이서 대련 형식으로 훈련할 때는 공간이 좁아서 짜증이 났다. 루그의 공격을 피해서 좀 물러난다 싶으면 등에 나무가 닿을 정도였다. 하지만 혼자서 쓰니 전혀 좁다는 느낌이 들지 않는다.

"아."

마빈은 문득 깊은 상흔이 남겨진 나무를 발견했다. 검으로 할퀸 듯한 그 상처는 마빈이 루그에게 배운 기술로 남겨놓은 것이었다. 그 아래쪽에는 깊고 둥글게 파인 흔적이 있었는데, 그것은 루그가 주먹으로 남긴 것이다.

그 상흔을 손으로 더듬어보고 있으려니 그때 루그가 자신을 칭찬하던 소리가 뇌리를 스쳐 지나갔다.

"오, 꽤 잘하는데? 강체력이 충분하니 이 정도는 쉽게 하는군.

그래, 짧은 시간 동안 검끝에만 기운을 집중해서 뽑아내면 이렇게 닿지 않고도 상처를 주는 게 가능한 거야. 적이 네 신장과 검의 길이를 보고 읽어낸 공격 거리를 뒤틀어 버리는 것, 이게 얼마나 큰 이점을 가질지는 설명하지 않아도 알겠지?"

"…흥! 네가 잘난 척하면서 떠들어대지 않아도 알 수 있는 거라고."

마빈은 루그가 이 자리에 있는 것도 아닌데 괜히 그렇게 혼잣말로 투덜거렸다.

왠지 더 검을 휘두를 마음이 나지 않는다. 마빈은 검을 땅에다 꽂고 공터 한가운데 벌러덩 드러누웠다. 그렇게 하늘을 바라보고 있노라니 루그가 들려주었던 세상 이야기들이 생각난다.

"시나? 넌 이런 촌구석에만 살아서 걔가 예쁘다고 생각하는 거야. 좀 번화한 도시로 나가면 걔보다 예쁜 애가 지천에 널렸다니까. 세상을 알게 되면 여자 보는 안목도 조금은 높아지지."

"쓸데없는 소리나 하고 말이지."

마빈은 팔베개를 하면서 투덜거렸다. 그러다가 문득 자신이 계속 루그 생각만 하고 있다는 사실을 깨닫고는 얼굴이 조금 붉어졌다. 얼마 전까지만 해도 어떻게든 가문에서 쫓아내고 싶었던 상대이고, 요 근래 들어서도 신경 거슬리는 녀석이라고 생각했는데 왜 이렇게 신경이 쓰이는 것일까?

혹시 자신은 그를 정말 형으로 받아들였던 것이 아닐까?

그런 생각이 들자 마빈은 황급히 고개를 저었다.

'아냐. 그럴 리가 없어. 그 시건방진 자식이 나랑 친해지고 싶다고 강아지처럼 꼬리를 흔들어대더니 예의도 없이 인사도 안 하고 횅하니 떠나 버렸잖아. 화를 내는 게 당연한 거야. 안 그래?'

마빈은 그렇게 스스로를 납득시키고는 한숨을 쉬었다. 오늘은 왠지 기분이 어수선해서 더 훈련을 해봤자 아무것도 얻을 수 없을 것 같았다.

"바깥세상이라……."

문득 루그가 자신이 겪었던 일들을 이야기해 주면서 덧붙였던 이야기가 떠올랐다.

"남자라면 넓은 세상을 봐야지."

"그래, 그 말은 맞아."

마빈은 하늘을 떠다니는 구름을 보며 입꼬리를 말아 올렸다.

자신도 갈 것이다, 루그가 보고 왔다는 저 넓은 세상으로. 이 영지 안에만 있어서는 죽었다 깨어나도 경험할 수 없을 거라던 일들을 경험하고, 숨이 막힐 정도로 아름다운 여자도 만나서 꾀어보고, 악당들에게 위기에 처한 사람들을 구해주고 존경의 눈길을 받아보기도 할 것이다.

"사람한테 이렇게 바람을 넣어놓고 너만 재미 보면 안 되지. 안 그래, 루그?"

마빈은 먼 곳으로 떠난 루그에게 물으며 머릿속으로 여행 계획을 세우기 시작했다.

그리고 루그가 떠난 지 대략 3개월이 지난 어느 날, 겨울 날씨치고는 드물게 햇빛이 따뜻한 아침에 아스탈 백작은 충격적인 사건을 접하게 되었다. 같은 집에 사는 아들이 아버지에게 쓰는 편지를 두 번째로 받아본 백작은 허탈해서 웃음만 흘릴 수밖에 없었다.

그의 손에 들린 편지의 내용은 다음과 같았다.

세상이 얼마나 넓은지 보고 오겠습니다. 정기적으로 소식을 전할 테니 너무 염려 마세요.

마빈 론 아스탈.

당연하지만 백작가에는 난리가 났고, 백작 부인은 충격이 너무 큰 나머지 쓰러지고 말았다. 그리고 백작은 먼 곳을 바라보며 한탄했다.

　"아들이라는 것들이 하나같이 내 골머리를 썩이고 싶어서
안달이 났구나."

『폭염의 용제』 제2권에 계속…

NOMEN

노멘

이영균 장편 소설

**억울한 누명으로 인한 감옥살이 1년.
직장, 친구, 애인도… 모두 떠나 버렸다.**

911테러 이후, 극비리에 진행된 프로젝트.
그리고 그 결과물, 슈퍼컴퓨터 HAL8999

대한민국의 평범한 청년 동범과
인류가 만든 최고의 컴퓨터에서 깨어난 존재의 만남.

Nomen est omen 이름이 곧 운명!

**인류의 미래를 가르는 사건은
이 우연한 만남으로부터 시작되었다.**

Book Publishing CHUNGEORAM

유행이 아닌 자유추구 -
WWW.chungeoram.com

오채지 新무협 판타지 소설

十兵鬼
십병귀

마교가 무림을 일통한 지 십 년.
강호의 도의는 땅에 떨어지고 오직 칼의 법칙만이 지배하는 환란의 시대는 끝날 기미를
보이지 않았다. 그러던 어느 날, 혼마(魂魔)가 죽었다. 오십 세에 혼세신교(混世神敎)
의 교주로 등극, 구십 세에 구주팔황과 사해오호를 정복한 절의 무인은 고락을 함께
했던 수백 명의 마군(魔軍)들이 지켜보는 가운데 조용히 숨을 거두었다. 그리고 삼 년 후,
한 사람이 신교를 떠났다.

마도의 하늘 아래 살 수 없는 자, 금사도(金砂島)로 오라.

신비로운 열 개의 병기, 내력을 알 수 없는 사내,
그를 만나기 위해 찾아온 수많은 사람들의 금사도를 향한 여정은
과거에도 없었고 앞으로도 없을 대살성의 탄생을 예고하는 서막이었다.

Book Publishing CHUNGEORAM

유행이 아닌 자유추구~
www.chungeoram.com

CASTLE OF
ANOTHER WORLD
이계 마왕성

강한이 장편 소설

『이계만화점』의 작가 강한이가 돌아왔다
그가 전하는 신개념 마왕성의 이야기!

가족을 잃고 더부살이로 받던 설움을 떠나
서울로 상경해 우연히 얻은 셋방
그곳 지하실에서 채빈의 불행한 인생이 뒤엎어진다!

이계마왕성!

그곳에서 배워라, 지혜가 되리라!
그곳에서 얻어라, 내 것이 되리라!

마왕이 아니다. 마왕성을 이용하는 현대인일 뿐.

마왕성의 사나이, 그가 이제 날아오른다!

Book Publishing CHUNGEORAM

유행이 아닌 자유추구 -
WWW.chungeoram.com

귀월 鬼月

참마도 新무협 판타지 소설

"하늘의 달은 벗 삼아도
땅 위에 떠오른 달은 피하라.
그 달 아래 춤을 추는 자,
사람이 아니라 귀신일지니……."

뜨거운 대지 위에 차가운 달이 떠오른다.
희뿌연 검광과 피가 흩뿌려지고
망자의 혼이 허공에서 춤출 때
귀역의 사자가 그곳에 있을 것이다.

유행이 아닌 자유추구 -
WWW.chungeoram.com
Book Publishing CHUNGEORAM

2018. 07.